温情与敬意

芷兰 著

中国出版集团
中译出版社

图书在版编目（CIP）数据

温情与敬意 / 芷兰著. -- 北京：中译出版社，
2025. 4. -- ISBN 978-7-5001-8156-9

Ⅰ. I267

中国国家版本馆CIP数据核字第2024KR0529号

温情与敬意
WENQING YU JINGYI

出 版 人：刘永淳
出版统筹：杨光捷
策划编辑：范　伟　白雪圆
责任编辑：马雨晨
文字编辑：白雪圆　马雨晨
出版发行：中译出版社
地　　址：北京市西城区新街口外大街28号102号楼4层
电　　话：(010)68359303（发行部）
邮　　编：100088
电子邮箱：book@ctph.com.cn
网　　址：http://www.ctph.com.cn

印　　刷：中煤（北京）印务有限公司
经　　销：新华书店
规　　格：880 mm×1230 mm　1/32
印　　张：10.75
字　　数：202千字
版　　次：2025年4月第1版
印　　次：2025年4月第1次印刷

ISBN 978-7-5001-8156-9　　　定价：68.00元

版权所有　侵权必究
中　译　出　版　社

当信任何一国之国民，尤其是自称知识在水平线以上之国民，对其本国已往历史，应该略有所知。

　　所谓对其本国已往历史略有所知者，尤必附随一种对其本国已往历史之温情与敬意。

——钱穆

序

兰之猗猗,扬扬其香

郑旺盛

一

芷兰之名,源于《楚辞》;以兰为名,人亦如兰。

这是一个看上去文文静静、柔柔弱弱、清清雅雅的女子,骨子里却是一个上下求索、独立执着、颇有个性的作家。芷兰非专业作家,她待工作勤勉而不息,闲暇善读书而写作,人生自是充实而丰盈。

读书是她生命中的最爱,写作是她精神里的执着。除阅读文学的经典名著外,她还偏爱阅史书,中国历史上的诸多人物都令她念念不忘,尤其是那些典籍里的清官和英雄。她从不写风花雪月的文字,一直以浩然之气、凛然之笔,书写着一个又一个历史人物的生命故事,以文字的力量,再现他们闪耀在历史深处的光芒……

二

那年，芷兰成为我们奔流文学院的优秀作家学员；后来，又成为我们《奔流》文学月刊的签约作家。在文学的路上，她一直孜孜以求、勤奋耕耘，并执着、钟情于历史人物与事件的书写，先后写出了《愿得此身长报国》《魏晋风骨数羲之》《梅花岭畔忆史公》《青春中华·革命者》《情动花洲》《八千里路云和月》等好作品，曾经获得了包括第五届奔流文学奖、第一届双年度大家文学奖在内的数个文学奖项，可喜可贺。

甲辰岁末，一个阳光明亮而温暖的日子，芷兰突然高兴地打来电话说，她的历史散文集《温情与敬意》一书，即将由中国出版集团中译出版社出版发行，请我为她的散文集作序。为文学之风鼓呼，举新人佳作有责，自当义不容辞。

桐花万里丹山路，雏凤清于老凤声。文学之路，跌宕而艰辛，然青春的、怀揣梦想的追寻者，始终以其执着、智慧、才华和个性而奔赴热爱，在文坛上不断崭露头角。因《温情与敬意》这部散文集，周口作家群乃至河南文坛，又一位作家的又一部心血之作将脱颖而出，一片芬芳的清丽的花朵将在文学的旷野里迎风绽放。

感慨而言：看江水之波浪，激荡而向前；观精神之求索，苦乐在于心；跋涉文学之路，人生自有执着之力量，无惧岁月之沧桑；以梦为马，以笔为舟，以诗书为远方，感受生命之春花秋月，文学之星光闪烁，心欣欣然哉！

三

《温情与敬意》是一部以书写中国历史上重要的、有影响的历史人物为主的散文集，内容共为四辑：第一辑"青史如鉴"；第二辑"往圣先贤"；第三辑"人间有味是清欢"；第四辑"枕上诗书"。重读《温情与敬意》这部散文集的定稿版，对所写人物，对作家情怀，对创作信念，感慨颇多。初读，对一个个独具个性的历史人物心怀敬意；再读，对作家的家国情怀、创作信念及作品价值而称赞。

书中既有西汉直臣汲黯、唐室砥柱狄仁杰、铁面无私包拯、天下第一廉吏于成龙等诸多历朝历代涌现出的彪炳史册的清官；也有赵匡胤、朱元璋、铁木真、项羽、周瑜、魏征、范仲淹、史可法、戚继光、于谦、岳飞等帝王将相、英雄豪杰。书中的每一个历史人物，在岁月的长河中都熠熠生辉、可圈可点。芷兰或以他们的清正廉洁，或以他们的刚直不阿，或以他们的英雄传奇，或以他们的浩然正气，作为文章的创作亮点和底色，让浸染着历史沧桑的人物由此走进读者的视野。在娓娓道来的文字里，她以文学的包容、执着与力量，再现中国源远流长的历史人文之厚重与辉煌、激越与跌宕，彰显着一位优秀作家的历史责任和文学情怀，还有她对国家悠久而厚重的历史的倾情与热爱。

"先天下之忧而忧，后天下之乐而乐。"在风云变幻的大宋王朝，观大宋士子的潮起潮落、荣辱沉浮，芷兰感慨万千。她以扎根于生活的真诚之情、敬仰之心，远赴邓州等地采访，并翻阅大量历史资料，耗时年余沉淀素材而创作，终穿越岁月之风云，以具有独到审美的目光和笔触，写就了《情动花洲》一文，向"宁鸣而死，不默而生"的一代先贤范仲淹致敬。

"我以半生的时光，崇拜范文正公，渴望成为他这样的人。"作品丰盈而厚重的色调，浸满家国情怀的文字意蕴，读来令人温暖、激荡而动容。

四

除了对先贤范仲淹的无限敬仰，芷兰对笔下诸多的历史人物，亦是如此用心用情地书写：

他是直谏廷诤的廉吏，他是为民请命的循吏，他是造福一方的能吏。以金钱利诱他不会前来，以强权威胁他也不会离开，汲黯实为社稷之臣也！

狄仁杰不仅仅是中国古代杰出的政治家，他的断案如神也足以让他成为一个传奇。然而，不论是作为行政、司法合一的地方官员，还是作为专职的中央司法官员，或者是其他什么身份，狄仁杰都不是所谓的"神探"。我崇拜他，在内心深处也更愿意把他当成我的同行，当成一名优秀的"法官"。人去政声留，千古美名扬。狄仁杰这样的清官廉吏早已融入历史，成为我们廉政文化的一部分，其精神为后世代代传承。

于谦性刚直，淳朴忠厚，遇到不如意的事，常常捶胸感叹道，这一腔热血将会洒向何地！他是一代名臣，忘身忧国，清白为人，清廉为官，爱民如子，这就注定了他的一腔热血要为大明而洒。

历史上清官廉吏虽多，像于成龙这样真正心系百姓的好官却是难寻，他无愧于"天下第一廉吏"的称号！人去政声在，清风万古存。读《清史稿》，不仅要向于成龙学做官之道，更要学做人之道。

（项羽）胸无城府，光明磊落，虽败仍不失男儿本色，他是堂堂正正的英雄。他掀起秦汉风云，为历史写下浓重的一笔，为后世留下不朽的传奇。他，令后人敬仰崇拜；他，更让后人扼腕叹息！做人，不可有项羽之傲气，亦不可无项羽之傲骨。

白云悠悠魏晋事，兰亭千载传雅风。王羲之是魏晋名士中的一股清流。在他的世界里没有清谈，只有务实，这也是他感到孤独和苦恼的原因所在。……一雨一番晴，窗外蝉忽鸣。我放下《永和九年的那场醉》，站在窗前听蝉鸣，心中想的却还是孤独的书圣王羲之。

史可法宁死不降，那种凛然正气永存于天地之间。史可法人可法书可法，史可法今可法永可法。史可法从来没有被忘记，也不会被忘记。伫立于梅亭，放眼望去，草木葳蕤，如诗如画……

芷兰看似一弱女子，却有一颗执着心，由热爱而生景仰，于信念而成著述。遨游于历史之星空，求索于浩瀚之人文，她将自己欲要抒发之家国情怀，饱蘸情感融入有温度、有思想、有光亮的文字里。

作者不仅有一双穿透历史的慧眼，更有一腔女儿不让须眉的英气，所写文字，初看直抒胸臆，细读率性自然，一如兰之品性，不媚俗、不唯上、不趋势。读其文章，无论是所写人物，或是所述故事，中直之士感天动地，清廉之臣铮铮铁骨，英雄男儿大义凛然，着实令人生敬！

五

哲学家尼采曾经说过："我们来到这个世界上，就应该跟最好的人，最美的事物，最芬芳的灵魂倾心相见，唯有如此，才不负生命一场。"

芷兰正是这样的个性女子。在《温情与敬意》这部历史散文集里，她不负这场盛大的遇见，不负生命与灵魂的相见，向读者呈现了大量她景仰崇拜或者兴趣使然的历史人物的信息，并在创作中倾洒着她的热诚与激情、正义与正气、心血与感情。

本书所选取的人物，多为清官廉吏、帝王将相、忠臣义士、英雄豪杰，他们与周口与河南乃至中国厚重的历史都密切相关。芷兰通过一个个历史人物的书写，一篇篇独具个性的文章的呈现，让诸多历史人物的个性、思想和精神，展现在中国当代历史的画板之上，矗立于当代文学的画廊之中，以他们人格的力量和光耀古今的精神思想，温暖世人的心怀，荡涤后人的灵魂，让我们在敬仰与膜拜之中，获取人生坚定的信念与无穷的力量。

屈平辞赋悬日月，楚王台榭空山丘。《温情与敬意》这部散文集的成书，其文学意义特别值得肯定。年轻而执着的作家芷兰，以心血、感情与智慧，还有激荡在她心间的正气与正义，穿梭沉浸于纷纭浩荡的历史事件之中，披沙沥金，选取那些最具历史价值和人性光芒的人物，追寻他们人生的轨迹，在历史的星空中与他们隔空对话，最终以文学的豁达和真情，实现了古人与今人情感与精神的深刻交流。

最难能可贵的是，在创作之中，作者始终以审慎之目光，举真理为标准，以正义为天平，尽心竭力将每一个人物写得鲜活而动人。通读本书，作者梳理钩沉，辨析真伪；涤荡风云，大浪淘沙；穿越古今，追逐真相；弘扬正气，修辞立诚，将历史长河中的事件和人物，置于正史与现实的考量之中，让历史与时代、传承与积淀、明亮与幽微、曲折与正气相融合，写就了一个个在历史深处闪耀着光芒的人物。正如现代史学大家钱穆先生所说："当信任何一国之国民，尤其是自称知识在水平线以上之国民，对其本国已往历史，应该略有所知。所谓对其本国已往历史略有所知者，尤必附随一种对其本国已往历史之温情与敬意。"

六

特别欣喜的是，当代多位著名作家非常关爱文学新人的成长，曾热情寄语《温情与敬意》这部散文集，当是对后辈作家芷兰最为温暖的勉励。

茅盾文学奖得主李佩甫说，"生命过往皆星辰"；茅盾文学奖得主、军旅作家柳建伟说，"温情与敬意，历史深处的光亮"；著名散文家王剑冰说，"书写历史的温情与敬意，探寻人性的光芒与力量"；著名文艺评论家李炳银说，"书写人物命运，感悟古今沧桑"；著名文艺评论家、诗人单占生说，"在历史的深处，每一个人物都令人敬仰"；著名散文评论家刘军说，"抚今追昔，感悟人生"……

而我坚信，闪耀在历史深处的人性与思想的光芒，终将以文学的力量，穿越岁月的风云沧桑，于生命的幽暗之中永不熄灭，永远绽放激励世道、温暖人心的力量。

星月之光，不没土泽；岁月苍茫，不掩秋色。兰之猗猗，扬扬其香；凤鸣悠悠，袅袅清音。致敬先贤，激勉后人；文字有灵，堪为心声。历史长河，青史可鉴；长天路远，文学当歌……

慨然直言，权且为序。

2025 年 1 月 15 日

目　录

第一辑　青史如鉴　　001

直臣汲黯　　003
西汉第一郡守黄霸　　007
"能吏"之死　　011
东汉名臣袁安　　015
沧海遗珠唐室砥柱　　019
清官之念　　025
铁面无私丹心忠　　031
清廉刚直陈希亮　　037
风宪衙门的守护者　　041
清风两袖热血千秋　　047
千古刚峰正气扬　　051

抉择	055
"三汤巡抚"民不能忘	059
天下第一廉吏于成龙	063
回望历史上的那些清官	069
清官的境界	073

第二辑　往圣先贤　　079

高义薄云天	081
天下之治在人才	085
英雄本色	089
一曲离歌空余恨	095
三国名将之周瑜	101
盛世名相耀贞观	105
绝代双骄之李杜	111
壮志雄心复汉唐	117
男儿本自重横行	123
千古名臣自风流	129
一代天骄成吉思汗	135
洪武风云	141
男儿铁石志　拳拳报国心	149
闯王李自成	153

阳城，这一对进士父子　　　　　　　　　159
　　陈胜、扶苏、蒙恬和阳城　　　　　　　167

第三辑　人间有味是清欢　　　　　　　181

　　北京行　　　　　　　　　　　　　　　183
　　让心飞扬，让梦想奔流　　　　　　　　187
　　青山依旧，烟云历史犹可寻　　　　　　193
　　百年沧桑关帝庙　　　　　　　　　　　205
　　魏晋风骨数羲之　　　　　　　　　　　215
　　愿得此身长报国　　　　　　　　　　　221
　　一往情深深几许　　　　　　　　　　　229
　　梅花岭畔忆史公　　　　　　　　　　　239
　　楚辞之兰　　　　　　　　　　　　　　249
　　当时明月在　　　　　　　　　　　　　253

第四辑　枕上诗书　　　　　　　　　　261

　　情动花洲　　　　　　　　　　　　　　263
　　八千里路云和月　　　　　　　　　　　297

后　记　　　　　　　　　　　　　　　323

第一辑

青史如鉴

直臣汲黯

约两千一百年前，太史公司马迁怀着极其钦佩的心情为当朝一位名臣作传，极力推崇其刚正不阿、忠直敢谏的品格，他就是人称"汉廷第一直臣"的汲黯。

汲黯，字长孺，濮阳人，汉武帝时最著名的谏臣、廉吏。

作为太史公批判现实政治的代言人，也是他最同情、最得意之人，汲黯的出场注定与众不同。

汉武帝即位后，任命太子洗马汲黯为谒者（皇帝的使者）。东越人相攻，汉武帝派他前去视察，他半途而返，说是东越当地的民俗好斗，不值得劳烦天子的使臣前去过问。河内郡失火，大火蔓延烧毁一千多家民宅，汉武帝再次派汲黯前去视察，他回去后向汉武帝报告说，河内郡是普通人家不慎失火，不值得担忧。他经过河南郡时，见到当地的平民饱受水旱灾害之苦，灾民多达万余家，有的竟到了父子相食的悲惨境地，就趁便凭所持的符节，下令发放河南郡官仓的储粮，赈济当地的百姓，现在他请求交还符节，并甘愿领受假传圣旨之罪。两次奉旨出使，两次的表现都很"任性"，这就是汲黯。

在西汉最后一位信奉黄老学说的当权者窦太后去世后，独掌朝纲的汉武帝接受儒生董仲舒的建议，"罢黜百家，独尊儒术"。信仰黄老学说的汲黯和崇尚儒学的汉武帝及诸臣之间的矛盾凸显。《史记·汲郑列传》中汲黯四次犯颜直谏，公然在朝堂怒骂酷吏张汤和丞相公孙弘，因其为政清廉、不畏权贵、固守志节而为时人所敬畏。

汉武帝曾召集文学之士和崇奉儒学的儒生在朝堂上高谈阔论，说他想要如何如何。汲黯答道："陛下心里欲望很多，只是在表面上施行仁义，怎么能仿效唐尧虞舜治理国家呢？"汉武帝默然不语，心中恼怒，脸色一变就罢朝了。

元狩二年（公元前121年），为迎接投降的匈奴人到长安，汉武帝下令向老百姓借马，但是很多老百姓闻讯后都把马藏了起来。借不到马的汉武帝很生气，想要杀掉办事不力的长安令。

"长安令没有罪，只要杀了我，百姓就肯把马献出来了。匈奴人背叛他们的君王来投降汉朝，朝廷让沿途各县把他们接过来就行了，何至于让天下骚动、让百姓疲于奔命，去侍奉那些匈奴的降兵降将呢？"汲黯以死相谏，借马于民之事终不了了之。

匈奴浑邪王率四万多部众浩浩荡荡来到长安定居，用随身带来的物品同长安的商人们进行交换。当时大汉的律法是禁止汉朝人和匈奴人私下交易的，于是，五百多名长安商人被关进监狱，判处死罪。

汲黯求见汉武帝，他分析了汉匈之间的战争给汉朝、给百姓带来的影响，认为汉武帝用严苛的法令杀戮五百多名无知的老百姓是不可取的。汉武帝听后沉默不语，最终改变了荒唐的做法。

但汉武帝终究对这个"直臣"很不满。这次进谏的结果是，几个月后，汲黯因为犯小错被判罪，适逢大赦天下，仅被免官，他再次归隐于田园。

纵观汲黯的一生，或辞官，或被免官，他的仕途从来不是一帆风顺的。即便如此，忠诚正直的汲黯也从不在意自己的得失荣辱，只要是有利于国家、有利于百姓的，他都会去说、去做。

汲黯虽如魏徵一般敢于犯颜直谏，可汉武帝不似唐太宗那样从谏如流。面对汲黯的劝谏，"上默然"是汉武帝一贯的表现。

唯才是举、知人善任曾是汉武帝的用人特色，"汉之得人，于此为盛"。然而，汉武帝毕竟是"君权神授"的帝王，在用人上的主观随意性不可避免。如汲黯所言，"陛下用人就像堆柴垛一样，后来的堆在上面"。汉武帝曾多次对身边的近臣说汲黯太过愚直，故虽视其为社稷之臣、尊重他，却从未真正重用过他。无独有偶，与汲黯交好的灌夫、郑当时和宗正刘弃也因为多次直谏而不得久居其官位，或许这就是忠臣的宿命吧！

"疾风知劲草，板荡识诚臣。"在面对五铢钱的难题时，汉武大帝终于想到了他的社稷之臣汲黯。

元狩五年（公元前118年），西汉政府推行五铢钱政策，很多老百姓私铸钱币，楚地尤为严重。淮阳郡是通往楚地的交通要道，地方官民关系紧张，汉武帝就征召汲黯为淮阳郡太守，要借助他的威望来治理。汲黯不肯接受，汉武帝数次下诏他才领命。他向汉武帝辞行时哭着说愿为中郎，能出入宫禁之门，为汉武帝纠正过失、补救缺漏，拳拳忠心令人为之动容。

汲黯任淮阳郡太守七年，淮阳政治清明，百姓安居乐业。

公元前112年，汲黯病逝。淮阳人民感念其恩德，将其安葬，将墓东一里的杨宪镇改名为汲冢镇。

他是直谏廷诤的廉吏，他是为民请命的循吏，他是造福一方的能吏。以金钱利诱他不会前来，以强权威胁他也不会离开，汲黯实为社稷之臣也！

"诚实是人生的命脉，是一切价值的根基。"美国作家德莱塞如是说。能直言正谏、敢说实话，能为老百姓办实事，封建社会尚有直臣廉吏如此，当代中国更应发扬此风气。

西汉第一郡守黄霸

黄霸，字次公，淮阳阳夏（今河南太康）人，西汉名臣，中国古代十大清官之一。《汉书·循吏传》以长篇记之，后世亦常将其与龚遂作为"循吏"的代表，并称为"龚黄"。

《汉书》记载，"霸少学律令"，他喜欢做官，于汉武帝末年以待诏身份捐官出仕，任侍郎谒者，因兄弟犯罪被弹劾罢官。后黄霸再次捐谷求官，在沈黎郡授补左冯翊二百石属吏。黄霸不以官小，从登记钱粮发放的属吏做起，因其清正廉洁，很快被举荐为河东均输长、河南太守丞。黄霸为人心思敏捷，明察秋毫，又熟悉法律条文，温良谦让，足智多谋，善于驾驭众人，处世议政合乎法度，迎合人心，故深得太守信任和吏民爱戴。

汉昭帝时，大将军霍光辅政，群臣争权，上官桀等人与燕王合谋作乱。霍光诛杀他们后，仍然遵循汉武帝时的严刑峻法制度。各地官吏皆以执法严酷为能，唯有黄霸以宽厚温和的政策而出名。

宣帝即位后，听说黄霸执法公允，就任命其为廷尉正。黄霸数次裁判疑难案件，朝廷上下一致认为判得很公平。

本始二年（公元前72年），汉宣帝为了标榜自己是汉武帝的嫡孙，下诏褒扬汉武帝，要求群臣讨论汉武帝的"尊号"和"庙乐"，群臣无不赞成。唯独长信少府夏侯胜认为汉武帝对百姓没有恩泽，不宜另立庙乐，丞相长史黄霸因支持夏侯胜而不对其进行弹劾。于是丞相夏义和御史大夫田广明弹劾"夏侯胜非议诏书大不敬，霸阿从不举劾"，二人被下狱，判处死刑。在狱中，黄霸提出要向夏侯胜学习经术，夏侯胜以已获死罪为由拒绝了他。"朝闻道，夕死可矣"，夏侯胜最终被黄霸的这句话打动，于是向他传授《尚书》。冬去春来，不觉已是三载。

仕途上本是一帆风顺的黄霸经历了汉武帝"庙乐案"，人生似乎走到了穷途末路。所幸宣帝并没有处死他们，只是将他们长期关押。

本始四年（公元前70年），"夏四月壬寅，郡国四十九地震，或山崩水出"（《汉书·宣帝纪》）。关东四十九郡同日地震，宣帝甚惧，下罪己诏，大赦天下。夏侯胜出狱后被任命为谏大夫，便让左冯翊宋畸举荐黄霸贤良，自己也向宣帝举荐。于是，宣帝提拔黄霸任扬州刺史。塞翁失马，安知非福！

汉代沿用秦时的监御史制度并设置了一套新的地方监察制度——丞相史出刺制度，两套监察制度并行，但是仍然很难有效监察地方。汉武帝时为了强化中央集权，进一步控制地方官吏，他把全国划分为十三个州，每州设刺史一人，"奉诏六条察州"。故黄霸的刺史一职有别于后世，他不是地方官，而是监察官。

花甲之年的黄霸在扬州刺史任上一干就是三年。宣帝对他的工作非常满意，下诏表彰"以贤良高第扬州刺史霸为颍川太守"，俸禄两千石，上任时赐特许一丈高的车盖，其下属别驾、主簿乘坐的车，车轼前可挂挡泥的淡黄色的帘子，以示仁德。宣帝对黄霸的恩宠一时无人能及，这也是对他治绩卓著的高度肯定。

真正让黄霸扬名天下的则是在颍川太守任上。宣帝勤勉政事，多次颁布诏书，皇恩浩荡，恩泽天下，而地方官吏往往不让百姓知道诏书的内容。于是，黄霸选拔品行优秀的官吏到各属县宣读诏书的内容，让百姓都知道宣帝的旨意。保持政令畅通是他治理颍川郡的第一步。

黄霸崇尚仁政，反对酷刑；为政以教化为先，把重点放在防患于未然上，然后才用刑罚；对待百姓宽大仁慈，百姓之事，事无巨细他都妥善处理，鳏寡贫穷之人都能得到赡养。他制定的条令颁行于民间，均告知于民，让百姓知道太守之条教皆承天子之意，故易于信从；他规劝百姓多做善事，防止奸邪，勤事耕作，种桑养蚕，节约用度，增加钱财，种植树木，饲养家畜。"霸以外宽内明得吏民心，户口岁增，治为天下第一。"

汉昭、宣二帝时为中兴之世，良吏颇多。颍川郡前后三任太守赵广汉、韩延寿和黄霸都是西汉名臣，然赵、韩虽为官清廉、称职尽责，终因不够自律以致晚节不保，或被腰斩，或被弃市。论能力，黄霸比不上赵广汉，他治理颍川郡也是在沿用韩延寿重礼仪教化、遵法度的基础上推出新政策，然唯独亲民爱民的黄霸经过八年的励精图治，使百姓归于教化，孝顺父母的儿子、友爱兄长的弟弟、贞洁之妇以及乖顺之孙都日渐增多，在田地耕作的人互相谦让田界，在大路上行走的人不捡别人遗失的物品，监狱里甚至八年没有重罪囚犯，他还供养探望鳏寡老人，赡养帮助贫苦穷人……颍川郡终成太平盛世，为他以后封侯拜相打下了基础。

因为在颍川郡政绩突出，不久后黄霸任太子太傅，迁御史大夫，于五凤三年（公元前55年）拜相。然而，黄霸只是治理州郡之才，长于治民而不善为朝政，故不能胜任京兆尹之职。"及为丞相，总纲纪号令，风采不及丙（吉）、魏（相）、于定国，功名损于治郡。"尽管如此，黄霸作为汉朝循吏的代表，在位时使百姓富足，离任后令百姓思念，生前有荣誉称号，死后被祭祀缅怀，这样的风采也许就是仁德礼让的君子遗风吧！

《汉书》记载，黄霸任颍川太守时，凤凰多次飞集各郡国，其中以颍川郡最多。河南商水处颍水南岸，秦称殷疆县，属颍川郡。《商水县志》记载："凤凰台在城内十字街，汉黄霸为颍川守，凤栖于此。"相传凤凰台畔有梧桐树，梧桐栖凤（清乾隆十二年版校注本作梧冈栖凤）为商水八景之一。虽为传说，因民心所向，竟成一景。

黄霸为官，重礼仪，遵法度，百姓拥护，朝廷满意，在人才济济的西汉其才算不上最高，"然自汉兴，言治民吏，以霸为首"。能被视为西汉最好的地方官，这是青史对他最高的评价。

"能吏"之死

西汉宣帝元康元年（公元前65年），长安城，未央宫。

天还未亮，宫门前就跪满了密密麻麻的人，他们或是大汉王朝的官吏，或是百姓，个个难掩悲痛，一时间守阙号泣者达数万人。终于，人群中有人大声哭喊："臣活着对朝廷没有益处，愿代赵京兆死！"众人纷纷附和。

这一日，京兆尹赵广汉被腰斩。

一个犯罪的官员被杀，竟有数万人为其鸣冤、送别，让人极为不解。他究竟犯了什么大罪，竟让皇帝不顾众人求情而必欲除之呢？让我们从《汉书》中寻找答案。

赵广汉，字子都，涿郡蠡吾人，中国古代十大清官之一。他年轻时做过郡吏、州从事，因廉洁奉公、礼贤下士而很有名气，被举为茂才（即秀才），为平准令，后任阳翟令、京辅都尉、代理京兆尹、颖川太守，于宣帝本始二年（公元前72年）复任京兆尹。

不管是汉昭帝还是汉宣帝时期，赵广汉的政绩和德行都很突出。为官清正廉明，"威制豪强"，使百姓能够安居乐业，赵广汉遂成西汉一代名臣。

赵广汉迁任颍川太守时,郡中大姓原、褚二族横行无忌,门下的宾客犯法为盗贼,前任太守没有人能擒拿制服他们。广汉到任几个月后就诛杀原、褚二族首恶,并巧用离间计,又教手下制成缿筒,受吏民投书。赵广汉收到告密信件后,削去告密者的名字,假托豪杰大姓子弟所说。自此强宗大族互相成为仇人,奸党散落,风俗大改,困扰颍川郡的问题迎刃而解。

由此可以看出,赵广汉虽然精明过人,颇有廉名,但也有为达目的不择手段的一面,这就为他后来的悲剧命运埋下了伏笔。

据《汉书》记载,长安城几个少年在隐蔽的屋舍中谋划共同劫持某人,话还未说完,赵广汉已派属吏抓捕,使他们全部服法。这速度,就算一千四百余年后明成祖设立的东厂也比不上,让人不得不佩服赵广汉的强悍。

赵广汉知人善任,待人接物和颜悦色,对于下属胜任什么样的职务、工作是否尽心尽力,他都心中有数,自己工作上有了成绩,又总归功于下属。天性精于吏职的赵广汉成为京城行政长官中的杰出人物,"京兆政清,吏民称之不容口"。相传自汉代以来,没有一个治理京城的官员能比得上赵广汉。

这是赵广汉作为"能吏"的一面,事实上,他还有鲜为人知的另一面:假公济私,徇私枉法,滥杀无辜,以致最终害人害己。

京兆掾杜建在协助监造汉昭帝平陵时,指使门下的宾客非法牟利。赵广汉听说后先是警告，杜建不改，于是赵广汉将其捉拿归案。广汉顶住各方压力，将杜建在闹市处以极刑。虽然京城的人都称赞这个案子办得好，可是赵广汉的手段难免过于残暴，何况后来他的所作所为与杜建相比有过之而无不及。

多年为官，赵广汉善于揣摩圣意、见风使舵，虽然这是他精于吏治、善于为官的表现，但是这也容易让他在权力中迷失自己。

汉昭帝死后，赵广汉开始追随宣帝皇后霍成君之父霍光，对他忠心耿耿。霍光一死，赵广汉知道宣帝猜忌霍家，为了表明自己的立场，他以搜查非法屠宰卖酒的人为由，亲自带领长安小吏闯入霍光之子博陆侯霍禹的府里，直接用锥子砸破卢罂（酿酒的器具），用斧子砸破门闩，扬长而去。皇后知道后向宣帝哭诉，宣帝心中暗许此事，仅仅是召见赵广汉询问一番。在宣帝的纵容下，堂堂的京兆尹竟然能做出如此荒唐的事情，而且不被惩罚！赵广汉开始自我膨胀了。

赵广汉的门客私自在长安市场卖酒，丞相的属吏赶走了他。门客怀疑是一个叫苏贤的男子告发的，便告诉了赵广汉。赵广汉派长安丞追查苏贤，尉史禹也弹劾苏贤。苏贤的父亲上书控告赵广汉，宣帝派有司处理。尉史禹获罪腰斩，同时查出他是受赵广汉指使诬告苏贤的。赵广汉被逮捕，并对此事供认不讳，表示服罪。恰逢遇上朝廷大赦天下，赵广汉并没有得到严惩，只受到降级一等的处分，这愈加纵容他在犯罪的道路上越走越远。

被降级的赵广汉心有不甘，他怀疑苏贤的父亲告发自己是受同乡荣畜指使的，于是找个借口将荣畜杀掉了。有人上书揭发此事，宣帝把这个案件交给丞相和御史大夫审理。为了探听丞相家"不法事"，以便掌控丞相的把柄，使丞相对自己有所忌惮，赵广汉指使亲信去丞相府做守门人。得知丞相的婢女自杀，赵广汉派人以婢女之死相要挟，让丞相放过他，但丞相不为所动。于是，赵广汉向宣帝指控丞相的"罪行"。后来宣帝将此事交廷尉审理，查出丞相的婢女是因为犯错被鞭打后自杀。司直萧望之弹劾赵广汉侮辱大臣，要挟丞相，违逆节律，有伤风化。宣帝非常气愤，交廷尉进一步审理，赵广汉终因滥杀无辜、审案不实等罪被处以腰斩。

从清官到罪犯，只在一念之间。作为中国古代著名的清官之一，赵广汉曾深受吏民称颂，生荣死哀，但他因犯罪被杀是无论如何也更改不了的事实。身为京兆尹，因为自己的门客私自贩酒，从指使尉史禹诬告苏贤再到诬告丞相，他早已背离了清官的形象，在违法犯罪的道路上越走越远，不仅断送了自己的大好前程，还落得被腰斩的可悲下场。悲哉！惜哉！叹哉！

东汉名臣袁安

袁安，字邵公，汝南汝阳（今河南商水西南）人，东汉名臣，袁绍、袁术五世祖。

袁安自幼跟从祖父袁良学习《孟氏易》，为人正直，严肃庄重有威望，很受人尊重。袁安最初担任县里的功曹，有一次带着檄文到州从事那里办事，从事托袁安带封信给县令。袁安说："公事自有邮驿替您传送，私事则不该找我功曹。"他推辞不肯接信，从事害怕，不敢再坚持。

《汝南先贤传》记载：有一年积雪有一丈多深，洛阳县令外出考察灾情，见家家户户都扫雪开路，有人外出乞讨食物。县令来到袁安家门口，大雪封门，无路可走，以为袁安已经冻死，遂派人扫除积雪，破门而入。进门后，见袁安僵卧床上，奄奄一息，便问他为什么不出门乞食。袁安说："大雪天人人都是又冻又饿，我不应该再去打扰别人。"洛阳县令认为他贤德，就举荐他为孝廉，袁安自此踏入仕途。"袁安卧雪"的故事在历史上极有影响，成为传统文学和绘画中广为引用的典故和题材，后人以此颂扬他的操守。

袁安先后在阴平、任城任职，当地官吏百姓对他既敬畏又爱戴。永平十三年（70年），楚王刘英谋逆案被交到楚郡。第二年，三府（太尉、司空、司徒）认为袁安能处理复杂的案件，就推举他审理此案，于是明帝任命他为楚郡太守。当时受楚王刘英供词牵连的有几千人，因明帝很生气，办案的人急于定案，严刑逼供致屈打成招、惨死的人很多。袁安到任后，不进衙门，先去监狱审查案件，查出那些没有确切证据的犯人，列条上报，要放他们出狱。府丞、掾吏都叩头力争，认为凡是偏袒附和之人，在法律上都和刘英同罪，不同意他的做法。袁安说："如果处理不当，我自当承担罪责，不会因此连累你们。"于是分别上奏，明帝醒悟，立即批复同意，因此而被释放出狱的有四百多人。疑罪从无、断狱公平，使无辜的百姓免于冤假错案，袁安因此深得民心。

永平十四年（71年），袁安被任命为河南尹。他品行高洁，从不因贪污贿赂去审讯人。袁安常常说："凡是由读书而开始做官的，高则希望担任宰相，低则希望能担任州牧太守，在圣明之世禁锢人才，是我不忍心做的事。"听到这些话的人都很感动，纷纷勉励自己要廉洁奉公。袁安任职十年，京师政令严明，吏治清明，他在朝廷名望很高。

元和二年（85年），武威太守孟云上书："北匈奴既然已经与我们和亲，南匈奴又去抢劫他们，北单于认为是大汉朝欺骗他们，想要进犯边境。我们应当将俘虏归还，以此安抚他们。"章帝下诏召集百官在朝堂上商议。公卿大臣都认为夷狄狡诈,贪心不足,得到俘虏后就会狂妄自大,不可开这个先例。唯独袁安说:"北匈奴遣使进贡请求和亲,将在边境掳到的汉人交还给我们,这表明他们畏惧我朝威严,而不是先违背约定。孟云以大臣身份镇守边疆,不应该失信于戎狄。放还俘虏足以表明我们的优待和宽容,又能使边境的百姓得到安定,确实是有利的。"

司徒桓虞也改变主意听从袁安。太尉郑弘、司空第五伦都恨袁安,郑弘还大声激怒桓虞,说凡是主张释放俘虏的,都是对陛下不忠,被桓虞当场呵斥。第五伦和大鸿胪韦彪都恼怒得变了脸色,朝堂上一时剑拔弩张。司隶校尉把所有的情况奏明章帝,袁安等人都交出印绶向章帝请罪,最后章帝还是听从了袁安的建议。

章和二年(88年),和帝继位,因其年幼,窦太后掌管朝政。窦太后兄长车骑将军窦宪上疏请求北击匈奴。袁安力主怀柔,反对无故劳师远涉,浪费国家钱财,徼功万里。他与太尉宋由、司空任隗及九卿向朝廷上书劝谏,然而几次上书都被搁置。宋由惧怕,九卿也渐渐不再上奏,唯有袁安与任隗守正不移,直至摘下官帽在朝堂上争论十几次。窦太后不听,众人都替他们感到害怕,而袁安神色自若。

窦宪最终还是出兵北匈奴。其弟窦笃、窦景各仗权势,派出爪牙公然在京师拦路抢劫,征收赋税,收取贿赂,京师一时乌烟瘴气。袁安数次弹劾他们,并与任隗一起检举窦氏兄弟及那些讨好附和他们的人，被窦氏党羽怀恨在心。

在如何处置北匈奴的问题上，袁安和窦宪在朝堂上针锋相对，即使被恶言辱骂、威逼，袁安始终寸步不让。后来，被窦宪安抚的北匈奴再次反叛，一切正如袁安所预料的那样。

"徒知扫虏已非谋，况复兴戎更启忧。尽有危言终不用，老臣遗恨几时休？"

袁安认为天子年幼，外戚专权，每次上朝和公卿谈到国家大事，无不痛哭流涕，从天子到大臣都仰仗他。

永元四年（92年），袁安去世，朝廷上下都感到非常痛惜。

袁安后人将家族发扬光大，汝南袁氏成为东汉有名的世家望族。据《三国志·袁绍传》记载："（袁绍）高祖父安，为汉司徒。自安以下，四世居三公位，由是势倾天下。"

袁安一生清正廉洁，刚直不阿，不畏权贵，守正不移，深受后人称颂。

关于袁安，史书记载见于《东汉观记》《后汉书》《资治通鉴》。

沧海遗珠唐室砥柱

在中国长达两千多年的封建社会时期，历朝历代的清官廉吏不胜枚举，他们不仅得到了统治阶级的褒奖，更得到了百姓的拥护和爱戴；不但名垂青史，在民间也留下了段段佳话，"杨震却金""羊续悬鱼"……在这些清官廉吏中，宋代的包拯以其独特的人格魅力成为中国古代最负盛名、最有影响力的清官，而唐代名臣狄仁杰则是另一个传奇人物。

晚清时期，一部侠义公案小说《狄公案》使狄仁杰断案的故事开始在民间广为流传。半个多世纪前，荷兰著名汉学家高罗佩的文学巨著《大唐狄公案》一经面世便在欧美引起轰动，风靡一时。在西方人的心目中，狄仁杰是神探，是中国的福尔摩斯。近年来，随着关于狄仁杰的一系列影视作品的热播，神探狄仁杰成为家喻户晓的名人。我记忆中的狄仁杰是治世的名臣、中国古代十大清官之一，如今把他称为"神探"，感觉甚为不妥，也无法接受。我知道，狄仁杰在《旧唐书》中，在《新唐书》中，等待着后人走近他、了解他。

狄仁杰，字怀英，唐朝并州太原人。他出身官宦世家，却同寒门子弟一样以明经及第步入仕途。作为大唐的名臣，狄仁杰的身上尽显中国古代传统文化提倡的"忠、孝、节、义"。他忠于大唐，忠于武则天，为江山社稷、为黎民百姓鞠躬尽瘁。

狄仁杰对长辈的孝顺超越常人。他在去并州赴任途中"白云望亲"，被后人传为美谈。"老吾老，以及人之老"，同僚郑崇质将被派出使异域，然其母年迈多病，狄仁杰请求代替郑崇质远行。深受感动的不仅仅是郑崇质，还有长史蔺仁基等人。

在小人面前，狄仁杰展现的则是自己高尚的气节。被酷吏来俊臣诬陷下狱后，判官王德寿请他指证宰相杨执柔以谋求自己升迁，狄仁杰严词拒绝并以头撞柱，血流满面，吓得王德寿急忙道歉。

一生为官，至忠至孝、至仁至义、至情至性的狄仁杰在官场上赢得了同僚的尊重。

一代女皇武则天是一位有作为的君主。她对选官制度和考试内容进行改革，多方面选拔各种人才。她还先后颁布《求访贤良诏》《求贤制》等诏令，令各级官吏举荐人才。很多有天赋的寒门子弟依靠自己的才学进入仕途，很多政绩突出的地方官吏得到破格提拔，很多像狄仁杰这样的贤良之士得以施展自己的才能。

狄仁杰的仕途始于汴州佐史。史书记载他被官吏诬告陷害，时任河南黜陟使的工部尚书阎立本发现狄仁杰德才兼备，在查清原委后向他道歉，称赞狄仁杰为沧海遗珠并向朝廷举荐，狄仁杰因此被授予并州都督府法曹参军。此后，狄仁杰曾数次遭到诬告陷害，数次遭贬,但也多次被举荐。狄仁杰最终得到武则天的信任和青睐,被委以重任并两次拜相。

不仅千里马常有,而且更有慧眼识珠的伯乐,这是武周时期的奇特现象。武则天知人善任,有容人纳谏之量,始终有一批能臣干将为其效命,充分显示了她在用人、处事、治国等方面杰出的政治才能和政治家的气魄。在君臣的共同努力下,武则天执政的半个世纪才保持了贞观以来的辉煌并奠定了开元盛世的基础,被后世称为"贞观遗风"。

唐高宗仪凤年间,狄仁杰任大理寺丞,一年里断了各种久拖不决的积案,涉案人员达一万七千人,没有一个含冤上诉的,神探狄仁杰的传奇故事或是来源于此。他秉公执法,不偏不倚,不枉不纵,办案质量之高令人赞叹。

"圣人无常心,以百姓心为心。"狄仁杰体恤百姓,以民为忧。他不畏权势,敢逆龙鳞,敢忤人主,为大唐殚精竭虑,被后人称为"唐室砥柱"。他多次直言上书,犯颜直谏,就算唐高宗、武则天心中不快,就算违背了他们的本意,到最后他的建议也总能被采纳。也正因重用一批像狄仁杰这样的贤臣,在上承贞观之治、下启开元盛世的高宗、武周时期,政治上还算是清明的。

狄仁杰在地方为官多年,颇得政声。虽经历仕途上的起起落落,但他为国为民之初衷依然不改。他每任一职都心系民生,政绩卓著。任宁州刺史时,狄仁杰妥善处理和少数民族的关系,深得百姓喜爱,百姓为他勒碑颂德。御史郭翰巡察陇右，所到之处多所弹劾，及入宁州境内，颂扬刺史美德的人不绝于路。郭翰曰："入其境，其政可知也。"其遂向朝廷举荐狄仁杰。任豫州刺史时，因越王李贞兵败被牵连的达五千多人，狄仁杰可怜这些被连累的人，密奏天子请求怜悯，这些人最终被赦免罪过并发配丰州。因感念狄仁杰的恩德，路过宁州时，他们在狄仁杰的颂德碑下痛哭，斋戒三日而后才上路，到达流放地后又为狄仁杰立碑。狄仁杰任魏州刺史时，入侵的契丹士兵退去，当地百姓得以安居乐业，于是为其立碑，建生祠。狄仁杰还带兵征讨突厥，稳定河北。一个封建社会的官吏，为官一任，造福一方，所到之处尽是百姓为其歌功颂德，实属难能可贵。

武周时期并非歌舞升平的盛世，酷吏政治实为一大弊端。从文明元年（684年）武则天临朝称制，到天授元年（690年）建立武周政权，统治阶级内部斗争一直很激烈。武则天要巩固自己的权力，为称帝铺平道路，而李唐宗室和旧臣则竭力反对，力图恢复李唐江山。在这种情况下，武则天为对付反对派，除了动用军队消灭武装反抗外，又大兴告密之风，重用酷吏，大开诏狱，打击文武大臣。长达十四年之久的阴忍残暴的酷吏政治残杀无辜，上至皇亲贵族、王侯将相，下到州县官吏，含冤屈死者近千人。狄仁杰也是酷吏政治的受害者之一。武则天虽然信他、敬他、重用他，却也任由来俊臣之流胡作非为诬陷他。狄仁杰身陷囹圄，遭遇人生中的最低谷。生死关头，他以退为进，见机行事，终得免死贬官。后武三思又多次提出诛杀狄仁杰,都被武则天拒绝。女皇的心,他们怎么会猜得透呢?狄仁杰死后,武则天泣曰:"朝堂空矣!""天夺吾国老何太早邪!"在女皇的心中,狄仁杰的分量竟是如此之重!

狄仁杰是有名的谏臣、净臣,是武则天最信任、倚重的宰相。他主张任人唯贤,重用贤能;轻徭薄赋,与民休息;重视农业,宜宽征伐;禁造佛寺,反对宗教迷信……这些主张都被武则天接受、采纳,对武周政权的统治起到了积极作用。他劝说武则天立李显为太子,为恢复李唐天下做出了重要贡献。他还向朝廷举荐了一大批优秀人才,如恒彦范、敬晖、窦怀贞、姚崇等,官至公卿者达数十人,"天下桃李,悉在公门矣"。后来他的门生张柬之为相,于神龙元年(705年)发动政变,中宗复位,"柬之果能兴复中宗,盖仁杰之推荐也"。

狄仁杰不仅仅是中国古代杰出的政治家,他的断案如神也足以让他成为一个传奇。然而,不论是作为行政、司法合一的地方官员,还是作为专职的中央司法官员,或者是其他什么身份,狄仁杰都不是所谓的"神探"。我崇拜他,在内心深处也更愿意把他当成我的同行,当成一名优秀的"法官"。

人去政声留,千古美名扬。狄仁杰这样的清官廉吏早已融入历史,成为我们廉政文化的一部分,其精神为后世代代传承。

清官之念

读史书，我尤为关注历代贤明的帝王反贪腐倡俭廉之治，关注清官能臣公正执法之举。这些贤君能臣是划过历史长空的流星，短暂而明亮。

中国古代十大清官中，狄仁杰和徐有功都是武则天时期的官员，这不得不让我重新审视一代女皇和她的武周王朝。

忠臣和奸臣似乎是历朝历代对臣子划分的不二标准，但是在武周王朝，这个标准似乎并不明显，这当然与武则天有莫大的关系。从临朝称制到称帝，这一路武则天走得相当艰辛。武则天要谋夺李唐社稷，必然会遭到李唐宗室和旧臣的强烈反对，他们甚至公然起兵反抗。面对如此严峻的政治局面，武则天为了巩固自己的地位，任用酷吏，大兴冤狱，滥杀无辜，以权代法，一时诬告陷害成风。酷吏政治给大唐、给武周王朝带来了极大的危害。当时活跃在武周政治舞台上的，有周兴、来俊臣、索元礼、丘神勣等一派的酷吏，还有以狄仁杰为首一派正直的官吏。

徐有功，武则天时期的名臣，虽然没有同时期的狄仁杰出名，也没有后来的包拯、海瑞影响大，但是，作为一名武周的专职"法官"，作为一名历史上少有的以身守法、护法的清官，徐有功在当时及后世都受到世人的称颂。

关于徐有功，《旧唐书》《新唐书》《资治通鉴》均有记载。再往前看，有关徐有功公正执法的记载，最早出现在唐人刘𫗧的《隋唐嘉话》里。也就是说，徐有功秉公办案的故事早在唐代就已流传开来。

徐有功是中国历史上极为著名的专司审案的官吏。在古代，司法行政合一，司法权掌握在地方行政长官的手里，只有在朝廷才有专职审案的官吏，但是这些人地位极低，人微言轻，很难有所作为。然而，徐有功是个例外。他先后任蒲州司法参军、司刑丞、秋官郎中、左肃政台侍御史、左司郎中、司刑少卿等职，是古代专职的法官。虽在朝中地位低下，然徐有功审案，卓然守法，虽死不移，正因如此，他不仅被统治阶级奉为一代贤良而表彰，更得到了百姓的拥护和爱戴。

武则天时期是一个特殊的时代。上承贞观之治，下启开元盛世，政治、经济、文化向前发展；然而，对于群臣来说，那也是一个血雨腥风的年代。武则天重用酷吏，罗织罪名，诛杀唐室旧臣和宗室贵族，上至王侯将相，下至州县官吏，随时可能面临灭顶之灾，一时"朝野震恐，莫敢正言"。唯独徐有功数次触犯龙颜，在朝堂上和其争论是非曲直。武后每每用严厉的语言来压制他，"有功争益牢"。

在权大于法的酷吏政治下，酷吏为所欲为，肆无忌惮地草菅人命，势必造成无数冤假错案，这是执法公正的徐有功不能容忍的。徐有功断案一向尊重事实、敬畏法律，严格依法办案。面对冤假错案，他决不会与酷吏同流合污，也决不会"迫于武后的淫威"偏离国法枉法判案，唯有犯颜直谏，以身殉法。

武则天和酷吏要杀人，徐有功要救人，矛盾由来已久，一触即发。为了维护法律的公正、秉公执法，徐有功在朝堂上和武则天，以及周兴、来俊臣之流唇枪舌剑……

颜余庆谋反案，徐有功在朝堂上与武则天据理力争并最终说服了武则天，颜余庆"遂免死"。徐有功和盛怒的武则天争辩时，"左右及卫仗在廷陛者数百人，皆缩项不敢息，而有功气定言详，截然不挠"。庞氏案，替庞氏鸣冤的徐有功被给事中薛季昶弹劾，说他偏袒恶逆的人，徐有功被判弃市。消息传来，徐有功说了一句"岂吾独死，而诸人长不死耶"后安然信步而去。面对武后的责问，徐有功说，"重罪轻判，是臣个人的过错；爱惜生灵，是陛下的大德"，说得武后默然不语。庞氏得以免死，徐有功也仅被免官。

酷吏皇甫文备曾诬陷徐有功放纵逆党，要置他于死地。后皇甫文备因事被下狱，徐有功为之奔走营救。世人不解，徐有功："尔所言者私忿，我所守者公法，不可以私害公。"他守的是天下公法，为守法、护法，他不计个人得失，不畏权贵，令人肃然起敬。

徐有功的耿直公正难免让他成为周兴之流的眼中钉、肉中刺。

他们屡屡找借口要杀徐有功，虽被武则天拦下，却也屡次将徐有功罢官。所幸的是，武则天虽然重用酷吏，但是并不昏庸，她实际上也是相当欣赏徐有功的，所以徐有功在被免官后，总能很快被起用。

道州刺史李仁褒兄弟被酷吏陷害，徐有功虽然坚持护法抗争，但是没有成功，且因此被免官。不久，他又被任命为左肃政台侍御史，"天下闻之，洒然相贺"。世间自有公道，公道自在民心！然而徐有功说，生活在山林里的鹿，很难逃脱被猎杀、成为人们厨房里俎头肉的悲惨命运。对于徐有功来说，或许"命系庖厨"论过于悲观，却也是一个秉公执法的官吏以身殉法、以身殉志的光辉写照。

读完史籍中对徐有功的所有记载，我的内心受到强烈的震撼。徐有功任蒲州司法参军时，"为政仁，民服其恩"。仁者爱人，他深得民心；品德高尚，他一生"不辱一人"。作为司法官员，作为执法者，他坚持有法可依，有法必依，"听讼惟明，持法惟平"。德仁兼备，公正廉明，他是封建社会的良吏、循吏。更为难得的是，酷吏迎合武则天的心意枉杀大臣，徐有功甘冒杀身之祸，以身殉法，以身殉志，这也是他名垂青史的原因所在。

徐有功在武后和酷吏之间周旋，不惧皇权，不怕酷吏诬告陷害。他平反冤假错案，救活人命甚多。他曾经三次因为公正执法被判死罪，但"将死，泰然不忧；赦之，亦不喜"，武则天也因此更加看重他。生而不欢，死而不惧，还有什么能够打倒他！

世人曾将徐有功和西汉文帝时的廷尉张释之相比，认为处于社会大变革时期的徐有功,周旋于武后和酷吏之间,不使天下人受到酷吏的残害,断案多年而没有冤案,他比张释之更有贤能,"虽千载未见其比"。的确,作为执法者,作为法官,能为公正执法而死,以身殉志,是很伟大的。

以身殉志,这种千古不灭的民族精神,激励着一代又一代追求真理的人们,激励着无数仁人志士为正义、理想、信仰而战,成为民族的脊梁。

铁面无私丹心忠

少时爱读小说，一部《三侠五义》伴我多年。开封府的贤相，日断阳、夜断阴，审奇案、平冤狱，让侠肝义胆的英雄豪杰甘愿追随左右，也让千余年后的我无比崇拜。一人独坐，手捧《三侠五义》，"闲中着色，精神百倍"。后来读"三公奇案"，又读其他的公案小说，觉得远不如《三侠五义》精彩。这也难怪，《三侠五义》开侠义公案小说之先河，其中又有被封建统治阶级赏识推崇、被老百姓奉若神明的"包青天"，包公文学的精彩又岂是其他的小说所能比！

自我考进法官队伍后，包拯不仅是我的偶像，更是榜样。他是中国古代十大清官之一，铁面无私、清正廉洁、刚正不阿、执法如山、断案如神……几乎所有的包公戏都与他善断奇案有关，但《宋史·包拯列传》记载的只有他任天长知县时断过的一起"牛舌案"。其实，包拯的政绩不仅仅是在"善断狱讼"上，而天长知县仅仅是包拯仕途的起点，为他的后半生拉开精彩的帷幕。读《宋史》，重新认识包拯，让我不由得更加佩服他，更加崇拜他。

包拯，字希仁，庐州合肥人，北宋政治家。宋仁宗天圣五年

（1027年），包拯中进士，朝廷授予其大理评事，派他出任建昌县知县。包拯以父母皆老，辞不就。又得监和州税之职，父母还是不愿意离开家乡，包拯就辞官回乡奉养双亲。父母相继亡故，包拯便在双亲的墓旁筑起草庐守丧。几年后，同乡父老多次前来劝勉安慰，包拯才接受调遣，正式踏入仕途。

包拯曾先后任天长、端州、瀛洲、扬州、庐州、池州、江宁、开封等地知县、知府；当过外交使节，出使过辽国；在户部、工部、刑部、兵部任过职；还曾任转运使、三司使、监察御史、谏议大夫、御史中丞等职。至和三年（1056年），包拯以龙图阁直学士权知开封府。嘉祐六年（1061年），任枢密副使。他当过天章阁待制和龙图阁直学士，所以有了"包待制""包龙图"的雅称，老百姓则更喜欢称他为"包公""包青天"。

自端州知州任上，包拯就以清廉扬名。端州盛产名砚，故名端砚。端砚为四大名砚之首，作为贡品向朝廷进贡。以前的知州总是借进贡端砚之名，敛取进贡数额几十倍的砚台，用来送给朝廷的权贵。包拯到任后，命令工匠只按照进贡朝廷的数目制造端砚，三年任期届满，"不持一砚归"，被传为美谈。

包拯半生为官，向仁宗上过的奏折、陈表和各种各样的建议、意见近二百篇。他主张练兵选将，严修武备，以御外侮；对内限制臣戚特权，肃治官场，任用贤能，正刑法，明禁令，戒兴建劳作，休养生息，这些建议大多被朝廷采纳实行。当然，宋仁宗不是唐太宗，不可能事事做到从谏如流。如包拯任龙图阁直学士时，曾建议在边境无事时将军队调到内地，请求取消河北的屯兵，精兵简政，减轻农民的负担，朝廷都没有采用。

庆历三年（1043年），宋仁宗采纳范仲淹等人的革新主张，着重对吏制、职田、科举、学校、赋役等进行改革。针对吏治改革，新政在改变官员的慵懒作风、裁汰冗员、举贤用能方面自然要触及守旧派的利益，遭到了官僚贵族的反对。包拯对以整顿吏治为核心的新政既不明确表示支持，亦不表示反对。他针对新政中关于人事制度改革派出的按察使权力过大的问题，上奏折请求废除按察使，在新政失败后又力请保留新政中通过考试选拔人才的政策，其为人处世的客观公正可见一斑。

虽然包拯任监察御史、谏议大夫只是一时，但他半生为官一直都在弹劾别人，只要是对国家、对百姓不利的，不管是皇亲国戚、当朝权贵还是皇帝的宠臣，他都一概不放过。在他的弹劾下被降职、罢官、依律惩处的重臣达几十人之多。其实，包拯所要的不过是官吏尽职尽责、百姓安居乐业而已，他忠君爱民的初衷任何时候都不会改变。当然，《宋史》也记载了包拯曾因"三司使"事件被欧阳修弹劾。张方平任三司使，因购买豪民的财产而获罪，被包拯上奏弹劾，继任的"红杏枝头春意闹尚书"宋祁依然被包拯弹劾，"拯以枢密直学士权三司使"。然而，包拯内心的无私被视为不谙世事，欧阳修以奏折《论包拯除三司使上书》向宋仁宗表明了自己的立场。"拯性好刚,天姿峭直,然素少学问,朝廷事体或有不思",他认为包拯逐其人而代其位有蹊田夺牛之嫌,究其原因,"其学问不深,思虑不周,而处之乖当"。欧阳修请宋仁宗"别选材臣为三司使,而处拯他职",使包拯得以避嫌,"以解天下之惑,而全拯之名节"。此奏折名为弹劾包拯,言语之间又有处处为包拯着想之意,欧阳修的为人处世是包拯无论如何都学不会的。

清心为治本,直道是身谋。《三侠五义》中的包拯虽是集民间包公形象之大成,使包拯的形象得以更广泛地流传,然故事情节多是虚构,实际上包拯既没有江湖豪杰相助,也没有王朝和马汉等人相伴、保护,二十余年为官,他一个人孤单走过。包拯"少有孝行,闻于乡里;晚有直节,著在朝廷",这是不争的事实。他生性秉直,刚正无私,一生不结派系,亦不卷入党争,甚至没有至近的朋友,"故人、亲党皆绝之"。正因其以赤子之心为宋仁宗、为大宋王朝、为黎民百姓鞠躬尽瘁,才赢得生前身后名,"包青天"才得以被视为正义、无私的化身。

包拯为官,开封府不是开始,也不是归宿,但是开封府让他走向了历史的深处,让他成为家喻户晓的名臣。在开封任职的两年间,包拯的形象被推向顶峰。包拯在朝廷为人刚强坚毅,皇亲贵戚、内侍宦官因此大为收敛,听到他的名字的人都感到害怕。人们把"看到包拯笑"比作"黄河水变清"一样难,他的大名妇孺皆知。包拯裁撤门牌司,使告状的人能够直接到他面前陈述是非曲直,京城因此盛传"关节不到，有阎罗包老"。能为民做主的清官，正是几千年来处于水深火热之中的下层百姓所祈盼的官。

中国古代有不少能臣廉吏，即使是在宋仁宗时期，包拯的地位不及富弼、文彦博等人显赫，文采比不上欧阳修、苏轼等人出类拔萃，政治上的建树也无法与范仲淹、王安石等人相比，然独有包公得到了当时及后世万民的仰慕和爱戴，成为清官的典范。早在北宋时期，包拯的故事便已开始在民间流传。包公文学的丰富内涵，在历史上是独一无二的。在中国的戏曲史上，没有哪一位官吏能够像包拯那样频繁地出现在历代戏曲舞台上并受到人民大众的喜爱，进而催生出一门极为独特、久演不衰的戏剧——包公戏。包公的形象早已深入人心，成为封建专制社会老百姓最敬仰、最崇拜的清官。

悠悠历史长河，他是丰碑一座，是我心中永远的楷模！

清廉刚直陈希亮

"为人君，止于仁。"北宋仁宗天性仁孝，对群臣宽厚以待，知人善任，善于纳谏，因此"仁宗盛治"时名臣辈出，前有包拯，后有陈希亮，世人皆以"青天"颂之。

陈希亮（1014—1077），字公弼，北宋眉州青神县人，中国古代十大清官之一。

陈希亮幼年丧父，但他非常好学。在他十六岁准备拜师求学时，他的兄长为难他，让他去收回"钱息三十余万"。陈希亮把借钱的人都召集起来，当众烧毁借据后离去。学业有成后，他把哥哥的儿子陈庸、陈瑜召去读书，他们都中了天圣八年（1030年）的进士，家乡人称他们为"三俊"。

陈希亮年轻时曾与同乡宋辅一起寻师访友，宋辅不幸病逝于京城，留下老母及幼子宋端平。陈希亮赡养宋母终身，将宋端平视如己出，教导他读书做人，还将女儿嫁给他。后来陈希亮的长子陈忱和女婿宋端平也进士及第，一门五进士，一时传为美谈。

陈希亮初任大理评事、长沙知县时，当地有个叫海印国师的和尚，出入章献皇后家，与权贵们交往，仗势侵占百姓的土地，没有人敢正视他，百姓敢怒而不敢言。陈希亮到任后不久就将其逮捕归案、依法治罪，全县震惊。他任京东转运使，潍州参军王康赴任途中经过博平时，与其女被外号叫"劫道虎"的强盗殴打到几乎致死，官吏不敢过问。陈希亮下令追捕并将之流放海岛，又弹劾官吏故意纵容之过，因此被免官的有好几个人。徐州太守残暴，因小错而抄没几十户百姓的家产；抓住小偷，一定让小偷诬告自己，然后将其处死。陈希亮向朝廷揭发其罪状，徐州太守终被撤职。疾恶如仇、执法如山，陈希亮做事从不考虑后果。

外戚沈元吉因奸盗杀人，陈希亮查明实情，尚未处置时，沈元吉因为害怕倒地而死，沈家人控告陈希亮，宋仁宗下诏让御史给陈希亮及所有狱吏治罪。陈希亮说："杀此贼者独我一人而已。"因此他被治罪免官贬为平民。一身正气，纵然被免官又如何！

京西兴起盗贼，杀害当地的郡守县令，经富弼推荐，贬为平民的陈希亮被任命为房州知州。该州素来无兵守备，民众惊恐万分，陈希亮用守牢狱的士兵再杂用山河户，共得数百人，日夜部署守卫，声振山南，百姓依恃他们才得到安宁。宛句兴起盗贼，白天公然洗劫张郭镇，抓了濮州通判井渊。宋仁宗任命陈希亮为曹州知州后，不出一个月，他就将盗贼全部擒住。面对即将决口的黄河，他亲自驻守大堤，"吏民涕泣更谏，希亮坚卧不动"，直至洪水退去。于危难之际，民之安危自有良臣守护。

青州百姓赵禹上书，说西夏赵元昊必反，宰相认为赵禹狂言，将他流放建州，后来元昊果然反叛。赵禹向当地官府反映，没有受理，于是逃到京城，向宰相理论。宰相发怒，将其关进开封监狱。陈希亮说赵禹该重赏不该治罪，与宰相争论不已。最后宋仁宗释放了赵禹，赏他做徐州推官。有人说华阴人张元逃到夏州，做了元昊的谋臣。宋仁宗下诏将张元全族百余人迁到房州，检查监视他们。张家人饥寒交迫，面临死亡。陈希亮认为张元的事情尚未查明真相，况且这些人都是他的远亲，都是无罪的，于是向宋仁宗密奏，宋仁宗下诏将他们释放。张家老幼哭着拜别陈希亮，画了他的画像带回家立祠祭祀。只有心系百姓，方敢直言进谏，无所畏惧。

福胜塔失火后，官府计划重建，估计费用需要三万钱，开封府司路司事陈希亮说陕西正用兵打仗，希望把这笔钱给军队。朝廷因此下令不再重建。淮南饥荒，安抚使、转运使弹劾寿春知州王正民没有尽职，王正民因此被免官，由陈希亮代替他。转运使调进里胥的米而免除他们的徭役，共收十三万石，叫作"折役米"。米价飞涨，人民更加饥荒。陈希亮到任后废除了这一做法并将此事上奏，临郡也因此停止了这一做法。陈希亮又上书说王正民无罪，任职做事尽心尽力有成绩，于是宋仁宗下诏任命王正民为鄂州知州。人尽其才、物尽其用，这是陈希亮一贯坚持的做法。

陈希亮任宿州知州时，当时在汴水上造桥，河水上涨后接近桥面，常损坏过往船只。他首创飞桥，不要墩柱，以方便船只往来，宋仁宗下诏赏赐并推广他的方法，从京城到泗州都修建飞桥。他在担任凤翔知府时，官仓中的粮食可供十二年之用，管事的官员担心会霉腐。发生饥荒时，陈希亮拿出十二万石借给百姓，有司官员害怕以擅自动用官粮获罪，陈希亮便亲自负责此事。当年秋天大丰收，百姓度过了饥荒，用新粮还陈谷，官仓的储粮也实现了以新易旧。良臣治世，怎无良方？

北宋时州郡官员以酒互赠，按照惯例由个人得了这些酒，但是按照法律是不允许的。陈希亮把酒送给贫寒的游士，随后又说："这也是纳为私有。"于是他用自家的财产来赔偿酒钱，并且借此上书弹劾自己，坚决请求辞职。能够直面自己、弹劾自己的官员，翻遍青史，能有几人？

陈希亮为人清廉刚直，不求私利，喜怒不形于色，从王公贵族到百姓都很敬畏他。他所到之处，狡猾、奸诈之人都纷纷改变言行，不改者必诛。但他处事有度，仁爱宽恕，所以深得下属和百姓的尊重与爱戴。爱民者，民恒爱之。

在中华五千年的文明史上，清官廉吏可谓灿若星辰。为官之道，能做到清廉、清正并不难，难的是作为一名真正的循吏，如陈希亮，肯为百姓办实事，能造福一方，这才是为官的最高境界。

"乘雅恬退，颖不阿贵戚，有儒者之风。""希亮为政严而不残，其良吏与。"《宋史·陈希亮列传》以两千九百余字洋洋洒洒记之，对其高度评价，亦有苏轼《陈公弼传》流传于世。

风宪衙门的守护者

"我们是廉政公署,是反贪污的。"

"我们比谁都要清廉,这是传统,更是操守。"

影视剧中,以肃贪倡廉为目标的香港廉政公署(ICAC)给人留下深刻的印象,L组则是其内部调查及监察部门,是反贪中的反贪,尤其神秘。其实,历史上不仅有比廉政公署更完善的监察机构,也有比L组更精彩的故事。

六百多年前,在专制主义和宦官政治的双重高压下,大明王朝涌现出一大批历代少有的刚正不阿的科道官(六科给事中与都察院各道监察御史的统称),对推动官僚机构的正常运转起到了一定的积极作用。而这一切,得益于监察官铨选的制度化和法律化。

明朝对监察体制进行重大改革:洪武十五年(1382年),明太祖置都察院,又名风宪衙门,以代御史台;设左右都御史各一人,都御史职掌"纠劾百司,辨明冤枉,提督各道,为天子耳目风纪之司";并设十三道监察御史,为都察院直接行使监察权的专职监察官,只对皇帝负责;设六科给事中(属言官监察系统)及通政使司。

在地方设总督巡抚，巡抚以"清吏治"为主要任务，总督带都察院都御史或副都御史衔，是朝廷派遣的钦差大臣，督抚既属地方的另一监察系统，又节制三司与总兵；并设提刑按察使司及巡按御史。明朝继往开来的新监察体制影响了中国五百余年。

明朝推行重典治吏政策，赃钞六十两以上者枭首示众。治吏必须察吏，因而统治者更加倚重监察机关察吏职能的发挥，监察官遂成为皇帝名副其实的耳目之官，并被赋予以正纪纲之任。顾佐便是明初监察官中的佼佼者。与普通监察官不同的是，顾佐的监察对象主要是大明王朝的监察官，比香港廉政公署中的L组职能更激进。

顾佐，字礼卿，河南太康人。建文二年（1400年）中进士，被授予庄浪知县。端午节那天，当地守将召集官员比赛射箭，因顾佐是文官，便故意为难他。顾佐拿起弓箭一发中的，令守将非常佩服。

永乐初年，顾佐入京为御史。南京，是他监察官生涯的起点。永乐七年（1409年），明成祖在北京，命吏部选拔有才华的御史赴行在所，顾佐入选。他奉命招抚庆远府蛮人，到四川监督采运木材，跟随明成祖北征，巡视边关。不久升为江西按察副使，又被召回任应天府尹。顾佐性格刚直不屈，官吏百姓对他敬畏而服从，把他比作北宋的包拯。

明成祖定都北京后，顾佐改任顺天府尹。权贵们觉得把他留在京城不方便，就让他出任贵州按察使。明仁宗洪熙元年（1425年），他被召回任通政使。

宣德三年（1428年），都御史刘观因为贪污被撤职，大学士杨士奇、杨荣推荐顾佐，说他公正廉洁有威望，历任官职都有风采，在京城任府尹时政治清明，弊政尽革。明宣宗很高兴，立即升他为右都御史，赐予其敕书奖励劝勉。宣宗命他考察诸御史，有不称职的可将其撤职，有御史出缺时可保举人员送吏部补选。

杨士奇、杨荣的举荐，宣宗的信任和重用，让顾佐在风宪衙门走向权力的顶端。对顾佐来说，右都御史一职给予他的，不仅仅是权力，更是职责和使命。

顾佐刚上任，就上奏废黜了严暟、杨居正等二十人，把他们贬到辽东各卫为吏，还有八人被降职，三人被罢免；他推举可以担任御史的进士邓荣、国子生程富、在京候选的知县孔文英、教官方瑞等四十人。宣宗让他们先干三个月，然后任用他们。后来严暟从戍守之地偷偷跑回京师，以别的贿赂相威胁，被顾佐上奏揭发，宣宗下令将严暟诛杀。

宣宗北巡时，命顾佐偕同尚书张本等人留守。北巡回来后又赐给顾佐敕书，令他约束各御史。于是顾佐罢黜贪婪骄纵之徒，朝纲肃然。

宣德四年（1429年），有奸滑的小官上奏说顾佐接受隶役钱财，私自打发隶役回家。宣宗私下将奏章给杨士奇看，说："你不是曾经保举顾佐清廉吗？"杨士奇说："朝中官员俸禄微薄，仆从、马匹、粮草都有隶役供给，所以派出一半隶役，让他们出钱免去劳役。这样隶役得以回家耕作，官员得到钱财。朝中官员都是这么做的，臣也是如此。先帝知道这一点，所以增加了朝中官员的俸禄。"宣宗叹息说："朝臣竟然贫穷到这样的地步。"于是宣宗怒斥上奏的人说："我正任用顾佐，小人就敢诬陷他，一定要交给法司治罪。"杨士奇说："小事不足以让皇上动怒。"于是宣宗将奏章交给顾佐处理。顾佐把那位官员召来说："皇上命我来惩治你，你只要有所改变，我就原谅你。"宣宗听说后更加高兴，说顾佐识大体。

有人状告顾佐不处理冤案，宣宗说："这一定是犯了重罪的人教他这么干的。"命法司会审，果然是千户臧清杀了三个无罪之人，被判死罪，便派人诬陷顾佐。宣宗说："不杀臧清，顾佐的法令就不能实行。"于是用磔刑（肢解）处死了臧清。

明仁宗、明宣宗时期，都察院的职责扩大，监察工作渗透到中央和地方各级行政以及内廷和外廷的各个领域。监察御史和六科给事中虽然职级不高，但是权力很大，监察范围广泛。顾佐被任命为右都御史后，以自己的刚直清廉守护着风宪衙门，严格按照规定为朝廷选拔和考核监察官员。

顾佐一生为官，历明惠宗、明成祖、明仁宗、明宣宗、明英宗五朝，自永乐初年任御史开始，他的人生和监察工作就再也分不开了。从明仁宗即位的永乐二十二年（1424年），到明宣宗宣德十年（1435年），整整十二年，那是属于仁宗、宣宗的时代，也是属于"三杨"（杨士奇、杨荣、杨溥）、蹇义、夏元吉、顾佐等人的时代。

宣德十年，随着明宣宗病逝，"仁宣之治"的盛世局面不复存在。一朝天子一朝臣，对顾佐来说，在明英宗的正统朝，风宪衙门将走向何方，已不是他所能左右的了。

正统初年，顾佐考察不称职的御史十五人，将他们降职或罢免。邵宗九年任期届满，吏部已考核称职，但他也在顾佐考核的不称职之列。邵宗上书申辩，尚书郭琎也说邵宗不该与在任的一同考核。明英宗于是责怪顾佐。御史张鹏等人又弹劾邵宗的一些小过错，英宗认为张鹏结党欺骗，一并严厉斥责顾佐。顾佐上书请求退休。

顾佐生性仁孝友爱，操守清白，性格严肃刚毅。每天上早朝时，他在外庐休息，在门外挂有双藤，百官经过时都绕道避开。入内廷办公，他独处一间小夹室，不议政时不与官员们群坐，人们称他为"顾独坐"。也有人觉得顾佐持法过严，认为这是弊病。

在明朝统治的二百余年间，具有一代特色的监察法律体系使得监察官在依法整饬吏治、维护纲纪、纠弹不法、建言立政等方面发挥了积极作用。《明史》记载，仁宗、宣宗年间，惩处官场中的贪官污吏，晋升公正廉明刚正之士。黄宗载主管考核选拔官吏，顾佐掌管国家法令，风纪为之一清。仁宣之治"功绩堪比文景"。若非顾佐等人持法之严，何来盛世之风清气正？

清风两袖热血千秋

轻抚《明史》，思绪万千。想起年少时的我，想起于谦，想起岳飞，想起土木堡之变，想起京师保卫战，想起夺门之变。闭上眼睛，历史似电影画面一幕一幕闪过，而于谦，分明就在我的面前……

"千锤万凿出深山，烈火焚烧若等闲。粉骨碎身浑不怕，要留清白在人间。"能将普普通通的石灰吟咏如此，这个于谦到底是什么样的人呢？

少时我极崇拜岳飞，听评书《岳飞传》很不过瘾，索性借岳飞的传记来读，在上面又看到了于谦的诗《岳忠武王祠》。中兴诸将谁降敌，负国奸臣主议和。驰骋疆场的英雄终究难敌误国的佞臣。如何一别朱仙镇，不见将军奏凯歌！忠臣良将却没有好下场，怎能不让人扼腕叹息！这首诗写出了我的心声，我不由得对于谦又平添几分好感。

及至年长，在历史书中再次看到于谦，民族英雄是也，可惜是以悲剧收场的英雄。人活着，你崇拜什么样的人，内心就渴望成为什么样的人，正如于谦，他景仰岳飞，最终竟和岳飞一样为奸臣所害，和岳飞一样长眠于西湖畔。袁枚诗云："赖有岳于双少保，人间始觉重西湖。"于谦终与他最崇拜的英雄岳飞齐名，和岳飞、张煌言被后人尊称为"西湖三杰"，人生的际遇，谁能说得清呢？

透过《明史》看于谦，可以感受他大无畏的凛然正气。

如同北宋的靖康之变，1449年的土木堡之变，英宗被俘，京师震惊。大明王朝将走向何处？瓦剌大军将至，是迎战还是迁都南京？历史不是简单的重复，可有时候历史也是惊人的相似。侍讲徐珵力主南迁，被于谦厉声驳斥："京师乃天下之根本，一动则大事去矣，独不见宋南渡事乎！"在大明王朝危难之际，于谦毅然以社稷安危为己任，力挽狂澜。

也先率瓦剌大军进逼京师，挟英宗以逼和，于谦以社稷为重君为轻，不许。在于谦的带领下，明军上下一心，取得京师保卫战的胜利，也先的阴谋未能得逞。事实证明了于谦的决定是正确的，大明皇室和景帝选择于谦是英明的，明朝终未成为第二个宋朝。后于谦创团营之制，择京兵精锐十五万，分十团营操练，又遣兵出关屯守，加强边戍，委任名将镇守，边境以安。

孟子曰："民为贵，社稷次之，君为轻。"纵观于谦三十余年的为官生涯，他的所作所为无不体现出孟子以民为贵的思想。在地方，他为官一任，造福一方，颂声载道；在朝廷，他以社稷为重，以天下为己任，奋不顾身。宣德年间他巡按江西时大力平反冤狱，奏请逮捕各处害民的官校；任河南、江西巡抚时，他轻装骑马走遍所管辖的地区，访问父老，兴利除弊；正统年间分粮、护堤、种树、打井等等，他的威望恩德遍及各地。当于谦被王振陷害时，山西、河南的官吏百姓俯伏在宫门前，请求挽留于谦的人数以千计，周王、晋王也为他讲情，于谦再次被任命为巡抚。当时，山东、陕西二十余万流民到河南求食，于谦请求发放河南、怀庆两府积蓄的粟米救济，又奏请布政使年富召集、安抚这些人，分给他们土地、耕牛和种子。心系民生的于谦也得到了百姓的爱戴与尊重。了却君王天下事，赢得生前身后名。

于谦任兵部尚书时，正值也先势力大肆扩张，湖广、贵州、广西、瑶、僮、苗、僚到处叛乱。于谦运筹帷幄之中，决胜千里之外，同僚和部属"相顾骇服"。他号令严明，就算是功臣宿将稍有不守法度，也立即请旨切责。得到景帝的重用和支持后，于谦得以施展他的才华和抱负，他的命运也早已和景泰朝、景帝紧密联系在一起。遗憾的是，景帝在处理英宗的问题上犯下致命的错误，景泰朝的短命和于谦的悲剧已无法避免。

于谦虽然历经仕途上的坎坷起伏，可毕竟在宣宗、英宗、代宗三朝都得到了重用。杨士奇、杨荣、杨溥主持朝政之时都很重视于谦，于谦所奏请的事，早晨上奏章，晚上便被批准，都是"三杨"主办的。但是于谦每次进京都是空手而去，这让那些有权势的人不能不感到失望。至于那些有权势的人到底是谁，《明史》并未记载，我想必是朝中权贵吧！这个不懂官场规矩的于谦还写下了那首著名的《入京》："绢帕蘑菇与线香，本资民用反为殃。清风两袖朝天去，免得闾阎话短长。"于谦心中装的是社稷、百姓，那些权贵算得了什么！

于谦在官场上绝对是个"另类"。他生活俭朴，所居房屋仅能遮蔽风雨，便服一套，瘦马一匹，能入京，能下乡，足矣。古往今来似于谦这样为官的能有几人？于谦死后，权臣石亨的党羽陈汝言继任兵部尚书，不到一年便贪赃巨万。英宗召大臣进去看，很生气地质问石亨：于谦在景泰朝受到重用，死后没有多余的财产，陈汝言为什么这么多？石亨无言以对。

"不懂事"的于谦不仅坏了官场上的规矩，还因为他的刚直、实事求是和坚持原则得罪了一大批人。他看不起那些软弱怯懦的大臣、勋旧贵戚，因此愤恨他的人更多。那些不称职的人怨恨他，不被皇帝重用的人嫉妒他，各御史多次用苛刻的文辞弹劾他。终于，在明代宗景泰八年（1457年），石亨、曹吉祥、徐有贞（徐珵）这些憎恨于谦的人发动夺门之变，迎接英宗复位，诬陷于谦谋反。英宗明白，对于大明王朝来说，"于谦实有功"，他怎能忘记，若不是因为于谦，他如何能从瓦剌顺利归来？然而复辟也需要一个冠冕堂皇的理由，杀于谦便是最好的借口。

于谦性刚直，淳朴忠厚，遇到不如意的事，常常捶胸感叹道，这一腔热血将会洒向何地！他是一代名臣，忘身忧国，清白为人，清廉为官，爱民如子，这就注定了他的一腔热血要为大明而洒。

明英宗天顺元年（1457年），正月丁亥，于谦惨遭弃市，是日阴云密布，天下人皆知其冤。

枉杀于谦是大明王朝的损失，英宗一度后悔不已。

于谦，一代名臣，为君分忧为民请命，清风两袖热血千秋！

千古刚峰正气扬

在华夏五千年的文明史上，出现过无数的清官廉吏，他们生前得到百姓的拥护和爱戴，死后英名长存。清官文化也作为一种独特的文化现象，成为廉政文化的一个重要组成部分。

打开历史，西门豹、赵广汉、黄霸、徐有功……一个个清官穿越时空，向我们走来。"青天"，是百姓对清官由衷的赞誉，代表着民心所向。在民间，最有名的清官当是北宋的包拯和明朝的海瑞，包拯之清廉此篇暂且不提。

明太祖朱元璋的反腐肃贪在历史上独树一帜。他对贪官予以无情打击，手段之狠令人发指。在反贪的同时他实行的却是低薪养廉，"自古百官俸禄之薄，未有如此者"。明朝官员的薪水之低使他们难以养家糊口，故虽然明太祖重典治贪，百官依然前"腐"后继，官场十分黑暗。即便如此，大明王朝仍有不少彪炳史册的清官传世。明世宗嘉靖朝，一代名臣海瑞登上历史舞台，书写着明朝第一清官的传奇人生。

海瑞幼年丧父，母亲谢氏将他抚养成人。谢氏对他的教育极端、怪异，造就了海瑞孤僻的性格，这不仅使他在官场上难以和同僚相处，也影响到他的家庭。不过，也正是因为谢氏的严格要求，海瑞虽然最终没有成为孔孟那样的圣人，可也是一个清正廉明、刚直不阿的官员，一个心系百姓、为百姓谋福利的好官，也算是不负谢氏所望吧！

1558年，曾任福建南平教谕的海瑞赶赴浙江淳安任知县，这一年，离他去世只有三十年。

十几年为官，不管身居何职，这个与黑暗的官场格格不入的海瑞总能做出石破天惊的事情。在老百姓的眼里他是清官，在同僚的眼里他却是个怪人，因此，不管是生前还是身后，海瑞一直备受世人争议。

官场腐败似乎是历朝历代普遍存在的现象，在明朝低薪的情况下形势更为严峻，可是偏偏海瑞不贪、不腐。而他的"怪"，则是从他任南平教谕时见御史而不跪就已在官场传开了。

担任淳安知县的海瑞，生活节俭。他穿着布袍碾谷子，吃的是老仆人种的青菜。为了给母亲做寿，海瑞买了两斤肉，不仅在整个淳安县引起很大的轰动，甚至惊动了当时的闽浙总督胡宗宪。无独有偶，一百年后被大清康熙皇帝褒扬为"天下第一廉吏"的于成龙，被江南人民称为"于青菜"。如果说节俭是一种美德，那么这两位清官的品德之高尚竟是如此相似！

从明世宗开始，明王朝由盛而衰。土地大量集中，阶级矛盾日益激化，官吏贪污贿赂成风，再加上军备废弛，南倭北虏侵扰不断，百姓苦不堪言。最高统治者嘉靖皇帝却一心修道，多年不理朝政。嘉靖四十五年（1566年），担任户部主事的海瑞买好棺材，与家人诀别后，冒死向嘉靖皇帝呈上被后人称为《治安疏》的"直言天下第一事疏"。以下犯上，海瑞痛骂嘉靖皇帝，一时震惊朝野。

愤怒的嘉靖皇帝虽然明知海瑞之忠心可比比干，却仍然将其下狱。所幸嘉靖皇帝不久病逝，新帝登基，海瑞被释放后官复原职，先后被提拔，并于明穆宗隆庆三年（1569年）夏升至应天十府巡抚。

半年的应天巡抚生涯，海瑞的人生进入巅峰时期。

《明史》记载，下属的官吏害怕他的威严，很多有劣迹的自行免职离开。有权势的人家本来把大门漆成红色，听说海瑞要来，又把门漆成了黑色。

海瑞锐意改革，疏浚河道，修建水利工程；他惩治贪官，极力打击豪强，强令贪官污吏退田还民。他大刀阔斧地清丈田亩，势必触动大地主阶级的利益。他推行一条鞭法本是想着对百姓有好处，在执行中却没有做到不偏不倚，因此结果并不尽如人意。海瑞接连被弹劾，被调离吴地。屋漏偏逢连夜雨，由于高拱的落井下石，海瑞只好告病还乡。

"老骥伏枥，志在千里。烈士暮年，壮心不已。"他等待着，等待着有朝一日皇上会想起他，等待着他为大明王朝鞠躬尽瘁死而后已。这一等，他从隆庆朝等到万历朝，等到他须发皆白，他整整等了十五年！

万历年间的首辅张居正是个很有作为的政治家，可是他很不欣赏海瑞，也害怕海瑞的严峻刚直。虽然很多人举荐海瑞，但张居正始终不任用他。直至张居正死后，万历十三年（1585年）时，万历皇帝才起用海瑞为南京吏部右侍郎，七十二岁的海瑞已是垂暮之年。

海瑞效仿古人尸谏，向万历皇帝上书要求严惩贪官，并列举太祖剥皮揎草及受贿枉法八十贯钱判绞刑的律令，主张用这些惩治贪污。用酷刑反腐本已遭到百官反对，海瑞又身体力行矫正种种弊端，更引来百官的恐惧不安。他一再被弹劾，被恶毒诋毁。

在反腐的道路上，海瑞是坚强的斗士，勇往直前，可是毕竟他老了。偌大的大明王朝，他一个人孤单前行，孤军奋战，他太累了。

心力交瘁的海瑞多次向万历皇帝辞官，万历不允，最后海瑞病逝于任上。他的灵柩被运回家乡。十几年前他离开南京时，百姓在路上号哭流泪，在家里为其画像祭祀他；十几年后他再次离开南京时，百里长江江面上挤满了身着素服为他送行的百姓，哭拜声惊天地，泣鬼神。

海瑞铁面无私，刚正不阿，在官场上难免到处碰壁。万历皇帝看重他、起用他，只不过是用他装点门面而已，并不是真正为了江山社稷。正如易中天所言，"海瑞作为清官和硬汉而名垂史册，这并非他的初衷。他的本愿，是要清除腐败，重振道德。然而腐败滋生、道德堕落的根源既然在制度，即使是一万个海瑞也无济于事"。所以不管海瑞如何努力，他的反腐之路都是举步维艰。

一个真正意义上的清官，不但要清廉、清正，还要政治清明，能给百姓带来福祉，能使百姓安居乐业，所谓"为官一任，造福一方"大抵如此，海瑞便是这样的清官。一个封建社会的官吏，能做到这一步实属难能可贵。

一代清官海瑞，千古刚峰正气扬！

抉择

明清之际，朝代更迭，江山易主，风云变色。

崇祯十七年（1644年）三月十八日，李自成率农民军攻入北京，明朝灭亡。"恸哭六军俱缟素，冲冠一怒为红颜"，驻守山海关的明将吴三桂降清，于四月二十二日联合多尔衮大败大顺军，农民军一路溃败，李自成放弃北京，向陕西撤退。五月，清政府迁都北京，确立清朝政权的统治。

清军入关后，除大顺、大西政权英勇抗清外，南明弘光、鲁王、隆武、绍武、永历诸政权，荆襄巴东农民起义，韩王政权和北方各族人民也持续不断开展反清斗争，民族矛盾成为主要矛盾。抗清斗争给清政权以沉重的打击，迫使其不得不调整统治政策，以适应巩固政权的需要。在这样的时代背景下，汉族知识分子何去何从？如黄宗羲、顾炎武抗清，或是像孙奇逢、吕留良一样隐于山水之间，抑或是如于成龙入仕清朝？

每一个有骨气、有血性的知识分子都会面临抉择，汤斌也不例外。

即便"反清复明"的口号几乎贯穿整个清王朝统治时期，反清复明也是一条不归路。朱明王朝的覆灭已成为历史，一个腐朽没落的王朝也不可能给百姓带来福祉。南明各个政权存在期间，只有战争和血腥的屠杀，苟延残喘之后被剿灭乃是必然，后世反清更是难上加难。因此，不管是黄、顾还是孙、吕，既然选择了民族大义，除了不仕清朝别无他法。

汉民族的出路在哪儿？

没有出路，至少在当时没有。清朝的统治已成为不可逆转的历史潮流，中国民主革命的先行者孙中山提出"驱除鞑虏，恢复中华，创立民国，平均地权"也是在二百多年后。

生于乱世是不幸的。当一个民族没有出路时，个人又有什么出路呢？

"致君尧舜上，再使风俗淳。"如有机会治国平天下，能造福苍生，汤斌愿一展平生抱负。顺治九年（1652年），汤斌中进士，步入仕途。这一步，有人说他走错了。近代革命家邹容称其为"驯静奴隶"，刘师培、章太炎、梁启超等人认为他"觍颜仕虏""炎黄之胄，而服官异族，大节已亏"，更有甚者，有人称其为大清的走卒、汉奸国贼。

值得庆幸的是，汤斌做了一位受百姓爱戴的清官。

"国以民为本，民以食为天，本固邦宁，食足民安，理势然也。"汤斌说到做到。顺治十三年（1656年），汤斌任陕西潼关兵备道，他体恤民情，打击豪强，招募流亡的农民垦荒并免除三年的赋税，缉盗贼，建义仓，办社学，人民安居乐业，不过一年多的时间，"汤青天"的美名就家喻户晓。顺治十六年（1659年），汤斌调任江西岭北道、江西布政使司参政，因父病告归，"百姓扶持相送，叹息泣下，有痛哭者"。康熙二十三年（1684年），汤斌任江宁巡抚，他除耗羡、严私派、清吏治、毁淫祠、办社学、行教化、倡节俭，多施惠政。汤斌勤政爱民，实心任事，虽然在江宁巡抚任上只有一年多的时间，他离任时，"吴民泣留不得，罢市三日，遮道焚香送之"。

虽然深得康熙皇帝的赏识，但是汤斌的清官之路步履维艰。他廉洁奉公，刚直不阿，正色立朝，始终一节，招致权臣明珠及其党羽的嫉恨，对其诽谤、陷害不断。修身齐家易，致君泽民难！在权臣的造谣中伤中，在康熙皇帝的责问中，带病工作数月的汤斌于康熙二十六年（1687年）十月病逝，后入贤良祠，谥号文正，从祀孔子庙。

汤斌作为清初理学名臣，主张挖掘理学中的经世致用因素，强调"躬身实践""力行"，是程朱理学的践行者；他三次参与修《明史》，任《明史》总裁，主张修史应秉笔直书，勿事瞻顾；他爱民如子，为官清廉，是百姓称颂的"汤青天""清汤""三汤巡抚"。

"出尔为政，膏泽万民，清节冠世，独立不挠，儒术之大效，于斯为大。"一代廉吏汤斌严于律己，清廉为政，"致君泽民"，在政绩和学术上都取得了突出成就，受到了朝廷和百姓的高度评价。

"三汤巡抚"民不能忘

汤斌（1627—1687年），字孔伯，号荆岘，又号潜庵。河南睢州（今睢县）人，清朝政治家、理学家、书法家，中国古代十大清官之一。

明朝末年，农民军攻陷睢州，汤斌之母赵氏为保全志节而死，自幼聪慧好学的汤斌于战乱中颠沛流离，哀民生之艰。

顺治九年（1652年），汤斌中进士，被选为翰林院庶吉士，后授国史院检讨。当时正议修《明史》，汤斌上书说："《宋史》修撰于元朝至正年间，然而不避讳文天祥、谢枋得的忠诚；《元史》修于明朝洪武年间，同样记载丁好礼、巴颜布哈的节义。顺治元年、二年间，以前明朝的臣子中有为保全志节而宁死不屈、临危献身的人，不能一概以叛逆来记载，应该命令各修撰大臣不要瞻前顾后，顾虑太多。"此议得到顺治皇帝赞许，下至明史馆。

顺治十三年（1656年），汤斌任陕西潼关兵备道，常对下属说："毋科取民财，毋妄用驿夫，兵来吾自应之。"他打击豪强，招募流亡的农民开垦荒地并免去三年的赋税，缉盗贼，建义仓，办社学。

仅仅一年多的时间里，潼关人户就从不足三百户增至数千户，百姓安居乐业，"汤青天"之美名家喻户晓，妇孺皆知。

顺治十六年（1659年），汤斌分守江西岭北道，任江西布政使司参政。考虑到父亲年老，遂以有病为由请求辞官休假。"百姓扶持相送，叹息泣下，有痛哭者。"后父死，守丧期满后，入著名理学家孙奇逢门下受学。

康熙十七年（1678年），开博学鸿儒科取士，尚书魏象枢、副都御史金鋐推荐汤斌，汤斌考试得一等，授翰林院侍讲，参与修《明史》，后任日讲起居注官、浙江乡试正考官，翰林院侍读、明史总裁官。

康熙二十三年（1684年），汤斌升为内阁学士，九月出任江宁巡抚。汤斌勤政爱民，实心任事。《严禁征收钱粮勒索火耗私派之弊以恤民艰以清赋税告谕》《严禁兵丁扰民以安蔀屋告谕》《严行饬禁告谕》……条条告谕皆为民。他还数次上疏请求减征、免征淮安、扬州、苏州、松江等府县多年来欠交的赋税。康熙二十四年（1685年），淮安、扬州、徐州三府再次遭遇水灾，汤斌逐条列举免征及救灾事宜，请求动用国库五万银两到湖广购米。不等圣旨颁下，便行文漕运总督徐旭龄、河道总督靳辅，请求他们帮助救济淮安，汤斌自己又奔赴各州县视察救灾情况。

江宁巡抚任上是汤斌从政生涯的顶峰。他最为人称道的是教化百姓，移风易俗。毁淫祠，革火葬，挽颓风，修学宫，勤课艺，行教化，令百姓心悦诚服，当时"吴俗自是大变，虽穷乡僻壤，莫不感颂其政，里巷因公之姓至以谚语呼公'清汤'"。作为地方最高司法长官，在治狱审案上，他引民诉讼，治理狱政，清理积案，迅速审结一大批案件。

汤斌以圣贤的标准自律，清廉为政，洁己率属。为澄清吏治，他以《约法四条》约束手下，如有犯者，官员定行申参，蠹役按赃究遣。江宁吏治清明，治地官员无人敢贪。到考核官员的时候，给当朝权贵明珠送礼的人络绎不绝，唯独没有汤斌属下的官吏。他知人善任，弹劾了一批贪腐、无能的官员，也任用、举荐了一众贤良。吴江知县郭琇为官清正廉洁，勤勉干练，经汤斌举荐，郭琇调至京城任职，升为御史，后冒死弹劾明珠，明珠被罢相，余国柱被逐回原籍，"铁面御史"郭琇终为大清朝的"骨鲠之臣"。

身居高位，汤斌的生活却极为简朴，每日以青菜豆腐为食，以至于老百姓呼其为"豆腐汤"，素有"三汤巡抚"之称：为官清正如豆腐汤，除弊去官如黄连汤，益属民、复元气如人参汤。

康熙二十五年（1686年），汤斌任礼部尚书，管詹事府事。"吴民泣留不得，罢市三日"，扶老携幼焚香泣别，"遮道焚香送者，无虑数亿万，愈千里不绝"。江苏民众将其比成西周的周公、召公在世，自发为其建一座生祠，家家户户悬挂其肖像以示感恩。今苏州市姑苏区古胥门接官厅的"民不能忘"石牌坊，就是苏州百姓为纪念汤斌而立。

汤斌刚直不阿，不畏强权，正色立朝，始终一节。他在和明珠及其党羽的较量中丝毫不让，然终招致怨恨。明珠、余国柱之流屡屡诽谤、污蔑、排挤、陷害汤斌，以致引起康熙皇帝对汤斌不满。康熙二十六年（1687年）九月，汤斌改任工部尚书，不久病故。汤斌死后，竹箱内仅有俸银八两，靠别人资助才得成殓，其清贫可见一斑。

汤斌一生清正廉明，所到之处体恤民艰，弊绝风清，政绩斐然。雍正十年（1732年），汤斌入贤良祠；乾隆元年（1736年），追赠"太仆"，谥文正；道光三年（1823年），从祀孔子庙。

为政不忘治学，汤斌师从孙奇逢，兼采陆王与程朱的理学思想，注重"躬身实践"，自觉践行知行合一，且将理学与儒学相融合，以修身、齐家、治国、平天下为最终目的，终成清初理学名臣。他在哲学、史学、文学方面也都有突出贡献，有《洛学编》《睢州志》《潜庵语录》《汤子遗书》等著作传世。清代散文家方苞赞其曰："国朝语名臣，必首推睢州汤公。"

天下第一廉吏于成龙

我曾沿二十四史一路追寻清官的足迹,但真正震撼我的是《清史稿》中的于成龙。

于成龙,字北溟,山西永宁州人,以"天下第一廉吏"扬名至今。

中国古代的知识分子大多以修身、齐家、治国、平天下为己任,于成龙也不甘平庸,他期待出仕,希望通过科举考试改变自己的命运。明崇祯十二年(1639年),于成龙参加乡试,中副榜贡生。

适逢明末清初,改朝换代,社会动荡。于成龙空有治国、平天下的抱负,但是面对现实,也只得沉寂于乡间,在老家过耕读的日子,等待时机。

"学成文武艺,货与帝王家。"清顺治十八年(1661年),四十五岁的于成龙终于等到了机会,他以明经谒选,被授予广西罗城县令。"我此行绝不以温饱为志,誓勿昧'天理良心'四字",远赴罗城任职,他豪情满怀。

当时清廷统治广西尚不足两年,且罗城县处于万山之中,瘴气瘟疫流行,瑶、僮等少数民族民风粗犷凶悍,盗贼横行。战争之后遍地荒草荆棘，县城仅有六家居民，连城墙和官署都没有。于成龙召集官吏，安抚百姓，明确保甲制度，抓捕盗贼。周边的少数民族来犯时，他召集乡民去捣毁他们的巢穴，让那些人再也不敢侵犯罗城。他向朝廷上书请求放宽徭役制度，兴建学舍，创立养济院，兴利除弊，次第举行。

于成龙在罗城七年，"与民相爱如家人父子"，罗城县（今广西罗城仫佬族自治县）"大治"。他因此被总督卢兴祖推荐为"卓异"，这是清廷考核官员的最高等级。

之后，于成龙任四川合州知州、湖广黄冈同知，在治理州县、缉捕盗贼、查办疑难案件上展现出了非凡的才能，深受巡抚张朝珍器重，再次被举为"卓异"。

康熙十三年（1674年），吴三桂进军湖南，清军在岳州与之激战，有公文命于成龙修造浮桥。然而，浮桥刚修好就遇到山洪暴发，浮桥被冲走，于成龙获罪被免官。

就在布衣之身的于成龙不知何去何从时，两次"东山之乱"让他有了东山再起的机会。吴三桂派出许多部将在湖北诸州县四处发送封官的札书，策动暴乱，麻城、大冶、黄冈、黄安几个州县的盗贼皆倚山结寨回应吴三桂，形势万分危急。一向深得民心的于成龙被巡抚张朝珍派去招抚悍匪。他招抚了大量被胁从的百姓，说服刘君孚，擒拿匪首黄金龙并将其斩杀，第一次"东山之乱"得以顺利平息。经张朝珍请求，康熙皇帝升于成龙为黄州知府。

三个月后，黄州各地数千东山贼又反，众盗贼遥与湖口、宁州诸盗会合，直逼黄州。当时黄州诸镇之兵皆在湖南，州中吏民不过数百人。众将商议弃黄州，退保麻城。因黄州乃七郡门户，于成龙誓死不屈。他迅速募集乡勇两千人，兵分两路阻击来犯之敌。年近六旬的于成龙本是文官，但是在危急关头他身先士卒、奋不顾身，指挥部将和盗匪厮杀，早将生死置之度外。在他的带领下，不过二十四日，东山贼悉数被平，于成龙因此声名鹊起。

民为邦本，本固邦宁。在于成龙的仕途生涯中，他一直将百姓和国家放在第一位。

他任福建按察使时重审通海案，使数千无辜受到株连的百姓幸免于难，还集资赎回被掠到军中为奴婢的良民子女。他任福建布政使时，数万八旗兵驻扎在福建，月征莝夫（给军营官兵铡草的民夫）数万。他上书康亲王求罢莝夫，不仅为属下的官吏和老百姓办了一件大好事，也稳定了民心。

康熙十九年（1680年），于成龙去灾荒遍地的直隶任巡抚。直隶宣府所属东西二城和淮安、蔚州二卫因耕地被水冲沙压，无法耕种，于成龙请求朝廷豁免钱粮。不久，于成龙又上报各地的夏灾和秋灾，朝廷下令缓征税，平价售粮，但是很快就有灾民饿死。于成龙接到报告后派人赶赴灾区，在未经康熙皇帝批准的情况下擅自开仓放粮，赈济灾民，同时上疏朝廷说明情况。也只有于成龙敢这么做！当时如果按照规定上报朝廷请求赈济，等到朝廷批准下来还需一段时间，不知道又要饿死多少百姓。于成龙的心中只有百姓，为了百姓他连自己的性命都不顾了！他是个不撞南墙不回头的人，他是个撞了南墙也不回头的人。只要是于成龙认准的事情，不达目的他决不罢休。所幸康熙皇帝英明，同意了他的做法，否则后果真是不堪设想。

于成龙为官二十余年，有多个绰号，最有名的是"于青天"和"于青菜"。他为官清正廉洁，办案如神，判决公允，"于青天"是百姓对他的敬称。他一生布衣蔬食，升任福建按察使时买萝卜百斤供沿途食用，即使在两江总督任上，仍是粗茶淡饭，常食青菜，终年不知肉味，"于青菜"是百姓对他的爱称。身为封疆大吏，他却没有钱买茶叶，而是叫仆从采树叶代茶，生活之清苦令常人难以想象。于成龙去世时仅有旧衣破靴，"清俭之节固千古所未有也"。廉以立身，俭以养德，其人品之高洁，翻遍青史竟无人能及！

于成龙不仅是清官廉吏，更是能吏。他经常微服私访，"察知民间疾苦，属吏贤与不肖"，他不只能救民于水火，更能使百姓安居乐业。因为勤政爱民、政绩卓越，他一生三次被举为"卓异"，不仅深受金光祖、张朝珍、吴光祚等上级领导的器重，更得到康熙皇帝的赏识和重用，多次被破格提拔，成为康熙盛世的廉吏典范，名垂青史。

能得于成龙这样的好官，康熙皇帝是幸运的。这位贤明的帝王在亲政后不久就开始整顿吏治，因为他明白治国先治吏的道理。

1681年，康熙皇帝召见了后来被称为"天下第一廉吏"的直隶巡抚于成龙，褒奖其为"今时清官第一"并亲自作诗褒扬，在《赐直隶巡抚于成龙》一诗的序中赞曰"惟能激浊扬清，始终如一，清节之操，白首弥厉。真国家之可重，人所不能也"。康熙皇帝认为治理国家首重廉吏，希望所有的官吏都能像于成龙那样廉洁。于成龙去世后，康熙皇帝还破例为他亲笔撰写碑文，多次表彰于成龙为官清廉，劝勉官员向他学习。于成龙能在康熙朝为官，又何尝不是一种幸运呢？

在儒家的传统思想中，"清、慎、勤"是为官之道，是为官的底线。然而，真正能做到清廉、谨慎、勤政、为民的，也是为官者的最高境界。历史上清官廉吏虽多，像于成龙这样真正心系百姓的好官却是难寻，他无愧于"天下第一廉吏"的称号！

人去政声在，清风万古存。读《清史稿》，不仅要向于成龙学做官之道，更要学做人之道。以善为先，为政以德，唯有清廉、勤政、务实、为民，才能得民心，才能凝心聚力共筑中国梦！

回望历史上的那些清官

中国古代的清官廉吏,各有清廉之节,于青史中留下很多佳话,今仅择几事而记之,以为后人楷模。

杨震暮夜却金。《后汉书》记载,杨震,字伯起,东汉弘农华阴人,自幼聪明好学,拜桓郁为师,深入钻研《欧阳尚书》,通晓经史,博览群书,对各种学问无不探根究底。自中年起从教数十年,门下弟子三千,人称"关西孔子杨伯起"。大将军邓骘听说他是个人才,举他为茂才,官至荆州刺史,后迁东莱太守。在他前往东莱郡上任途中,路过昌邑县,县令是他任荆州刺史时举荐过的茂才王密。为报他的知遇之恩,王密在白天拜谒杨震后,晚上又再次拜访,于夜深无人之时将带在身上的十两黄金送给杨震。杨震说:"我和你是故人,我了解你的为人,你却不了解我的为人,这是为什么?"王密说:"现在是深夜,无人知道。"杨震说:"天知,神知,我知,你知,怎么说无人知道呢?"王密羞愧而出。"四知却金"的故事自此流传,杨震也因此被后人称为"杨四知""四知先生""四知太守"。

羊续悬鱼。羊续,字兴祖,东汉泰山平阳人。《后汉书》记载,羊续任南阳郡太守后，他手下的一位府丞得知他爱吃鱼，就特地给他送去一条名贵的大鱼。羊续将这条大鱼"悬于庭"（挂在屋外的柱子上），经风吹日晒，成为鱼干。过了不久，这位府丞又送来一条更大的鱼。羊续将他带到屋外的柱子前，指着悬挂着的鱼干说："你上次送的鱼还没有吃，请你一起拿回去吧。"府丞甚感震惊和羞愧。这件事情传开后，南阳郡的百姓无不称赞。他们感念羊续之高洁，称其为"悬鱼太守"。从此以后，再也没有人敢给羊续送礼了。后世的南阳太守、知府，有很多以羊续为榜样。清人蒲松龄以《官吏听许财物》赞之曰："不见裴宽瘗鹿，且看羊续悬鱼。省识封建官吏真面目，清官廉吏也难为！"

包拯不持一砚归。包拯，字希仁，庐州合肥人，北宋名臣，人称"包青天"。宋仁宗康定元年（1040年），包拯任端州知州。端州盛产砚台，端砚名贵，大多用于进贡朝廷。《宋史》记载，此前的知州都趁着进贡大肆敛取进贡数几十倍的砚台，来赠送给当朝的权贵们，砚工苦不堪言。包拯到任后命令工匠只按照进贡朝廷的数目制造砚台。他在任职期满离开端州时没有带走一方端砚，民间亦有包公"不持一砚归"的传说。一代名臣包拯成为清官的化身，成为"青天文化"的核心人物，在他身上也寄托着绵延千年的"清官情结"。

况钟作诗拒礼。况钟，字伯律，明代江西靖安人。《明史》记载，明宣宗宣德五年（1430年），况钟得到尚书蹇义等人举荐，升任苏州知府。他在苏州知府任上清正廉洁，孜孜爱民，前后几任苏州知府没有能比得上他的，被苏州人民誉为"况青天"。明英宗正统六年（1441年），况钟任期已满赴京述职，苏州大小官员和百姓纷纷赠礼送行，况钟全部拒收，并作《拒礼》诗："清风两袖朝天去，不带江南一寸棉。惭愧士民相饯送，马前洒泪注如泉。"况钟以诗明志，对百姓的送行深感惭愧，尽显清官本色。以"两袖清风"比喻为官清廉，也是源于况钟的这首《拒礼》诗和同时代于谦的《入京》诗。

于成龙立檄拒礼。于成龙，字北溟，清代山西永宁州人。身为康熙时的"天下第一廉吏"，他对官场上请客送礼、贿赂公行之风一直深恶痛绝。康熙十九年（1680年），于成龙任直隶巡抚。辖区内大名县县官遵循旧习，按照当时官场的规矩在中秋节前给他送了一份"中秋礼"，于成龙当场严词拒收，随后便颁布了《严禁馈赠檄》，对那位给自己送礼的大名县县官进行通报，并且严令所属官员，今后如发现逢年过节私送者，绝不宽恕。后来，他在两江总督任上制定了以"勤抚恤、慎刑法、绝贿赂、杜私派、严征收、崇节俭"为内容的《新民官自省六戒》，作为地方官的行为准则。时人称凡于成龙所到之处，"官吏望风改操"。治国先治吏，一代廉吏不仅自己做到了为官清廉，还整肃吏治，使官场风气和社会风气焕然一新。

随着私有制的产生，贪污腐败的毒瘤已存在数千年，一直是历朝历代统治者的心腹大患，即便是心狠手辣的洪武皇帝朱元璋，其用尽各种极致手段也无法彻底根除。在历史长河中，廉与贪、清与浊的力量总是此消彼长，而吏治的清廉与否，则直接关系到国家的兴衰成败。被称为"千古一帝"的康熙皇帝正是深谙此道，所以治理国家首重廉吏，管理官吏先从廉政抓起，因此康熙王朝在反腐倡廉的道路上也就走得更远。

"廉者，民之表也；贪者，民之贼也。"为官当以清廉为先。几千年来，"清、慎、勤"一直是封建时代的士大夫为官从政的箴言，他们以此坚守为官之道，坚持个人操守。这些清官廉吏不仅给当世的百姓做出了表率，也成为史学家笔下廉吏的典范，给后人留下了宝贵的精神财富，值得我们学习、借鉴。

以史为鉴，养清廉之志，养浩然正气。

清官的境界

著名学者王国维在《人间词话》中提出，古今之成大事业、大学问者，必经过三种之境界："昨夜西风凋碧树，独上高楼，望尽天涯路"，此第一境也；"衣带渐宽终不悔，为伊消得人憔悴"，此第二境也；"众里寻他千百度，蓦然回首，那人却在灯火阑珊处"，此第三境也。

王国维先生旨在说明人生唯有经历确立理想、追求理想和实现理想的三个阶段，方为成功。此番理论虽是对三首宋词的"断章取义"，却也引人遐想，故百余年来深受后世学词之人喜爱。

其实不仅成功的人生有三种境界，做官也分境界，尤其是"清官"。

从古至今，清廉可谓为官者的立身之本、处事之基。"清者，廉也，廉则清也。""廉洁"一词，最早出现在战国时期伟大的诗人屈原的《楚辞·招魂》中，"朕幼清以廉洁兮，身服义而未沫"，即行为正派、高洁无私之意。东汉著名学者王逸在《楚辞章句》中注释有云："不受曰廉、不污曰洁。"意为不接受他人馈赠的钱财礼物，不让自己清白的人品受到玷污,就是廉洁。而《辞源》解释为"公正,不贪污";《辞海》则解释为"清廉,清白"。

历史上的清官廉吏数不胜数,自《史记》始,史书中均有《循吏列传》。"小以立身,大以匡世","廉"在宣传教化、移风易俗方面发挥着重要作用。

三国东吴郁林太守陆绩为官清正廉洁,爱惜民力,任期届满返乡时,因行李太少,为防止风大浪急行船不稳,不得不以重石压舱,方能平安返回故里,这块巨石因陆绩而被人们称为"廉石"。

历代的清官各有各的操守,而真正开始给清官划分层次是在明朝。

明代著名思想家、理学家、文学家,明神宗时曾任监察御史的薛瑄,在其《从政录》中把清官分为三个境界:"世之廉者有三,有见理明而不妄取者,有尚名节而不苟取者,有畏法律保禄位而不敢取者。见理明而不妄取,无所为而然,上也;尚名节而不苟取,狷介之士,其次也;畏法律保禄位而不敢取,则勉强而然,斯又为次。"意为通达天理,爱民惜物,自觉不乱取乱受财物的,是上品之廉;洁身自好,谨守本分,认为随便地收受财物有辱名节的,为中品之廉;畏惧法律,为保官禄而不敢取财物的,廉得有些勉强,又低了一个境界。为官之人,因思想境界不同,故有不妄取、不苟取、不敢取之别。

《从政录》是薛瑄为官心得,亦是爱民之道。在他心目中,"作官者于愚夫愚妇，皆当敬以临之，不可忽也"。作为官员即使面对的是愚夫愚妇，也要以恭敬之心对待，不能怠慢和轻视。为政以爱人为本。爱民而民不亲者，皆爱之未至也。薛瑄认为，养民生，复民性，禁民非，为治天下之三要。"所谓王道者，真实爱民如子，孟子所谓'老吾老，以及人之老，幼吾幼，以及人之幼'。上以是施之，则民爱之如父母者，有必然矣。"亲民、爱民之言，不一而足。

薛瑄为永乐十九年（1421年）进士，官至大理寺卿、礼部右侍郎兼翰林院学士，入内阁，隆庆五年（1571年）从祀孔庙。薛瑄为官，执法如山，刚直不阿，严于律己，勤政爱民，清白立世，廉为世范。其高风亮节，堪为上品之廉。

一个世纪后，文学家黄汝亨为"扬清风，惩败绩，使夷跖分途，治乱征象泾渭画然，为世劝戒"，对宋人费枢的《廉吏传》进行增辑和续编，并于明神宗万历四十三年（1615年）请一代巨儒焦竑为之作序。于是，关于清官的等次便又有了上、中、下三等之分："谓廉而弘道匡世、补民益主者，上之；能识者，次之；束身者，又次之。"将"有用于天下国家"的列为上品；言行恭正而不苟求利禄，行仁爱而不私惠于亲人，能识大体者，为中品；义气凛然地宣扬廉洁，箪食瓢饮地刻意表现节俭者，又次之。能将"有用于天下国家"之廉视为上品，显然，较之薛瑄的境界更高了一个层次。

"能吏寻常见，公廉第一难。"在封建社会，修身、齐家、治国、平天下是儒家知识分子永恒的追求，"清、慎、勤"则是为官从政的最低标准。然而，在"修、齐、治、平"的过程中，历朝历代的官员能做到"清、慎、勤"已属难得，堪为清官廉吏的典范。几千年来，老百姓一直有着浓厚的"青天"情结，他们对清官的期盼，代表着对政治清廉、法纪严明的热切向往，代表着对公平正义、太平盛世的强烈期盼。人民需要清官，时代呼唤清官！

江山代有才人出，各领风骚数百年。

古有清官，今有好官。

"不带私心搞革命，一心一意为人民。"这是福建省东山县原县委书记谷文昌一生的信仰。他践行党的宗旨，艰苦奋斗，廉洁奉公，一身正气，两袖清风，展现了共产党人的光辉形象。"不治服风沙，就让风沙把我埋掉。"他在东山县任职的十几年间，带领全县与恶劣的自然环境作斗争，经过艰苦努力，成功治理了风沙灾害，改变了当地恶劣的自然环境和贫穷落后的面貌。老百姓称他为"谷公"，"先祭谷公，后祭祖宗"成为东山县多年的习俗。心中有党、心中有民、心中有责、心中有戒，谷文昌是永远活在人民心中的县委书记，是"四有"干部的楷模，是"县委书记的好榜样"。

政声人去后，丰碑人间留。

榜样的力量是无穷的。

"魂飞万里，盼归来，此水此山此地。百姓谁不爱好官？"1962年冬，焦裕禄任河南兰考县委书记，当时兰考县正遭受严重的内涝、风沙、盐碱三害。焦裕禄同全县干部群众一起，与深重的自然灾害进行顽强斗争，努力改变兰考面貌。他身患肝癌，依旧忍着剧痛坚持工作，用自己的实际行动铸就了"焦裕禄精神"。1964年5月焦裕禄病逝，他临终前对组织的唯一要求，就是死后"把我运回兰考，埋在沙堆上。活着我没有治理好沙丘，死了也要看着你们把沙丘治好"。他亲民爱民、艰苦奋斗、科学求实、无私奉献的事迹，通过新华社的长篇通讯《县委书记的榜样——焦裕禄》传遍中华大地。

"路漫漫其修远兮，两袖清风来去。为官一任，造福一方，遂了平生意。"为人民而死，虽死犹荣，焦裕禄是县委书记的榜样，也是全党的榜样，无论过去、现在还是将来，都永远是亿万人民心中一座永不磨灭的丰碑。焦裕禄精神永放光芒。

高山仰止，景行行止。

不忘初心，方得始终。中国共产党人的初心和使命，就是为中国人民谋幸福，为中华民族谋复兴。新时期党员领导干部的楷模孔繁森一直坚守这份初心，践行这份使命。他三次进藏工作，深入基层，一步一个脚印为百姓办实事，把初心留在青藏高原；"活着就干，死了就算"，他将生死置之度外，随时做好为人民牺牲一切的思想准备。他还收养了三个在地震中失去父母的孩子，由于生活拮据，他化名"洛珠"三次去医院献血，领到900元钱给孩子们上学和改善生活。

"一个共产党员爱的最高境界是爱人民。"他为人民而活着，他为人民而奋斗，他为人民而献身！他是20世纪90年代的雷锋，是新时期的焦裕禄,是领导干部的楷模,是民族团结的典范。

汪国真说过:"人,不一定能使自己伟大,但一定可以使自己崇高。"谷文昌、焦裕禄、孔繁森和与他们一样的共产党人的伟大和崇高,是薛瑄难以企及的,也是黄汝亨和焦竑想象不到的。

为官如此,当是最高境界、上上之品。

第二辑　往圣先贤

高义薄云天

中国历史上有过很多刺客,但是能记入史册的可谓凤毛麟角。太史公在《史记》中为曹沫、专诸等五位刺客立传,对他们的行为赞赏有加,这在历史上是绝无仅有的一次。这五位刺客,以荆轲最负盛名,其面对强秦孤身行刺慨然赴死,轻生死、重名节的英雄气概一直为后人所敬仰。

战国末期,秦国日渐强大,对诸侯国不断进行蚕食鲸吞。昔日强盛的楚国偏安于寿春,再也无力和强秦抗衡,"横则秦帝,纵则楚王"的格局被打破。秦王嬴政亲政后,更是加快了统一中国的步伐,这就势必引起了其他诸侯国的担忧,荆轲刺秦王的故事就是在这样的历史背景下发生。

荆轲刺秦,一个千百年来为后人津津乐道的故事,时至今日,已经演绎成关于刺客、关于剑客、关于英雄的悲剧故事。读《刺客列传》,纵时隔千年,荆轲血溅秦王宫的血腥场面依然透过青史扑面而来……

为什么会出现荆轲的悲剧?究其原因,我认为一切不幸皆源于太子丹。太子丹为杀秦王不遗余力，然而由于他性格固执、做事偏执，不仅铸成了荆轲等人的悲剧，还加速了燕国的灭亡，荆轲之败乃是必然。

太子丹，燕王喜之子，秦王政的故交。太子丹曾在赵国当人质，而秦王政生在赵国，年轻时和太子丹的交情很好。等到政立为秦王后，太子丹又到秦国当人质，但是秦王待他并不友好，太子丹心怀怨恨，逃回燕国。太傅鞠武劝他西结三晋，南联齐楚，北和单于，然后想办法对付秦国。合纵抗秦，这似乎是近百年来对抗强秦的唯一出路，但是，因其需要的时间太长，被心急的太子丹拒绝了。鞠武无奈，只得向他介绍燕国处士田光。田光已老，遂荐荆轲。

太子丹弃鞠武之策实非明智，在对待田光和樊於期的问题上也让人对他的为人处世表示怀疑。田光，一个德高望重的长者，且已垂垂老矣，为使太子丹相信自己不会泄密而自刎，成了为刺秦而死的第一人。此事虽非太子丹的本意，但毕竟是因其而起。秦将樊於期则是为刺秦而死的第二人。秦王以"金千斤，邑万家"求得他的人头，而荆轲使秦已迫在眉睫，无疑，樊於期之首是荆轲献给秦王的一份厚礼。出于对荆轲的无条件信任，樊於期毅然自刎。与樊於期和荆轲的果敢决绝相比，太子丹给人的感觉则是优柔寡断、难成大事。

太子丹尊荆轲为上卿，共谋刺秦大业。其以百金购得徐夫人的匕首，使工匠以药淬之，剧毒无比，作为荆轲刺杀秦王的武器，又以十三岁时就杀过人的燕国武士秦舞阳为荆轲的副手。樊於期的人头和燕国督亢之地图在手，一切已准备就绪，而荆轲却迟迟不出发，这让太子丹怀疑他是不是改变了主意。实际上，荆轲是在等待他的朋友。太子丹的怀疑让他很生气，于是，在友人未至的情况下，荆轲负气上路，诀别太子丹而去。准备不足就仓促上路，这再次为荆轲的失败埋下伏笔。虽然太子丹为荆轲刺秦不惜下血本，可是他连"疑人不用、用人不疑"的道理都不懂，真让人替荆轲感到悲哀。

易水送别当是中国古代文学史上极为悲壮的画面之一。"太子及宾客知其事者，皆白衣冠以送之。"高渐离击筑，荆轲和而歌，在场的人无不感动得垂泪哭泣。"风萧萧兮易水寒，壮士一去兮不复还！"一曲慷慨悲壮的离歌伴荆轲绝尘而去。

荆轲到秦国后，以千金之礼赠送秦王宠臣中庶子蒙嘉，让其劝说秦王。咸阳宫，秦王以外交上极为隆重的九宾仪式召见燕国使者。尚未进殿，昔日的勇士秦舞阳已脸色突变、浑身发抖，刺杀行动已无胜算。荆轲以督亢之地图奉献秦王，图穷匕首见，可惜刺秦王不中。

当秦王被荆轲追赶时，当群臣大喊"王负剑"时，我多希望秦王拔不出剑而被荆轲杀死！然而，秦统一全国已成定局，荆轲虽拼死一搏也难逃失败被杀的结果。

秦王大怒，派兵伐燕，燕王喜、太子丹率精兵退守辽东。结果比太子丹想象中的更糟糕。随着秦将李信步步紧逼，在代王的劝说下，燕王派人杀了太子丹，准备把他的人头献给秦王。五年后，秦终灭燕。

故事并没有就此结束。

秦统一后，秦始皇派人追捕太子丹和荆轲的门客、朋友。高渐离隐姓埋名，在宋子县给人做雇工，日子过得很苦。过了很长时间后，在主人家听到有人击筑后，高渐离终于决定做回自己。他击筑而歌，听到的人无不感动得流泪。宋子县的人轮流请他做客，他高超的技艺也很快传到秦始皇那里。秦始皇知道他是高渐离后，派人弄瞎了他的眼睛，然后让他在宫中击筑。他一步步接近秦王，他的筑也装满了铅，成为报仇的工具。当他再次进宫击筑时，他举筑击向秦始皇，不中，被杀。

荆轲刺秦王，报的是太子丹的知遇之恩；而高渐离和秦始皇无仇，太子丹对他也无恩，高渐离只为和荆轲的深情厚谊而不惜舍命击杀秦始皇，让人唏嘘不已。俞伯牙摔琴谢知音，成就了他和钟子期的千古佳话，可是与高渐离和荆轲的友情相比，"高山流水"也难免逊色。士为知己者死，世上最懂荆轲、最珍惜荆轲的，唯高渐离一人而已！

值得一提的是，荆轲既不是一介武夫，也不是普通的刺客，他喜爱读书、击剑，游历过各诸侯国，结交的都是贤士豪杰。他是一个儒雅的剑客，胸怀大志，为人深沉稳重，不爱与人争与人斗，从不逞强好胜，是太子丹把他变成一个死士，把他送上了不归路。掩卷沉思，我不由得为田光、樊於期不值，更为荆轲、高渐离叹息。

荆轲刺秦王的故事，至高渐离身死方画上句号。

天下之治在人才

读《史记·孟尝君列传》,这是关于战国四公子之一孟尝君田文的传记,虽然只有四千余字,但内容颇为丰富,今仅择其一二事记之。

田文之父田婴被齐威王封于薛,田婴死后,田文复立于薛,是为孟尝君,时人亦称其为薛公。孟尝君在薛邑招揽诸侯宾客及犯罪逃亡在外之人,给他们置家立业,不分贵贱,待遇一律和他自己一样。有一次,孟尝君招待门客吃晚饭,有人把火光遮住了,有一个门客以为自己的饭食和孟尝君的不一样,大为生气,放下饭食,告辞要走。孟尝君站起身,亲自端起自己的饭食去和门客相比,结果并无两样。那个门客十分惭愧,自刎而死。正因为孟尝君如此待客,士人才大量归附于孟尝君的门下,一时间他的门客多达几千人。孟尝君对每个门客都很好,所有的门客都认为孟尝君和自己最亲近。可以说,孟尝君的礼贤下士已经到了登峰造极的地步。

秦昭襄王听说孟尝君贤能,就派弟弟泾阳君到齐国做人质,以便能请孟尝君到秦国相见。孟尝君欲入秦,门客们纷纷劝阻,他不听，执意前往。后经苏代婉言相劝，陈述利害，孟尝君才打消了入秦的念头。第二年，齐湣王最终还是派孟尝君去了秦国。孟尝君入秦为相，得到了秦昭襄王的重用，引起秦国大臣的嫉妒和不满。有人向秦王进谗言说，孟尝君贤能，又是齐国的王族，现在任秦国的宰相，必然先考虑齐国的利益而后才想到秦国，秦国恐怕要有危险了。秦王便罢免了孟尝君的相位，把他囚禁起来，准备杀掉他，孟尝君的处境十分危急。

孟尝君派人向秦昭襄王的宠姬求救，宠姬答应帮忙，但是她的条件是要得到孟尝君的狐白裘。孟尝君的确有一件狐白裘，价值千金，天下无双，只是刚到秦国时已经献给秦王了。他感到十分为难，问遍门客，无人有对策。这时坐在最下首的一个能像狗那样偷盗的门客说他能得到那件狐白裘。晚上，那个门客像狗一样潜进秦王宫的仓库，把献给秦昭襄王的狐白裘偷了回来，孟尝君把它献给了秦王宠姬。宠姬在秦王面前为孟尝君说情，秦王便释放了他。孟尝君获释后，立即快马离去，并且更换封传，改名换姓，以便出关。而秦王放了孟尝君后就后悔了，派人找他，得知他已经离开，马上派人去追。

孟尝君一行到了函谷关，根据规定，要到鸡鸣之后才放人出关。孟尝君十分担心追兵赶到，这时有一位居于下座的门客开始学鸡叫，他这一叫，所有的鸡都叫了，孟尝君等人出示封传得以顺利出关。不到一顿饭的工夫，秦国的追兵就赶到了函谷关，但孟尝君已出关，追兵只得返回。早先孟尝君把会狗盗、鸡鸣的两个人列为门客时，其他门客都觉得很不光彩，等到和孟尝君在秦国共患难，最后还是靠这两个人才脱离险境后，门客们都服气了。鸡鸣狗盗之徒向来为世人所不齿，谁又能想到有一天他们的本领还能救人呢！孟尝君以诚待人，危难时刻终为不起眼的门客所救。

无独有偶，从孟尝君赴秦到安全回国的那段时间，还有一个人被困在咸阳城，他便是楚怀王。和孟尝君的有惊无险相比，楚怀王的遭遇就极为不幸了。秦昭襄王与楚怀王通婚并希望能在武关会盟。三闾大夫屈原力谏楚怀王，不让他去。可是楚怀王在小儿子子兰的劝说下，还是去了秦国。他一入武关，秦国的伏兵就断了他的后路，扣留了他，并胁迫他割让巫郡、黔中郡给秦国。愤怒的楚怀王拒绝了秦国的无理要求，便被软禁了。两年后，楚怀王终于找到一个机会逃出来了，一个七十七岁的老人在孤单、无助中仓皇出逃。为重返故国，他亡命赵国，可赵国不予收留，想去魏国已是不能。绝望的楚怀王又被带回秦国关押，直至最后死在秦国。堂堂一国之君，被困于异国他乡，没有地位、没有尊严、没有自由，造成这一切，又能怪谁呢？虽然楚怀王一生中做了很多的错事，但是在他生命的最后几年，毕竟没有向秦国割地求和，他活得有骨气，所以他客死于秦后，楚国人民哀之怜之。

治国经邦，人才为急。如果说孟尝君脱险是因为他重视人才、不拘一格收留人才的话，那楚怀王的身边就没有人才吗？楚国就没有人才吗？非也！三闾大夫屈原"博闻强志，明于治乱，娴于辞令"，其能力非孟尝君能比。可是楚怀王忠奸不分，在内被郑袖迷惑，在外被张仪欺骗，听信谗言，疏远屈原而信任上官大夫、令尹子兰，以致军队被挫败，国土被削减，自己也被扣留、死在秦国，为天下人耻笑。究其原因，还是楚怀王用人不当。国之兴亡，全在人才，对统治者来说，如何用人是关系到国家生死存亡的关键所在。正如三国时蜀相诸葛亮所言："亲贤臣，远小人，此先汉所以兴隆也；亲小人，远贤臣，此后汉所以倾颓也。"可惜楚怀王不明白这个道理，他不但不用屈原，反而将其流放，这便是铸成他人生悲剧的最根本的原因，他的儿子顷襄王也一样不明白这个道理。屈原死后，楚虽有宋玉、唐勒、景差等人，但他们终不敢如屈原一般犯颜直谏，楚国日渐衰弱，以致最后亡国。

古往今来，人才一直是先进生产力和先进文化的创造者、传播者和推动者，人才的进退关系到国家的安危。纵观历朝历代的统治者，凡如孟尝君般知人善任者，国家兴盛；反之则易造成社会动荡，导致王朝更迭，统治者身死国灭，为天下笑。国以人兴，政以才治！

英雄本色

二十四史，始于《史记》。《项羽本纪》是我读的第一篇，也是我认为最精彩的一篇，一读再读，感触颇深。

我从秦汉走过。战火未熄，硝烟未散，力拔山兮气盖世的英雄在哪里？

乌江畔，放眼望，楚地尚在，当初跟随自己起兵反秦的八千吴中男儿如今却无一人生还，项籍有何面目见江东父老？贪财好色的刘季，背信弃义的小人，无德无才，兵败时，为了自己活命，居然连父亲妻儿的性命都不顾，自己却输给了他，此天之亡我，非战之罪也。美人已失，生死何惧！项籍今生为豪杰，来世也当称雄……

我仿佛看到项羽在乌江边徘徊、自语。我宁愿他东渡乌江，江东子弟多才俊，卷土重来未可知，又何必非要一心求死？

项氏，名籍，字羽。这位《史记》中的悲剧英雄，不管后人对他的评价如何，在我的心目中他都是不死的英雄。

"生当作人杰，死亦为鬼雄。至今思项羽，不肯过江东。"项羽究竟为什么不肯过江东？仅仅是因为无颜见江东父老吗？这个问题多年来一直萦绕在我的脑海里。

掀开历史画卷，解开心中谜团。

项羽少时，既无心读书，又无心习武，志在"学万人敌"的兵法，可惜兵法学得又不精通。他力能扛鼎、才气过人，吴中子弟对他敬畏有加。秦二世元年（约公元前209年）七月，陈胜、吴广在大泽乡起义。九月，项羽拔剑斩杀会稽郡守殷通，与项梁征集吴中士卒起义，得精兵八千渡江西进，登上反秦的历史舞台。此后八年时间，项羽历经七十多场战役，勇猛无敌。诸侯军救赵，项羽领兵破釜沉舟拼死决战；巨鹿城下，楚军以一当十，呼声动天，大败秦军，项羽一战成名天下知，成为诸侯军的上将军，号令天下。他率军入关中，得到楚怀王的同意后，分封十八个诸侯王，自立为西楚霸王。但是随后诸侯王之间因分封不公而发动战争，汉王刘邦也趁机出兵攻取关中，长达四年的楚汉战争爆发，西楚霸王项羽最终被汉王刘邦打败。

太史公说，秦朝腐败，陈涉首先发难，豪杰蜂起，相互争夺。然而项羽毫无凭借，趁势起于民间，三年之间，率五路诸侯军消灭秦朝，分割天下，封王封侯，政从己出，号为"霸王"，虽然没有始终保持他的地位，但这也是近古未有的事情。所以尽管项羽最终没有成为一代帝王，司马迁仍用记载帝王事迹的"本纪"为其立传，这是对项羽功绩的肯定。然而他施残兴暴，违背历史潮流大搞分封，放逐义帝而自立，放弃关中定都彭城，抱怨王侯背叛自己，完全依靠武力来经营天下，最终身死东城尚不觉悟，岂不谬哉！太史公之言不无道理。可是我认为项羽不是输给了汉王，而是败给了自己。他有太多的缺点，是这些人性上的弱点使他一步步走上绝路。

项羽和项梁一样骄傲自大，骄兵必败。鸿门宴上，亚父范增欲除汉王刘邦，项庄舞剑意在沛公，然而项羽不忍、项伯不愿，以致放虎归山。彭城之战，三万西楚铁骑战胜汉王的五十六万军队，使项羽重新掌握了楚汉战争的主动权，可是此战又未除掉刘邦，以致埋下祸患。

咸阳城内，项羽领兵屠城，杀秦王子婴，火烧阿房宫，收珠宝美女欲回江东。他一心想衣锦还乡，并没有想到要独霸天下。有人劝他说关中富饶，可以成就霸业，可此时他早已忘记当初看到秦始皇时立下的"彼可取而代也"的鸿鹄之志。思乡心切的项羽与此人话不投机，竟将其烹杀。听不进别人的意见，如何守得住江山？

汉三年（公元前204年），刘邦成功使用离间计，项羽剥夺了范增的权力。范增悲愤不已，在回楚都彭城的路上病逝。失去范增是他犯下的最大的错误。自起兵以来，年逾七旬的范增一直追随左右。一个亚父，足以抵汉王的一群人杰，怎能不信任他？！刘邦成就帝业后也一直认为，项王之败是因为他有范增而不重用。

楚汉长久相持未决。项王告诉汉王，天下纷乱几年，皆因二人发动的楚汉战争，愿和汉王决一雌雄，再不要看到生灵涂炭。狡猾的汉王拒绝了他。宁斗智，不斗勇，刘邦不但很有自知之明，还找到了对付他的最有效的办法。

楚汉对峙于广武。未果，双方以鸿沟为限，订立和约。在楚军的疲惫之师东返之际，汉王采张良、陈平之计，背信弃义撕毁鸿沟和议，袭击楚军，但楚军大败汉军。汉王听从张良的建议，以加封土地为条件，使得韩信、彭越尽数挥军南下。生死关头，楚国大司马周殷背叛了楚王。

五路大军会集于垓下，对楚军前后夹击，楚军战败。四面楚歌，方寸大乱的项王已难辨真假；霸王别姬，穷途末路的项王慷慨悲歌，"虞兮虞兮奈若何"，让听者怎不落泪！英雄气短，儿女情长，眼睁睁地看着如花美眷顷刻间魂飞魄散，让项王怎不悲泣！他是顶天立地的英雄，他是重情重义的男儿！

东城血战，项王神勇，他本是有机会东渡乌江的，可是，他对生命已不再留恋。英雄自有了结自己的方式，但杀身成仁难免过于惨烈，让仰慕他的人难以接受。

关于项羽坑杀秦二十余万降卒，我不完全赞同太史公的意见。章邯率秦军投降后，曾受过秦兵鞭挞的诸侯兵反过来把秦兵当作奴隶驱使，引起秦兵不满，暗地里做打算。项羽与部将商议后，将秦降卒在新安城南连夜坑杀。诚然，项羽此计过于愚蠢、残暴，可是在那个战乱频仍的时代，攻城略地之后随之而来的总是坑杀、屠城。即便是刘邦，夺得天下后，面对韩信、彭越等人谋反，仍然采取夷三族的手段，其当初与关中父老约法三章不过是他夺取天下的一个策略而已。一将功成万骨枯，说起残暴，又岂止项羽一人！

　　汉王刘邦，一无所长，但他有张良运筹帷幄，有萧何治国安邦，有韩信善于用兵，这些人杰均为汉王所用，兼有陈平、郦食其等人出谋划策，为得江山用尽一切手段。虽然在战争中一度占尽下风，多次被项羽打得落荒而逃，但毕竟历经千辛万苦终成大业。不得不承认，刘邦是一位高明的政治家。而项羽，与其天才的军事才能相比，他在政治上尤其显得幼稚。他对汉王心存妇人之仁，他对项伯偏听偏信，他对楚汉战争的形势做出了错误的估计，他一诺千金轻信了汉王……但他胸无城府，光明磊落，虽败仍不失男儿本色，他是堂堂正正的英雄。他掀起秦汉风云，为历史写下浓重的一笔，为后世留下不朽的传奇。他，令后人敬仰崇拜；他，更让后人扼腕叹息！

　　做人，不可有项羽之傲气，亦不可无项羽之骨气。

一曲离歌空余恨

汉五年（公元前202年），十二月。垓下。

楚国大司马周殷降汉，率九江军与汉王刘邦、齐王韩信、建成侯彭越、汉将刘贾、九江王英布等五路大军六十余万之众从西、北、西南、东北四面合围楚军。十万楚军乃久战疲惫之师，兵少粮尽，于重重包围之中，虽力战，仍大败。

是夜，楚军主帐。

西楚霸王项羽失魂落魄。身为楚国贵族，项羽少年时便力能扛鼎，才气过人，自起事仅用三年时间就率领五路诸侯军消灭秦朝，分割天下，封王封侯，政由己出，这样的事情亘古未有。八年来他身经七十余战，未尝败北，却从未想过会落得如此下场。

经年尘土满征衣，项羽即便勇猛无敌，也是身心俱疲。本想与汉王和议以鸿沟为界，中分天下，互不侵犯，也送回刘邦的父亲和妻子，引兵东归，孰料刘邦背信弃义，派兵一路追击楚军。项羽自是不惧，率军出击，大败汉军。然而，刘邦志在灭楚，以封地为饵召来各路诸侯军攻打楚军。周殷叛楚让项羽很震惊，对楚地安危一无所知更让他不安,想必刘邦早已派军进入楚国,攻城略地……无将可派,无兵可用,粮草亦断,走投无路,"天要亡我"!

借酒消愁愁更愁。

帐外忽然传来楚地的歌声,声音越来越大。

项羽大惊,失声道:"难道汉军已经全部占领了楚国?为什么楚国人如此众多?"左右侍从亦慌,不敢言语。

美人虞姬莲步轻移,缓缓走入帐来。

翩若惊鸿,婉若游龙,绝世佳人虞姬之美无人能及。虽然一心向往安宁的生活,多年来她却追随项羽东征西讨,习惯了疆场的厮杀。鸾凤和鸣,项羽对她自是宠爱有加,只是如今自己已是生死难料,她该怎么办呢?

虞姬斟上一杯酒,轻轻走到项羽面前,双手奉上,柔声说:"项王,请饮这杯酒,我为项王舞剑。"

"好。"看着虞姬,他一脸温柔,心却忍不住颤抖起来。

虞姬解下披风,拔剑起舞……绝世的容颜,绝美的舞姿,如花美眷却不能再相伴,项羽心乱如麻,不禁慷慨悲歌:"力拔山兮气盖世,时不利兮骓不逝。骓不逝兮可奈何,虞兮虞兮奈若何!"

他连唱数遍,不知道是问自己,问虞姬,还是问苍天。

虞姬和而歌曰:"汉兵已略地,四方楚歌声。大王意气尽,贱妾何聊生。"

虞姬且舞且歌,一曲终了,泪水悄然滑落。她最后看了一眼项王,眼角眉梢是爱意,是不舍,更是毅然决然——项王,愿你能化险为夷,永别了!

一道寒光闪过,殷红的血液模糊了众人的视野。

问世间,情是何物,直教生死相许?

一片惊呼声中,项羽把虞姬抱在怀中,泪如雨下,侍从也都俯首哭泣。

英雄气短,儿女情长。

泪眼蒙眬中,往事如过眼云烟……

八年前,陈胜、吴广在大泽乡揭竿而起,自己杀会稽太守殷通,随叔父项梁率八千吴中男儿起义。

七年前,巨鹿之战,自己奉楚王之命与宋义、范增领兵救赵,宋义屯兵于安阳,四十六日不进,欲坐观秦赵相斗。自己果断斩杀宋义,派英布、蒲将军率两万楚军渡河,援救巨鹿;之后全军破釜沉舟渡过漳水,五万楚军以一当十,大破秦军,杀苏角,俘王离,后与诸侯军对章邯军南北夹击,歼灭秦军主力。

三年前,彭城之战,刘邦与塞王司马欣、翟王董翳、常山王张耳等诸侯联军五十六万人长驱克砀、萧,攻占彭城。当时自己正在齐地作战,留部分将领攻齐,自领精兵三万从鲁出胡陵,南下,复取萧,切断汉军归路。拂晓猛攻彭城,至午即大败汉军。汉军北逃,被逼入谷水、泗水有十余万人。南退入山,又被追及于灵璧东,死于睢水有十余万人。若非大风骤起,飞沙走石,此战定能将刘邦生擒活捉。

籍一世英豪，能横扫千军，所向披靡，如今，却连自己心爱的女子都保护不了，怎不肝肠寸断！

《牡丹亭》有云："人世间有百媚千红，唯独你我情之所钟。"伤心处别时路有谁不同，多少年恩爱匆匆葬送！

虞姬一直在项羽心中最柔软的地方。

死生契阔，与子成说。执子之手，与子偕老。然世情梦幻，复作如斯观。自叹人生无常，分合常相半。

悲欢离合总无情，此生再难生死与共！

帐外一片混乱。军心已散。

大势已去。

项羽率八百骑兵乘夜突围南走，被汉将灌婴的五千骑兵追赶，渡过淮水后且战且退，从阴陵打到东城，只余二十八骑。"天亡我，非战之罪也。"为诸将痛痛快快打一仗后，项羽不肯东渡乌江，自刎而死。

"羽之神勇，千古无二。"只是他太容易相信别人了。他相信项伯，鸿门宴上放走了刘邦，后来又未杀刘父；他相信张良，不攻打没有如约称王关中的刘邦；他相信汉军，才会中了离间之计而怀疑范增，致亚父愤而出走，自此再无谋士；他相信刘邦，鸿沟和议后依约率军东归，却被汉军和诸侯军围追堵截，被逼入绝境。性格直率的项羽无法理解人性的贪婪和狡诈，才会在政治谋略上惨败，才会身死东城。这世上，最看不透的就是人心了。

只有经历世事才会明白人心的险恶。

楚国各地都投降了汉军，只有项羽以前的封地鲁城不肯投降。汉王率领天下之兵想要屠戮鲁城，考虑到他们坚守礼义，以死守节，就拿着项羽的人头给鲁人看，鲁城父老这才投降。

汉王刘邦不愧为其父口中的"无赖"，无赖的水平登峰造极。彭城之战中刘邦为了逃命几次将一双儿女推下车去；其父太公和妻子吕雉成为项羽的人质后，他也丝毫不顾及他们的安危；为灭项羽他分封诸侯王，笼络人心，不择手段，终成大业。但是，刘邦想不到的是，从建立汉朝直至他去世的八年间，他一直都在清理异姓王，平复诸王叛乱。

刘邦更想不到，孝惠帝刘盈即位七年后病逝，在楚营当过两年人质的太后吕雉大权在握，后临朝称制八年。她对刘邦极其宠爱的戚夫人和儿子赵王如意非常怨恨，就毒死赵王，将戚夫人砍去四肢，挖去双眼，熏聋双耳，以药毒哑，扔于猪圈中，名曰"人彘"。她还对除代王刘恒（孝文帝）外刘邦的其他子孙痛下杀手，真正笑到最后的恐怕就是吕雉了。

然而，一旦吕后身死，她的亲族、被她分封的位高权重的诸吕就被刘邦的谋士陈平和大将周勃等人一举剪除。吕氏再无后人。

宫廷权斗，肮脏而残酷。

飞鸟尽，良弓藏；狡兔死，走狗烹。项羽死后，齐王韩信被杀，夷三族；梁王彭越以谋反的罪名被捕、被贬、被杀；九江王英布亦因谋反被杀。贪心不足，见利忘义，终究不会有好下场。

　　人生如梦，亦如戏。

三国名将之周瑜

我花了很长时间读《三国志》，发现它和《三国演义》有很大的差别。小说不足信，只有史书才有可能真实地再现历史。

三国既是一个动乱的年代，也是一个英雄辈出的时代。在短短几十年中，曾有过多少英雄战死沙场，又有过多少枭雄雄霸一方？《三国志》正是记载这段历史的断代史，也是二十四史中评价最高的前四史之一，是一部文学价值和史学价值同样璀璨的史学巨著。《三国志》虽然没有《三国演义》里那种虚构出来的扣人心弦的情节，但是史学家的语言同样震撼着我们内心的三国情怀。

人们素来为"三国"这个话题津津乐道。三国中有很多杰出人物历来为人们所称颂，如诸葛亮、关羽、赵云……我已多年未读《三国演义》，记忆中只有少时读书留下的些许碎片。足智多谋的周瑜一遇上旷世奇才诸葛亮，徒叹"既生瑜何生亮"，难免让人觉得他心胸狭窄、目光短浅、嫉贤妒能，所以他虽然很有才，可给我的印象总是不好。如今读《三国志》，我才恍然大悟：原来《三国演义》颠覆了周瑜的形象，让世人误会了周公瑾！

周瑜，东汉庐江郡舒县人，少时与孙策交好，随其南征北战奔赴疆场。建安十三年（208年），周瑜率江东孙氏集团军队与刘备军队联合，于赤壁大败曹军。建安十五年（210年），周瑜病逝于巴丘，年仅三十六岁。

陈寿善写人物外貌，《三国志》中不乏威风凛凛、相貌堂堂的男儿，如袁绍、刘表、诸葛亮、孙权、周瑜等。"瑜长壮有姿貌"，寥寥数字，一位英俊潇洒的少年英雄跃然纸上。

周瑜出身于士族家庭，多才多艺。他自幼精通音乐，"曲有误，周郎顾"被传为美谈。建安三年（198年），周瑜得有倾国倾城之姿的小乔为妻，英雄美女天作之合成佳话。

孙坚起兵讨伐董卓时曾举家迁往舒县，周瑜把路南的大宅院让给孙策母子居住，且每日登堂拜母，其与孙策的感情自是非同一般。孙策曾言，"公瑾英隽异才，与孤有总角之好，骨肉之分"。周瑜追随孙策攻打横江、当利，渡江击秣陵，破笮融、薛礼，转下湖孰、江乘，进入曲阿，因兵精将足，策命瑜"还镇丹阳"。袁术欲以周瑜为将，而瑜观术终无所成，遂假意答应袁术，借道居巢于建安三年（198年）东归还吴。孙策亲自迎接周瑜并授予他建威中郎将的职务，周瑜时年二十四岁，因其在庐江郡恩德信义卓然，吴中人皆尊称其为"周郎"。周郎之称岂是偶然！

建安五年（200年），孙策遇刺身亡，临终时把军国大事托付孙权。周瑜奔丧归来，以中护军的身份留在孙权身边，与张昭一文一武共同掌管军政大事，辅佐孙权。周瑜病逝后，孙权素服举哀，又亲自到芜湖迎周瑜灵柩，所需费用一概供给，并且善待周瑜的子侄。在他看来，赤壁之战打败曹操及平定荆州全是周瑜的功劳。因当时孙权的职位为将军，诸将对他的礼节比较简单，而周瑜虽有功于孙家，且手握重兵，然仍对孙权极其恭敬，可能这也是孙权难舍周瑜、对他一直念念不忘的原因之一吧！

周瑜一生中最辉煌的时刻是建安十三年（208年）的赤壁之战。曹操率军南侵，占荆州，得刘表水军及船步兵数十万，向东吴进逼。东吴上下陷入恐慌。孙权召集部将商议对策，迎降曹操的呼声一片。周瑜、鲁肃力排众议，主张联刘（备）抗曹。当时刘备实力尚弱，羽翼未丰，亦无力单独对抗曹操，孙刘联合作战不失为最明智的选择。

"大江东去，浪淘尽、千古风流人物。故垒西边，人道是，三国周郎赤壁。"一阕豪放词让人产生超越时空的遐想，仿佛回到赤壁古战场，让赤壁出名又名留赤壁的便是三国的周郎了！"遥想公瑾当年，小乔初嫁了，雄姿英发。羽扇纶巾，谈笑间，樯橹灰飞烟灭。"风流儒雅的英雄周瑜，于赤壁立下赫赫战功。从玉树临风的翩翩少年到面对千军万马指挥若定的一代名将，周瑜为孙氏政权屡建奇功，立下汗马功劳，赤壁之战更是以少胜多大败曹操，为巩固孙氏政权，为东吴建国、三分天下有其一奠定坚实的基础，他是东吴的功臣！

孙策在世时，周瑜被当作好友、兄弟，后来太妃又让孙权以兄长之礼尊奉周瑜,孙权也一直将周瑜视为股肱之臣。孙权在和陆逊谈论周瑜、鲁肃、吕蒙时说,"公瑾雄烈,胆略兼人",认为能和周瑜相比的人实在太少了,他的计谋、策略远高于苏秦、张仪。"孤非周公瑾,不帝矣。""公瑾有王佐之资,今乎短命,孤何赖哉?"失去周瑜,孙权怎么会不难受呢?

周瑜为人大度,豁达开朗,识大体,得人心,可惜天妒英才,英年早逝。然而,他敢于以少胜多,他的英勇善战依然让他成为名将的典范。唐宋时,周瑜作为一代名将被统治阶级供奉在武庙内。

世间豪杰真勇士,江左风流美丈夫。千百年来,赞美周瑜的诗词不胜枚举,把赤壁破曹的主要功劳归于周瑜也是合乎事实的。他活在历代名家的诗词中,活在文人墨客的记忆里。

读《三国志》,见识真英雄,为周瑜正名。

盛世名相耀贞观

华夏五千年的文明史上，强汉盛唐代表着中华民族曾经的繁荣兴盛。作为大唐基业的开拓者，唐太宗李世民是中国古代极为杰出的帝王之一，是第一个被国人真心称颂崇拜的君王。唐朝也是名臣辈出的时代，长孙无忌、魏徵、房玄龄、杜如晦、秦琼、尉迟恭……李世民和这些能臣良将携手共谱了一曲光耀千秋的贞观长歌。

初唐的天空群星灿烂，魏徵则是群星中最璀璨的一颗。

小说《隋唐演义》无异于一场盛大的英雄聚会。我一直以为，乱世出英才，隋末的英雄豪杰太多，魏徵并不是很出色。误解源于无知，如今读《旧唐书》《新唐书》，对魏徵这位治世的能臣唯有敬重崇拜了！

魏徵，唐朝政治家，历史上久负盛名的谏臣。纵观魏徵的一生，少不得志，大器晚成，犯颜直谏，辅国安邦，人走茶凉，一代名臣的生前身后事皆让人唏嘘不已。

魏徵年轻时很落魄，但他有大志，好读书，对学问能融会贯通。隋末天下大乱，农民起义的浪潮风起云涌。已出家为道士的魏徵先后跟从元宝藏、李密，虽满腹经纶，却未得重用。王世充进攻洛口时，魏徵献计于李密的长史郑颋。原本是退兵的良策，却被郑颋认为是老生常谈，魏徵一怒之下不辞而别。随李密降唐后，他去黎阳劝降李密的部将李勣，不幸为窦建德所得。窦建德兵败后，他又被李建成任为太子洗马。魏徵虽为旷世奇才，声名远扬，可是元宝藏、李密、窦建德、李建成等人没有给他施展才华的机会。

李世民为大唐的建立和统一立下了汗马功劳，可是，唐高祖李渊失信于世民，既未如约立世民为太子，亦未能妥善处理诸子之间的关系，从而导致武德九年（626年）的玄武门之变。作为太子李建成的谋士，魏徵见秦王李世民屡建功勋，功名日盛，常劝建成早定对策除掉秦王，建成不听，终在玄武门之变中兵败身死。庆幸的是，魏徵并没有受到牵连，反而因为他敢于直言而得到李世民的青睐，他的命运也因此而改变。

良禽择木而栖，贤臣择主而事，或是冥冥之中自有天意，上天早已注定了李世民与魏徵一世君臣的缘分。李世民即位后，拜魏徵为谏议大夫，这一年，魏徵已四十七岁。

虽然大器晚成的魏徵辅佐唐太宗只有短短十七年的时间，但是十七年也足以成就这对明君贤臣。作为谏臣，凡是魏徵认为正确的意见，他必是当面直谏，一谏到底，直到最后太宗接受他的意见。一个犯颜直谏，一个虚心纳谏、从谏如流，尽管有时候在朝堂上争论很激烈，君臣二人互不退让，到最后太宗也总是接受魏徵的谏言。

魏徵在贞观年间曾先后谏二百余事，强调"兼听则明，偏听则暗"；"君，舟也，民，水也。水能载舟，亦能覆舟"；"居安思危，戒奢以俭"。这对唐太宗开创千古称颂的"贞观之治"起了至关重要的作用。魏徵的谏言中，以《谏太宗十思疏》和《十渐不克终疏》最为著名，在当时和后世都有重要影响，时至今日仍然值得我们学习和借鉴。

经历隋朝末年的乱世，魏徵主张采取积极有效的措施治理国家，迅速实现从大乱到大治；在法律思想上，魏徵主张遵循封建儒家正统，强调"明德慎罚""惟刑之恤"，认为治理国家的根本在于德、礼、诚、信，刑罚的根本在于劝善惩恶。唐太宗完全接受了魏徵的意见。不过两三年的时间，唐朝就出现了"贞观之治"的局面，路不拾遗，夜不闭户，天下太平，为大唐全盛时期的开元盛世奠定了坚实的基础。最让人震撼的是，太宗即位的第四年，一年中判处死刑的只有二十九人，几乎达到了将刑罚弃之不用的地步。一直以为，这样的盛世只会出现在理想中的大同社会，想不到"贞观之治"竟是盛世如歌，千载之下，犹令人神往。

魏徵不做忠臣，只做良臣。他劝太宗以史为鉴、励精图治、任贤纳谏、以仁义行事、亲贤臣远小人等等，都得到了太宗的采纳。从国家大事到生活小节，从治国安邦到修身养德，他的谏言无处不在。他是太宗的一面镜子，时时刻刻让太宗看到自己的缺点和错误并加以改正。人非圣贤，孰能无过，闻过能改则是唐太宗最大的长处和优点。李世民在宴请群臣时曾说，贞观以前，房玄龄随其平定天下，奔波于乱世；贞观之后，进忠言纠正其过错，为国家的长远利益着想的，只有魏徵一人而已。在李世民的心中，魏徵践行仁义，尽心辅佐，极力使自己成为尧、舜那样的明君，即使是诸葛亮也比不上他。

贞观十七年（643年），魏徵病重，太宗命令工匠用给自己建造宫殿的材料为魏徵的房屋修建正室，且多次去探望他，准备将衡山公主嫁给他的长子叔玉。魏徵生前极尽荣光，死后亦是极尽哀荣。失去魏徵，太宗在朝堂上悲痛叹息："夫以铜为镜，可以正衣冠；以古为镜，可以知兴替；以人为镜，可以明得失。朕常保此三镜，以防己过。今魏徵殂逝，遂亡一镜矣！"

太宗对魏徵思念不已，时常去凌烟阁观看魏徵的画像，赋诗哀悼。但是有人因此嫉妒魏徵，百般诽谤他。魏徵曾向太宗推荐杜正伦、侯君集，说二人的才干可任宰相，等到杜正伦因犯罪被免职、侯君集因谋反被杀，便有人在太宗面前指责魏徵结党营私，又说魏徵曾把他的谏言抄录交给史官褚遂良。太宗大怒，便取消了衡山公主与叔玉的婚事，推倒了自己书写的魏徵的墓碑，魏徵的家族逐渐衰落。后太宗攻打辽东，班师后心中不快，想起魏徵，又把他的碑立起来，对他的礼遇增加。这君臣之间相处真是不易！魏徵生前的谏言累计数十万言，谈及君子小人，未尝不反复为太宗说明，这是谄谀奸恶之徒会祸害忠臣的缘故。以魏徵的忠诚、太宗的英明，在魏徵死后仍然是猜忌诬陷横行。世事无常，人走茶凉的辛酸与无奈又有谁可以逃脱？然金无足赤，人无完人，即使唐太宗有负魏徵，他与魏徵之间的君臣佳话仍为后世津津乐道。

魏徵不仅是政治家，还是杰出的史学家。他博学多才，文采飞扬，曾主持编写五代史，著有《隋书》的序论与《梁书》《陈书》《北齐书》的总论。另有《次礼记》二十卷，和虞世南、褚遂良等合编的《群书治要》五十卷。

魏徵，中国历史上最负盛名的谏臣，盛世名相光耀贞观，清、正、廉、直堪为后世师表。

绝代双骄之李杜

二十四史的编撰者中，有不少是文学家。文学家修史书，在一定程度上增加了可读性，当然，有时候其真实性难免要打折扣。正如我更喜欢读《新唐书》，虽然《旧唐书》的记载更接近史实。

强汉盛唐代表了中华民族历史上的繁荣兴盛。从"贞观之治"到"开元盛世"，经过几位帝王的不懈努力，大唐帝国进入全盛时期。它不仅仅是政治经济的全盛时期，也是文化尤其是诗歌发展的黄金时期。唐朝的诗人特别多，诗仙李白、诗圣杜甫是唐朝诗坛的风云人物，其地位后人难以企及。看《新唐书》，读李白、杜甫的传记，我的心情却莫名沉重。

少不更事时我痴迷于李白的浪漫主义诗词，对"谪仙人"李白崇拜得五体投地。那时总认为杜甫的诗过于现实，缺乏美感，难以真正地吸引我。对我而言，浪漫主义与现实主义如同艺术和生活，当一个人沉醉于奢华的艺术时往往会忽略朴实无华的生活，所以我更欣赏李白，尽管杜甫的很多诗我也喜欢。

一卷《新唐书》在手，我仿佛看到一千多年前的两位诗人，他们并肩望月，酒后狂歌……

从李杜所处的时代来看，唐玄宗和唐肃宗在用人上既没有唐太宗的开明，也没有武则天不拘一格降人才的气魄。李杜没有通过科举考试而直接进入官场，但是想要得到重用也是很难的。从开元盛世直至安史之乱，这对挚友见证了大唐王朝从极盛走向战乱，他们的仕途和生活也受到了很大的影响。虽报国之念在胸，然郁郁不得志，一生奔波而未得重用，这也给他们的人生增加了悲剧色彩。

纵观李杜的生平，生性秉直，恃才傲物，放任不羁，不拘小节，他们的性格竟是惊人的相似，而这种相似的性格也影响了他们的命运。

李白以不世之才自居，希望能像姜尚辅佐明君、诸葛亮兴复汉室一样，为大唐建功立业。早年的李白不仅多次自荐，还四处结识王公大臣，希望能被他们引荐，为朝廷效劳，可惜并无结果。开元年间，流落在长安街头的李白穷困潦倒，他甚至自暴自弃，与长安市井的无赖之徒为伍醉于市。后来李白献赋于唐玄宗，并且通过贺知章的举荐得以朝见唐玄宗，开始在翰林院任职。作为御用文人，他本已深得唐玄宗和杨贵妃的欢心，却因酒后使高力士脱靴招来嫉恨，自此"不为亲近所容"。既然不能为官造福于民，他索性和贺知章等人结为饮中八仙，在美酒中寻求逍遥自在。

长安终究不是李白的归宿，他日渐厌倦，向唐玄宗提出归隐，怅然离开。"弃我去者，昨日之日不可留；乱我心者，今日之日多烦忧。"即便是"行路难",即便是"人生在世不称意",他仍然相信"天生我材必有用",仍然乐观地期待"长风破浪会有时,直挂云帆济沧海"。他的自信、他对生活的这份豁达,让人不得不佩服。

李白浮游四方,就算为道士,就算是隐居,也始终放不下"谈笑安黎元""相与济苍生""终与安社稷"的初衷,暗自为国家的隐患而担忧。安史之乱爆发后,他错误地把希望寄托在永王李璘身上。加入永王幕府是李白一生中犯下的最大的错误,如果说唐玄宗没有给他施展才华的机会,那么永王更不可能给他。很快,永王兵败,李白被长流夜郎,直到第二年才被赦。颠沛流离的生活让他饱受苦难,其间,虽然李白多次被人向朝廷举荐,但无人理会。他是杰出的诗人,可是他太没有政治头脑,这让他传奇的人生经历太多的坎坷。

杜甫年轻时举进士不第,被困于长安多年。天宝十三年(754年),已逾不惑之年的杜甫数次献赋于唐玄宗,被唐玄宗赏识,可惜只被授予小官。在唐玄宗面前他过高地称道自己,希望能像祖父杜审言一样为文臣,以文章扬名,然而唐玄宗并不理会他。安史之乱时,他历尽千辛万苦前往凤翔投奔唐肃宗,拜右拾遗。苦苦求官多年终有结果,他本以为壮志可酬,不料却因房琯案惹恼了唐肃宗,经宰相张镐求情才得以免罪。杜甫感念天子的恩德,却仍然替房琯说话,自此唐肃宗不太理睬他,更不会重用他。杜甫是直性子,认直理,这是他的长处,却也是他在官场中致命的缺点。

失去唐肃宗的信任，此后杜甫只做了几任小官，和普通百姓一样艰难地生活。流落剑南后，杜甫依附严武成为剑南节度参谋、检校工部员外郎。因是世交，严武对他非常照顾。《新唐书》记载，杜甫"性褊躁傲诞"，见严武时对他很不尊重，甚至"醉登武床"，说出对严武父子极为无理的话。平心而论，杜甫这样的性格恐怕没有多少人会欣赏，至少我不欣赏。

杜甫自幼深受儒家文化教养，有着"致君尧舜上，再使风俗淳"的宏伟抱负，遗憾的是，这只是他穷尽一生也无法实现的愿望。他穷困潦倒，却仍然心系苍生，胸怀国事。他用诗歌记录了唐代由盛转衰的历史巨变，反映了当时的社会矛盾和民生疾苦，表达了崇高的儒家仁爱精神和强烈的忧患意识。

杜甫被后人称为"诗圣"，他的诗被称为"诗史"。杜甫的诗或雄浑奔放，或沉郁悲凉，或辞藻瑰丽，或清新细腻，或平易质朴，故元稹谓之曰："诗人以来，未有如杜子美者。"杜甫是做到"文章合为时而著，歌诗合为事而作"的第一位诗人，"为人性僻耽佳句，语不惊人死不休"则体现了他对诗歌语言的刻意求工和严谨的创作态度。他和李白齐名，对我国的古典诗歌产生了深远的影响，受到后人的缅怀和热爱。

李白豪放不羁、天真率直，悲则哭、喜则号，"笔落惊风雨，诗成泣鬼神"。我喜欢李白诗的豪迈奔放，清新飘逸，如"清水出芙蓉，天然去雕饰"。杜甫诗则含蓄曲折，沉郁顿挫，读起来也特别地耐人寻味。与飘然不群的李白相比，杜甫的所思所想则更接近于老百姓。"安得广厦千万间，大庇天下寒士俱欢颜"，这不是与范仲淹的"居庙堂之高则忧其民，处江湖之远则忧其君"有着异曲同工之妙吗？

李杜那个时期的诗人，张九龄、贺知章位高权重，孟浩然、王维自在于山水田园间，高适、岑参"万里奉王事，一身无所求"，没有人比李杜的人生更失意、命运更坎坷了。李杜是天之骄子，是诗坛双璧，可是他们的人生有着太多的无奈和不幸。他们骨子里是文人孤傲清高的特质，迫于世俗却也有庸俗卑恭的一面，或许这便是文人对"人无完人"最独特的解释吧！

"李杜文章在，光焰万丈长。"李白和杜甫精彩了诗坛，精彩了唐朝，也精彩了后世，他们在中国文学史上散发着万古不灭的光辉。

壮志雄心复汉唐

钱锺书先生曾说:"在中国文化史上有几个朝代一向是相提并论的。文学就说'唐宋',绘画就说'宋元',学术就说'汉宋',都要说到宋代。"

我喜欢宋朝。这挥之不去的宋朝情结,源于儿时听过的评书《杨家将》《岳飞传》,源于宋词,源于《宋史》,源于宋朝的风流人物,源于宋朝的政治开明,源于宋朝的经济文化繁荣,源于宋朝的科技发达。又或许,发自内心的喜欢不需要任何理由。

近代学者钱穆在《国史大纲》中提到,"宋代对外之积弱不振,宋宗室内部之积贫难疗",自此,宋代积贫积弱的观点被写进了历史教材,对国人产生了深远的影响。然而,宋都东京、汴梁、开封水陆交通发达,可以说是当时世界上人口最多、商业最繁荣的国际大都市,从《清明上河图》到《东京梦华录》,东京的繁华尽现,交子、会子是世界上出现最早的纸币;宋朝的财政收入远比汉唐丰富;四大发明在宋朝得到改进、普及和推广(包括向外传播),宋朝的科技在世界上领先;宋朝的疆域虽然小于汉唐,但军事实力及综合国力并不算弱；宋朝的科技、文化、教育远远强于周边的少数民族政权……故虽在学生时代接受过钱穆先生的观点，而今我实在不敢苟同。

英国历史学家汤因比说："如果让我选择，我愿意生活在中国的宋朝。"若能穿越千年，我亦愿回到大宋，去亲历那一朝的繁荣，见证那一世的浮华……

唐天祐四年（907年），曾盛极一时的大唐帝国走向灭亡，中国进入五代十国的大割据时代。五十多年后，后周恭帝显德七年（960年）正月，在后周的都城汴梁，一个巨大的军事政变正在悄悄酝酿，这场政变开启了中国历史上一个崭新的王朝。陈桥兵变，黄袍加身的宋太祖赵匡胤从后周掌管禁军的殿前都点检成为北宋的开国皇帝。他结束了自安史之乱后长达两个世纪的藩镇割据、军阀混战的局面，恢复了华夏民族主要地区的统一，开创一个文明、理性的新时代。一代伟人毛泽东在《沁园春·雪》中曾将"唐宗宋祖"并称，这是对宋太祖十分中肯的评价。但是，与唐太宗相比，千百年来，宋太祖并没有受到世人足够的重视与关注，他所开创的大宋王朝也一直被误解与低估。

从陈桥兵变到金匮预盟，到太祖誓碑，再到烛影斧声，宋太祖的一生充满了神秘色彩。他的命运与两个人有着千丝万缕的联系。这两个人一个是后周世宗柴荣，另一个是宋太宗赵光义。

柴荣，五代时期的一代明君，神武雄略的一代英主。他清吏治，选人才，均田赋，整禁军，奖农耕，复漕运，兴水利，考制度，修《通礼》，定《正乐》，议《刑统》……若能为君三十年，当以十年开拓天下，十年养百姓，十年致太平。为实现这一宏伟目标，他励精图治，锐意改革，为扫平天下开创盛世做好了一切准备。但是，天妒英才，柴荣英年早逝。尽管如此，他在位五年半的文治武功也足以让他成为结束中唐以来二百余年格局动荡的决定性人物。他如流星般划过历史的长空，璀璨而明亮。

后周世宗拉开了结束分裂统一天下的帷幕，他未竟的事业将由赵匡胤来完成。赵匡胤自投奔郭威（后周太祖）后，深得柴荣赏识。柴荣即位后，从高平之战到后周世宗三征南唐，智勇双全的赵匡胤深得后周世宗的信任和重用。后周显德六年（959年），后周世宗北征燕云归来，更是将赵匡胤提升为禁卫军殿前都点检，当然，赵匡胤重兵在握也为后周的灭亡埋下了隐患。半年后，陈桥兵变，赵匡胤以无辜者的姿态"被迫"登上帝位，从孤儿寡母的手中接手了国力强大的后周政权。除了后周的政权、臣民外，宋太祖还接受了后周世宗开明的思想，以一个崭新的王朝延续着后周经济和文化的发展。国学大师陈寅恪说："华夏民族之文化，历数千载之演进，造极于赵宋之世。"宋代虽然没有汉唐时辽阔的疆域和强大的军事力量，但宋代文化之灿烂为汉唐所不及，并且达到了我国古代文化的最高峰。不过，我想，"建隆之治""赵宋之世"的开创者不仅仅是赵匡胤，后周世宗柴荣也是功不可没吧！

值得一提的是，自后晋石敬瑭将幽云十六州献给契丹后，后周显德六年（959年），后周世宗北伐契丹，仅用四十二天就兵不血刃连收二州三关十七县，遗憾的是，当幽州近在眼前时，后周世宗遇疾而返。后宋太祖曾设立"封桩库"贮藏钱帛布匹，期望能赎回幽云十六州，也是壮志未酬身先死。幽云十六州与内地隔断联系数百年，这也是两宋统治者心中永远的痛吧！

赵匡胤生命中的另一个重要人物是赵光义。他打破了传统的嫡长子继承制，以兄终弟及的形式登上皇位，成为北宋的第二任皇帝。关于赵光义，虽然《宋史》的编纂者脱脱等人为其高唱赞歌，但实际上其文韬武略远不及赵匡胤，这是后话暂且不提。

开宝九年（976年）十月，宋太祖逝世，《宋史》寥寥几笔带过，把疑惑留给了后世。与几十年后的"狸猫换太子"相比，宋太祖之死更是堪称千古奇案。关于宋太祖之死，《太祖实录》几经修改，记录已不足信；北宋史学家司马光的《涑水记闻》、南宋史学家李焘的《续资治通鉴长编》及《续湘山野录》也有不同的记载，宋太祖是否欲传位于赵光义已不可考。后世许多史学家认为，宋太祖是赵光义为当上皇帝而将其加害致死的。开宝九年（976年）十二月甲寅，登基两个月的赵光义迫不及待地将这一年剩下的最后几天改为太平兴国元年（976年）。不逾年而改元，这是对先帝的大不敬，是因为其弑兄夺位而心虚？除了改元外，《宋史》还记载了从979年到984年，太祖次子德昭自杀，四子德芳猝死，太祖四弟廷美遭贬忧悸而死，还有宋皇后死后不给发丧。在自己的侄子、兄弟、皇嫂面前，他是这么自私、冷酷、绝情，其为人远不能和宋太祖相提并论。《宋史》也记载了宋太宗曾经病得很严重，宋太祖前去看望，"帝为灼灸"，宋太宗觉得疼痛，宋太祖亦取艾自灸。与宋太祖的有情有义相比，宋太宗为达目的不择手段地急于登台，很让人看不起。

从"陈桥兵变"时意气风发的赵匡胤走上权力的顶峰，到"烛影斧声"离奇去世，这位杰出的帝王在中国历史上绽放出耀眼的光芒。他先后灭亡荆南、后蜀、南汉及南唐等南方割据政权，至宋太宗时覆灭吴越、闽南、北汉，完成统一。他从五代的战乱中走来，亲历帝王的奢靡、吏治的黑暗、民众的苦难，他轻徭薄赋，发展生产，使大宋朝空前繁荣；他于961年、969年先后两次"杯酒释兵权"，解除禁军将领及地方藩镇的兵权，加强了中央集权的统治；他提倡文人治国，开创了文治的盛世；他以法治国，澄清吏治，使历史上出现了享有盛名的"建隆之治"。

如果说节俭是一种美德，那么宋太祖赵匡胤可谓历史上品德最好的皇帝。以俭为德，他崇尚节俭，厉行节约，"宫中苇帘，缘用青布；常服之衣，浣濯至再"。可在国家和百姓需要时，在关乎民生社稷时，他总是毫不吝惜。治世莫若爱民，养身莫若寡欲。修身、齐家、治国、平天下，靠着正道直行，宋太祖实现了封建士大夫的所有抱负。

宋太祖有着几近完美的人格魅力。他的勤政爱民、宽仁大度、严于律己、好学不倦、不近声色，为后世史学家所津津乐道。纵观宋太祖的一生，除陈桥兵变登上帝位不太光彩外，大概也只有因为赵普诬陷而将枢密直学士冯瓒及李美、李楫流放荒岛之事被人指责了。至于反腐肃贪时宋太祖因人而异，我认为也不能完全否定他的做法。朝堂上，宋太祖对贪官污吏严厉打击，绝不姑息；对边将的贪腐则是宽容之至。也正是因为他的宽容，让那些边将誓死效忠于他，效忠于大宋，维护宋朝边境多年平安，其中的功过是非又怎能一概而论？

他也是备受世人争议的皇帝。北宋理学家程颐说："太祖之有天下，救五代之乱，不戮一人，自古无之，非汉、唐可比。"王夫之也认为夏商周之后的治世唯有"文景之治""贞观之治"和"建隆之治"。明太祖朱元璋更是对宋太祖推崇备至，将其与三皇五帝等十七位帝王供奉于南京历代帝王庙。南宋朱熹却认为，一百余年后靖康之变、北宋败亡，是宋太祖采取加强中央集权措施造成的恶果。事实上，宋太祖解除禁军将领及地方藩镇的兵权，是针对当时五代战乱的局面，符合当时的国情，至于大宋王朝以后如何发展，不是宋太祖所能决定的，朱熹的观点无论如何我都不能接受。

他是英明仁慈的帝王，是推动历史发展的杰出人物。我相信，历史选择了赵匡胤是当时中华民族的幸运。

男儿本自重横行

大宋王朝一直是我印象最深、最喜欢的朝代，小时候看的很多历史小说都是关于宋朝的。至今犹记得，我看的第一本小说是《小将呼延庆》，然后便是《三侠五义》《杨家将》……记忆中的学生时代一直徜徉于大宋的历史天空中，而包拯、寇准等人无不与杨家将有着千丝万缕的联系。提起杨家将，《宋史》《辽史》中均有记载，而小说、演义、传奇、杂剧、戏曲等更让杨家将的故事在民间广为流传。杨家将给北宋的历史增添了传奇色彩，让一个王朝千百年来被后世津津乐道。如同包拯是清官的典范，杨家将不愧是忠孝节义的典范，北宋的历史因为他们而更加精彩！

我一直想看电影《忠烈杨家将》，尽管故事情节和史实有很大的差距。可是，终究还是不忍看。有人说："做人重在负责任敢担当。《忠烈杨家将》给人以强烈的责任感和担当精神：心怀国家责任，杨继业头撞李陵碑守节殉国，没有埋怨，却为未守住疆土自责……"杨家将的忠勇令人唏嘘不已。年少时看杨家将，常常被感动得泪流满面；慢慢长大了，以为杨家将的悲惨命运在于愚忠，明明知道结果还要舍生取义;如今终于明白,杨家将的忠勇和担当是因为肩上的责任。

作为杨家将的灵魂、核心人物,历史上的杨业究竟是怎样的一个人呢?稗官野史不可信,还是从《宋史》和《辽史》中再现真实的杨业吧!

《宋史》卷二百七十二列传第三十一记载:杨业,并州太原人。父信,为汉麟州刺史。业幼倜傥任侠,善骑射,好狩猎,所获倍于人。尝谓其徒曰:"我他日为将用兵,亦犹用鹰犬逐雉兔尔。"弱冠事刘崇,为保卫指挥使,以骁勇闻。累迁至建雄军节度使,屡立战功,所向克捷,国人号为"无敌"。太宗征太原,素闻其名,尝购求之……

杨业,北汉名将,北汉主刘崇赐其姓刘,名继业,骁勇善战。太平兴国四年(979年),宋太宗亲征北汉,北汉主刘继元降,继业亦降。太宗素闻其威名,令其复本姓杨,任右领军卫大将军、郑州刺史。

所有的故事从此开始,所有的悲剧拉开帷幕。

太平兴国五年(980年)三月,辽景宗发兵十万入侵雁门关。"业领麾下数千骑自西陉而出,由小陉至雁门北口,南向背击之,契丹大败。"这一战,离杨业归宋还不到一年。此后,"契丹望见业旌旗即引去"。杨无敌之称岂是虚名!

千军易得,一将难求。当初宋太宗为得杨业曾不惜出重金,原以为他会重用杨业,然而事实并非如此。

杨业的年龄,宋史上没有确切的记载,可见其在北宋并不受重视。杨业号称"无敌",是在北汉抵抗辽兵时得到的称号。杨业为北汉守边，经常与来犯的辽军交锋，三十余年未处下风，他在北汉抗辽的战绩，《宋史》和《辽史》也未记载。

杨业在宋朝的地位并不高，也不是宋军主将，他担任的郑州刺史、代州兼三交驻泊兵马都部署及云州观察使的职务，与其在北汉时担任的建雄军节度使是不可相提并论的。

木秀于林，风必摧之。雁门关大捷，杨业立功边关，名扬朝野，威震辽军，受到宋太宗的重用（表面上），"主将戍边者多忌之，有潜上谤书斥言其短"，虽然"帝览之皆不问，封其奏以付业"，以示对其信任，但是宋太宗知人而不善任，为杨业日后孤立无援、血染疆场埋下了祸根。

血战陈家谷，是杨业无奈的选择。雍熙三年（986年）正月，宋太宗兵分三路征讨辽国。西路军由潘美任云应路行营都部署，杨业任副都部署，王侁、刘文裕为护军（监军）。宋太宗以东路军吸引辽军主力，西路军一路攻城俘将，连连大捷。东路军为了争功，在未与西路军会师的情况下，擅自出兵北上，受到辽兵主力追击，大败。辽将耶律斜轸率十万余人西进，攻占寰州。此时宋太宗下令西路军护送寰、朔、应、云四州的百姓迁往内地，而寰州、应州已失，云州远在辽军的背后，朔州也是朝不保夕，要迁移四州的百姓着实不易。面对强敌，杨业向潘美等人建议，"今辽兵益盛，不可与战。朝廷止令取数州之民，但领兵出大石路，先遣人密告云、朔州守将，俟大军离代州日，令云州之众先出。我师次应州，契丹必来拒，即令朔州民出城,直入石碣谷",遭到王侁和刘文裕的反对。王侁要宋军北出雁门关向朔州前进并讥讽杨业:"君侯素号无敌,今见敌逗挠不战,得非有他志乎?"杨业被迫出兵,临行前约定请潘美在代州西北的陈家谷埋下伏兵,等他战败撤退时救援。潘美、王侁等人陈兵陈家谷,从寅时等到巳时,王侁以为辽军被打败,为了争功带兵离开陈家谷口,潘美无法阻止,率部沿交河向西南前行二十里,得知杨业兵败后领兵撤退。杨业力战退至陈家谷,无人接应,其身受几十处伤,战马亦受重伤,最后战至力竭,为辽军生擒,绝食三日而死,其子延玉、部将王贵等人全都力战而死。

杨业之死令人痛惜,也有多方面的原因。宋太宗以潘美为主帅,他是北宋战功卓著的大将,而杨业是北汉降将,宋太宗既得杨业却又将他置于潘美的控制之下。潘美身为西路军主帅,对部队的行动具有最高指挥权,却听任、纵容王侁和刘文裕的行为,在杨业兵败后非但不派兵救援,反而失约撤军,让人不得不怀疑他是故意要将杨业置于死地。王侁等人坚持出兵朔州,直接导致杨业兵败战死。杨业明知此战必败而又不能不战,焉能不败?!"上遇我厚,期讨贼捍边以报,而反为奸臣所迫,致王师败绩,何面目求活耶!"忠君报国,一片丹心!

《辽史》对杨业也有多处记载。

与《宋史》对杨业一概而过的记载相比,《辽史》中关于杨业的记载有十几处,散见于《圣宗本纪》以及耶律德威、耶律休哥、耶律斜轸、耶律奚低、萧挞凛等人的列传中。"继业在宋以骁勇闻,人号杨无敌,首建梗边之策。"一代名将杨业之骁勇善战,威震敌国,辽人尽知。

《辽史》卷八十三《耶律休哥耶律斜轸列传》:"宋乘下太原之锐,以师围燕,继遣曹彬、杨继业等分道来伐。是两役也,辽亦岌岌乎殆哉!休哥奋击于高梁,敌兵奔溃;斜轸擒继业于朔州,旋复故地。宋自是不复深入,社稷固而边境宁。"这从侧面说明,辽国一直视杨业为心腹大患。杨业战败后,辽国君臣皆弹冠相庆,辽圣宗"以捷告天地""又以杀敌多,诏上京开龙寺建佛事一月,饭僧万人",一些与杨业作战的将领也得到升迁,可见杨业在世时辽人对他的忌惮。

辽国与杨业多年交锋,知道他的战绩,如记载杨业夺取寰、朔、应、云四州,而宋记载夺取四州功在潘美,想来定是宋朝史官根据潘美等人的奏疏记载,杨业的不得志可见一斑。

杨业与辽人"角胜三十余年",深为辽人敬畏,辽人在杨业死地建庙祭祀,于宋仁宗时又在辽境内的古北口为杨业修建了杨无敌庙。无敌忠义感动敌境,又何论古北口之非陈家谷也!

诗曰:"行祠寂寞寄关门,野草犹知避血痕。一败可怜非战罪,太刚嗟独畏人言。驰驱本为中原用,尝享能令异域尊。我欲比君周子隐,诛肜聊足慰忠魂。"

杨业兵败,非战之罪。他得到了天下人的同情和尊重,杨家将的故事也为后人代代传扬。

千古名臣自风流

读《宋史·范仲淹列传》，往事越千年。

宋仁宗庆历二年（1042年）秋，宋夏边境。一座孤城楔入西夏腹地，那不是大顺城吗？落日的余晖中，一位满鬓风霜的将军在城中视察防务，他便是宋军副帅范仲淹。仕途沉浮几十年，虽屡遭贬谪，历尽艰辛，但他澄清吏治、忧国忧民之心始终不改。

夜未央。从四面八方传来的边地悲声随着号角响起，羌声悠扬，寒霜满地。端起一杯浊酒，想起远在万里之外的家乡，燕然还未刻上平胡的功绩，回归尚且遥遥无期，夜不能寐，将士们流下思乡的热泪。慨当以慷，忧思难忘，将军随口吟出传世名篇《渔家傲》："塞下秋来风景异，衡阳雁去无留意。四面边声连角起。千嶂里，长烟落日孤城闭……"

这是在我脑海中多次浮现的画面。

不由得想起王维的《使至塞上》，"大漠孤烟直，长河落日圆"，王诗壮阔高远，范词寥廓荒寒，一诗一词意境相类而风格迥异，各有千秋。我甚爱宋代豪放词，尤其是这首《渔家傲》，词境沉雄开阔，格调苍凉悲壮，给宋初充满吟风弄月、男欢女爱的词坛吹来一阵清劲的雄风，对苏轼、辛弃疾也产生了积极影响。宋词豪放派，当始于范仲淹吧！

宋仁宗康定元年（1040年）至庆历三年（1043年），范仲淹任陕西经略副使兼知延州，为北宋守边四年。《渔家傲》《苏幕遮》等宋词中的名篇即作于此时。而庆历六年（1046年），范仲淹更以一篇《岳阳楼记》而名扬天下，流芳百世。

学生时代我曾醉在优美的古文里，不能自拔。虽然如今依然爱读，可与当年的看法已不尽相同。"出师一表真名世，千载谁堪伯仲间"，表的是诸葛亮对后主刘禅的一片赤诚之心；《春江花月夜》中张若虚以江南春夜之美寄寓游子思归之苦；王勃以滕王阁的雄伟壮丽抒发其"有怀投笔""无路请缨"之感慨；一篇《长恨》有风情，是因为白乐天对它倾注了太多的感情……有太多的美文吸引过我，而我独认为《岳阳楼记》最美，比起《出师表》有过之而无不及。多少年来，范仲淹这种"先天下之忧而忧，后天下之乐而乐"的思想一直深深地打动着我。

作为文学家的范仲淹，诗词散文均有名篇传诵于世。他是文臣，却像武将一样领兵打仗，个中缘由曾让我困惑多年。

宋史用了颇长的篇幅记载范仲淹。

范仲淹幼年丧父，虽生活穷困，却刻苦读书，少有大志。孟夫子"故天将降大任于是人也，必先苦其心志，劳其筋骨……"之言在范仲淹身上得到了切实体现。断齑画粥，为了学业他尝遍生活的艰辛。寒窗多年，苦心人天不负，范仲淹终于在宋真宗大中祥符八年（1015年）顺利通过科举考试，踏入仕途。

在多年的从政生涯中，范仲淹的角色在地方官和京官之间多次转换。虽然他一心励精图治，可运气总是差了那么一点儿。至少与其子纯仁（范仲淹次子）相比，让人明显觉得他时运不济。他少时读书便慨然以天下为己任，为实现胸中的抱负亦每日闻鸡起舞，夜半而眠，不能利泽生民，非大丈夫平生之志！然而冯唐易老，李广难封，仁宗皇帝始终没有给他大展身手的机会，难道上天就这样埋没了他的才华？难道他的宏伟壮志只是一个无法实现的抱负？

是金子注定要发光的。西北战事一开，这位杰出的军事家终于有了用武之地。宝元元年（1038年），党项首领元昊突然自立为帝，建立西夏国，调集军马侵袭北宋延州等地。宋朝边境几十年无战事，边防未修，西夏的突然挑衅让人措手不及。宋军一败涂地，边城尽失。范仲淹奉命于危难之际，他被召为天章阁待制，以龙图阁直学士与夏竦经略陕西。守边数年，他在军事制度和战略措施上做了很大的改善；他号令严明，爱抚士兵，赏罚分明，为北宋训练了一支英勇善战的部队；他对诸羌推心接纳，"诸羌皆受命，自是始为汉用矣"，被羌人尊称为"龙图老子"。庆历四年（1044年），宋夏达成和议，重新恢复了和平，北宋的西线边防稳固了相当长的时期。在重文轻武的宋朝，文臣戍边虽是常事，但是，胸中有数万甲兵的文臣范仲淹，他的谋略、他的眼光仍然让我不得不佩服！

不以成败论英雄。庆历新政，是范仲淹心中永远的痛。"仲淹初在制中，遗宰相书，极论天下事，他日为政，尽行其言。"作为政治家，他针对当时朝政的种种弊病提出"十事疏"，主张建立严密的仕官制度，厚农桑，修武备，行法制，减徭役。宋仁宗采纳了他的建议，新政陆续推行。可惜因为保守派的反对，新政在推行一年多后以失败而告终。范仲淹为革除弊政所做的一切努力转瞬间付诸流水，死生寻常事，得失何所惧！数十年为官数度被贬，他早已看透世事，宠辱不惊，闲看庭前花开花落；去留无意，漫随天外云卷云舒。还是去地方为百姓做些力所能及的事吧！

自古一代帝王之兴，必有一代名世之臣。《宋史》的编撰者脱脱等人以及王安石、朱熹等名人都给予范仲淹极高的评价。他在政治、军事、文学各方面有着非凡的才能，他关心教育，下令州县办学，荐举了一大批学者，为宋代的学术鼎盛奠定了基础。其子纯仁自为布衣至宰相，廉俭如一，所得奉赐，皆广置义庄。纯仁得其忠，位过其父，而几有父风。一身正气，两袖清风，范仲淹父子尽显清官本色。

"不以物喜，不以己悲。居庙堂之高则忧其民，处江湖之远则忧其君。"不论何时何地范仲淹都心系大宋王朝，为仁宗皇帝和大宋的子民鞠躬尽瘁，死而后已。在我心里，范仲淹在某种程度上比诸葛孔明更值得尊重。

仁宗虽然废除了新政的一切措施,将革新派众人贬谪离京,但他对范仲淹又安抚有加。天性仁孝、宽厚和善的仁宗皇帝也正因有范仲淹诸贤方可开创"仁宗圣治",成为一位有作为的皇帝。

范仲淹所处的大宋王朝人杰辈出,群星璀璨。包拯作为历代清官的典范一直被吾辈奉为楷模,而实际上范仲淹为官同样清正廉洁,刚直不阿。他的文韬武略、他的清廉从政、他的诗文才情都让他名垂青史,尤其是他"先忧后乐"的思想更让他成为"有史以来天地间第一流人物"!自宋朝后,这种思想和仁人志士节操已成为我们宝贵的传统美德与精神财富,历经千秋万载,永在!

一代天骄成吉思汗

一部中国历史,哪怕我只是走马观花地草草看上一遍,也已用了很长时间。江山代有才人出,各领风骚数百年。看尽了王朝更迭,我的心却始终在元朝的那段历史中徘徊。看元史,《太祖本纪》已看数遍,意犹未尽,总觉得关于铁木真的记载过于简单,而我想知道再多一点。

二十多年前,我上小学二年级,历史老师坐在讲台上侃侃而谈,他讲的都是历史人物,其他的我早已忘记,唯有铁木真一直留在记忆里:在铁木真小时候,他的父亲被仇人毒死,整个部落抛弃了他们,铁木真在逆境中身经百战,终成可汗。自此,铁木真成为我心目中的英雄。因为历史而知道铁木真,因为铁木真而更加喜爱历史,个中的缘由又怎么能说清楚呢!

中学时虽爱历史,可知识囿于课本的内容,在我心里,成吉思汗一直是一个传奇,一个谜。

如今再读中国历史,铁木真的故事早已不再神秘,"帝深沉有大略,用兵如神,故能灭国四十,遂平西夏"。可是作为我崇拜的英雄,"其奇勋伟迹甚众,惜乎当时史官不备,或多失于纪载云",难免令人遗憾。只能沿着史书的记载,一路追寻成吉思汗的足迹了。

1162年,蒙古乞颜部首领也速该生擒塔塔儿部首领铁木真兀格,恰好此时也速该的第一个儿子手握凝血而生,也速该认定他不是一个普通的孩子,给他取名"铁木真"。

铁木真,蒙古帝国可汗,尊号"成吉思汗",世界史上杰出的政治家、军事家,1162年出生在漠北草原斡难河上游地区黄金家族乞颜部孛儿只斤氏,1206年春建立大蒙古国,此后多次对外发动战争,征服地域西达中亚、东欧的黑海海滨。

自唐末以来直至元朝建立前,藩镇割据的局面一直在延续,国内南北对峙,辽、宋、夏、金、大理、蒙古几个政权长期并存。铁木真所处的时代,是分裂和战乱的时代,是弱肉强食的时代。铁木真的一生,戎马倥偬。他经历过大大小小的战争六十余场,在后人的眼里,他逢敌必战、战必胜,是攻无不克战无不胜的战神。

几十年间,成吉思汗最强大的对手莫过于金和西夏。在不断的征伐中,他让世人见识了他的雄才大略,而后人了解他,也是通过那些战争。

伐金。蒙古兴起时中国的北方处于金朝的统治下,蒙古诸部各自独立,混战不已,社会极不安定。金太宗时蒙古乞颜部首领合不勒汗曾应征入朝,后因杀害金使与金处于敌对状态。金多次出兵征讨,并支持塔塔儿部进攻蒙古。1146年,蒙古部首领俺巴孩汗被金熙宗以"惩治叛部法"的名义钉死在木驴上，蒙古诸部曾多次组织反抗。金世宗时曾下令每三年向北进行一次剿杀，掳掠蒙古人为奴，称之为"减丁"；蒙古每年还要向金进贡。金朝统治者对其实行"分而治之"和屠杀掠夺的"减丁"政策，再加上民族压迫和剥削，蒙古各部流浪荒漠，不得安居，遂对金朝统治者"怨入骨髓"。蒙古各部都渴望和平安定，期待结束分崩离析的局面，摆脱金朝的统治，实现全蒙古的统一。在这种情况下，铁木真统一蒙古是大势所趋，伐金、灭金也必然成为他一生中最主要的奋斗目标。

铁木真建立大蒙古国后，开始发动蒙金战争，然壮志未酬，灭金终成遗愿。1227年，铁木真逝世前夕，留下联宋灭金的遗嘱。灭金战略于1231年开始由其子窝阔台、拖雷实施。1234年正月，宋、蒙联军攻破金国临时首都蔡州，金哀宗自杀，历时二十四年的蒙金战争，以金国灭亡而告终。

六征西夏。西夏自1038年元昊建国至1227年被蒙古灭亡，经历了近二百年的时间。从当时西夏所处的地理位置和当时的历史环境来看，西夏位于黄河以西，西连西辽，东临金国，北与蒙古只有一漠之隔，助蒙则蒙军可居高临下，直抵金朝心脏——河南；助金则可使蒙古腹背受敌，受到左右夹攻，故，无论蒙古还是金国都不敢轻视西夏的战略地位。

成吉思汗羽翼渐丰之时，西夏正与金联盟，若要灭金就要先解除后顾之忧。1205年，铁木真发动对西夏的第一次战争。这次试探性战争，西夏军队还未来得及反应，蒙古军队已"拔力吉里寨，经落思城，大掠人民及其橐驼而还"。西夏朝廷极度恐慌，最终导致一场宫廷政变。铁木真又于1206年、1209年两次发动战争，西夏再次发生宫廷政变，夏神宗宣布与金国绝交，"合兵攻金，役为藩属"，在蒙古的奴役下与金作战十三年。

铁木真准备西征时派使前往西夏征兵，西夏大臣出言不逊，蒙古军队再次兵临中兴府下，夏神宗遣使来降。铁木真急于西征，遂罢兵息戈，但留下话说"待西征胜利归来，却再理会之"。夏献宗即位后企图与金重修盟好，和金国乘铁木真西征之时"阴结外援，蓄异图"。铁木真密令木华黎之子孛鲁再次征讨西夏，西夏又一次受到沉重打击。铁木真意识到西夏的反复无常，不灭之难以灭金，遂在西征归来后毅然发动第六次战争。蒙古大军兵分两路从西面和东北夹击西夏，一路攻城略地，直奔中兴府而去，夏献宗在惊惧中死去。夏王李睍在亲率五十万大军对抗蒙军亦遭惨败后，自知已无力对抗蒙古，决心投降。1227年夏，铁木真从六盘山移营清水县的西江，适逢酷暑不幸患病去世。他临终前留下三条遗嘱，其中一条是灭西夏，他的子孙依计行事，西夏终破。

千秋功过，后人来评说。七百余年来，许多中外政治家、军事家、学者，如中国民主革命的伟大先驱孙中山、印度前总理尼赫鲁、美国前总统罗斯福、五星上将麦克阿瑟，以及拿破仑、马克思等人都盛赞铁木真是叱咤风云的世界性历史巨人，是伟大的军事统帅，他的兵法之高是举世公认的。人类的发展史上再无第二个成吉思汗。他不仅仅是优秀的军事家，更是卓越的政治家，在内政、外交、用人、法治等方面颇有建树。他改革国家体制，解放奴隶，不拘一格地使用人才，那个横跨欧亚大陆，从波罗的海到太平洋，从西伯利亚到波斯湾的政权对当时东西方商业的发展具有"重大意义"，"他所建立的政权和法律，至今对世界各国和地区仍然有积极意义"。

穿越历史的重重迷雾，我仿佛看到铁木真手握苏鲁锭长枪纵马驰骋在美丽的呼伦贝尔大草原上，耳畔间响起腾格尔的歌声：

"风从草原走过，吹散多少传说，留下的只有你的故事，被酒和奶茶酿成了歌。马背上的家园，因为你而辽阔，到处传扬你的恩德，在牧人心头铭刻，深深铭刻……"

洪武风云

一卷《明史》在手，记忆中有关朱元璋的评书、小说、历史等萦绕于脑海中，令我心情久久不能平静。

在中国历史上，明太祖朱元璋是继汉高祖刘邦后又一位布衣出身的皇帝。他们出身于平民，崛起于农民起义的洪流中，通过多年征战最终建立起一个崭新的封建帝国，而后实行休养生息政策，发展生产，安定民生。在两位开国皇帝及他们子孙的努力下，中国一度出现"文景之治"和"永乐盛世"。只是，千余年后的洪武皇帝朱元璋在治国之道上比汉高祖刘邦走得更远，于青史中留下浓墨重彩却血迹斑驳的一笔。

元朝末年，政治腐败，民族矛盾和阶级矛盾日益尖锐激化，再加上天灾频繁，下层百姓处于水深火热之中，农民起义的浪潮风起云涌。元顺帝至正十二年（1352年），皇觉寺的和尚朱重八（朱元璋）为躲避兵乱，投奔郭子兴的红巾军。他为人机敏，作战勇敢，在军中颇得好名，凭着自己的智慧和眼光很快拉起自己的人马。这支纪律严明的队伍，既有运筹帷幄的谋士，又有英勇善战的将军，在和元军及各路义军的斗争中逐渐强大起来。

朱元璋重视发展经济，关注民生，深得民心。他尊重儒士，不断学习汉高祖、唐太宗、宋太祖及元世祖的治国平天下之道。他不是为称王称霸而战，他是要开创一个新的王朝，一个空前强大的封建帝国。

至正二十七年（1367年），吴王朱元璋以徐达、常遇春为将，率军二十五万北伐。各路大军势如破竹，于次年八月攻入北京，元顺帝仓皇北逃。是月，朱元璋于南京称帝，国号大明，是年，为洪武元年。

作为大明王朝的开创者，朱元璋重视法治，极力主张"立国之初，当先正纲纪"，用重典惩治"奸顽"。建国伊始，他高悬反腐利剑，打击贪官，澄清吏治；他宣传教化，尊崇孔孟王道，多次派使者分赴全国各地访求贤才，与儒臣共同寻求为政清明之道；他重视农业，兴修水利，发展生产以强国富民；他崇尚节俭，节约开支，减轻人民的负担；他大力加强君主专制的中央集权统治，有着无上的权力。出身寒门的朱元璋，没有接受过系统的儒家教育，就这样竟成为一位有作为的皇帝。

关于这位传奇皇帝，有很多传说在民间流传，而他诛杀功臣和铁腕反腐更让后人争论不断，让他成为一个极有争议的历史人物。

新君即位后，如何处置那些劳苦功高的部将呢？不同的朝代有着不同的做法。历朝历代的君王，有情有义似晋文公重耳和唐太宗李世民的又有几人！"飞鸟尽，良弓藏，狡兔死，走狗烹"，越王勾践如此，汉高祖刘邦如此，明太祖朱元璋更是如此！

关于朱元璋屠戮功臣，《明史》之记载语焉不详，如：洪武二十六年（1393年）春二月，"凉国公蓝玉以谋反，并鹤庆侯张翼、普定侯陈桓、景川侯曹震、舳舻侯朱寿、东莞伯何荣、吏部尚书詹徽等皆坐诛""会宁侯张温坐蓝玉党诛""二十七年冬十一月乙丑，颍国公傅友德坐事诛""二十八年二月丁卯，宋国公冯胜坐事诛"。但是，即使史家的记载再简明扼要，也依然让后人看得心惊胆战。事实上，早在洪武十三年（1380年），朱元璋即以谋反的罪名杀了权倾一时的宰相胡惟庸并借此下令取消中书省，由皇帝直接管理国家政事。之后的十几年，朱元璋一直以党诛之名诛杀群臣，直至洪武二十五年（1392年），靖宁侯叶生仍坐胡惟庸党诛。胡惟庸及其党羽固然当诛，但以株连之名滥杀无辜实属不该。不久，朱元璋又以谋反罪诛杀大将蓝玉。胡、蓝两案被牵涉其中的达四万余人，几乎把明初的功臣诛杀殆尽。至洪武二十六年（1393年）九月，朱元璋方下诏赦胡惟庸、蓝玉余党。作为明朝的开国皇帝，朱元璋的确有许多政绩历来为史家所称许，但他诛杀功臣也是极不光彩的事实。

开国功臣尽数被诛后，朱元璋为他的子孙继承帝业扫清了障碍，但悲哀的是，他的继任者明惠帝（建文帝）朱允炆在即位四年后就丢了江山，成为历史上最让人同情的皇帝，这与朱元璋诛杀功臣不能说没有一点儿关系。温文儒雅的建文帝实行宽政，深得民心，"建文"果然不同于"洪武"。可是削藩改制触犯了他的叔父燕王的权利，靖难之役燕王朱棣带兵攻入应天府，登基做了皇帝，是为明成祖，而建文帝下落不明，他的生死成为千古之谜。燕王朱棣一直觊觎大明江山，多年来他暗中积蓄力量，再加上心狠手辣，最终厚颜无耻地从建文帝手中夺取了帝位。诚然，朱棣是一位有雄才大略的皇帝，他开创了中国历史上的"永乐盛世"，使大明王朝进入极为兴盛的时代。但是，如果朱元璋没有诛杀功臣，如果蓝玉、冯胜、傅友德等人还在的话，恐怕朱棣就没有机会施展他的抱负了，或许历史也要因此而改写。造化弄人，历史给朱元璋祖孙开了一个天大的玩笑。

　　元政府的腐败成就了朱元璋的帝业，元朝的灭亡成为前车之鉴。朱元璋一直认为吏治腐败是严重弊病，"此弊不革，欲成善政，终不可得"。因此，他一即位就不遗余力地反腐肃贪。贪污六十两银子以上者，一律处死；对贪官污吏实施严刑峻法，贪腐的结局是难逃凌迟、剥皮揎草的命运。他规定普通百姓只要发现贪官污吏就可以把他们绑起来送京治罪，沿途各检查站必须放行，如果有人敢阻拦，不但要处死，还要株连九族！他不断完善法律，建立了一套由《大明律》《大诰》《铁榜》以及律文以外的一些诏令、单行科条组成的严密的法律体系，诏令全国上下学习，以通过宣传和教育使广大人民群众服从大明王朝的统治。《大诰》作为一种特别的刑事法规，基本上每户一册，它使用了很多法外酷刑，对犯罪官吏的处罚比《大明律》更重。朱元璋还把《大诰》作为国子监的学习课程和科举考试的内容。洪武二十五年（1392年），朱元璋颁布了我国历史上首部反腐教材——《醒贪简要录》，制定了官员的工资标准、俸禄的发放情况以及对贪官的惩治措施，规定官吏贪赃银六十两以上的斩首示众，把皮剥下来，填塞以稻草和石灰，放在处死贪官后任的案桌旁，以警示继任官员不要重蹈覆辙，这就是"剥皮揎草"的酷刑。朱元璋打击贪官的决心之大、力度之强、手段之狠，对贪官污吏起到了极大的震慑作用。

朱元璋是历史上杀戮贪官污吏最多的皇帝，也是反腐手段最狠的皇帝。不由得想起历史上的著名贪官和珅。嘉庆四年（1799年），清仁宗（嘉庆帝）宣布和珅的二十条罪状，下旨逮捕和珅并抄家，搜得白银八亿两，相当于清政府国库的四倍。然而嘉庆帝仅以三尺白绫赐死和珅，后发布上谕，申明和珅一案已经办结，"凡为和珅荐举及奔走其门者，悉不深究。勉其悛改，咸与自新"。为安朝臣之心，没有大规模地牵连百官，不得不承认，嘉庆皇帝对和珅案的处理相当高明。试想，如果和珅案发生在大明朝，发生在洪武帝时，那么和珅及百官的下场真是不堪设想啊！生在大清，真和珅之福也！

提起朱元璋对贪官的严刑峻法，不能不说当时适用的肉刑。西汉文帝废除肉刑曾是我国刑罚制度发展过程中的重大历史进步，是刑罚制度从极端野蛮残酷向相对宽缓人道逐渐过渡的一个划时代的重要里程碑，既是民心所向，又有利于西汉王朝的统治，更顺应了历史发展的潮流。但是一千余年后的明太祖重拾肉刑近三十年，至洪武二十八年（1395年）方诏谕群臣"后嗣止颁《律》与《大诰》，不许用黥刺、剕、劓、阉割之刑"。至于其法外用刑，也绝不仅仅是惩创奸顽的需要。滥杀无辜，致多少朝臣和百姓枉死！锦衣卫的"诏狱"杀人最惨，危害最甚；而廷杖大臣致其血溅朝堂，"君要臣死，臣不得不死"又尽现皇权至上的一面，法律在皇权面前竟是那般苍白无力！

明太祖朱元璋原本是一位普通的下层百姓，聪明而有远见，神威英武，志向远大。他从元末的混战中兴起、壮大，逐渐消灭各路农民起义军，又以"驱逐胡虏，恢复中华，立纲陈纪，救济斯民"为旗帜，赶走了元顺帝，建立了统一的中央集权国家，这本身就是历史的一大进步。他实行了一系列有利于社会发展的政策，重农桑，兴礼乐，访贤才，崇教化，褒节义，制定各种法规制度，在政治、经济、军事、思想等方面大力加强君主专制的中央集权统治，为后人开创"永乐盛世"打下坚实的基础，他是有功于历史的。然而洪武后期残忍好杀，使得一代开国元勋很少善始善终，且牵连甚广，这是朱元璋的一大缺点。

朱元璋反腐则是洪武朝的一大亮点，尽管后人对其褒贬不一。虽然他的初衷并不是想要真正开创一个干部清正、政府清廉、政治清明的盛世，但也深知腐败问题关乎江山社稷，关系到大明王朝能否长治久安。朱元璋穷其一生所能来肃贪反腐倡俭廉，这一路他走得很辛苦，但依然收效甚微。胡、蓝案牵连致死的有数万人，因空印案和郭桓案被惩治的官吏也是无数。朱元璋称，"自开国以来，两浙、江西、两广和福建设所有司官，未尝任满一人"。其实反腐失败的根本原因，不是朱元璋反腐肃贪的措施不严厉，而是自私有制产生以来贪渎文化早已是根深蒂固，对权力的制约又缺乏有效的监督，以致腐败的机会处处皆有。朱元璋也仅仅把反腐当成治国的一种工具、一种手段，而非真正实行吏治，反腐缺乏标本兼治，故虽酷刑严律，却依然难挡官吏前"腐"后继。

现如今，法律面前人人平等，坚持依法治国与以德治国相结合，从源头上预防和治理腐败，这是洪武皇帝永远也想不到、做不到的吧！

男儿铁石志　拳拳报国心

在人类的发展史上，人民群众创造了历史，历史也造就了无数英雄人物。英雄，推动了历史发展的进程，在历史的长河中光彩夺目。

北宋靖康二年（1127年），金军南下，北宋灭亡。宋高宗赵构即位，南迁，以临安为首都，偏安东南一隅。"靖康耻，犹未雪；臣子恨，何时灭！"以南宋名将岳飞为首的抗战派，为收复中原而浴血奋战，他两度北伐，收复失地。郾城大捷、颖昌大捷后，岳家军全线出击，进军开封，朱仙镇一役金军全线溃败。胜利在望，岳飞号令三军，"直抵黄龙，与诸君痛饮耳"！这是何等的英雄豪迈！然而，一日内连续收到十二道班师的诏书，令这位驰骋疆场的将军慨然长叹，潸然泪下，"十年之力，废于一旦"。在金军惨败的情况下，宋金议和，而岳飞因为反对议和，终究不为负国的佞臣所容。南宋绍兴十二年（1142年），岳飞被宋高宗和秦桧以莫须有的罪名杀害。

人民群众的心里有一杆秤，衡量着忠奸善恶、是非曲直。是故岳武穆王虽逝，其遗风余烈传世，精忠报国之念代代传承。

四百年后，明世宗嘉靖朝。由于军备废弛，军队战斗力薄弱，明政府从辽东到广东的漫长海岸线设立的五十多个军事卫所无力抵抗倭寇，倭患十分严重。在抗倭斗争中涌现出一批抗倭名将，其中戚继光的功勋最为卓著。

戚继光，大明名臣，抗倭名将。从山东备倭到八年抗倭，他用十几年的时间扫平了百余年来危害东南沿海地区人民生命财产安全的倭患。其实早在嘉靖二十三年（1544年），在山东登州卫任职的十九岁的戚继光看到倭寇烧杀劫掠，就立志杀敌报国，"封侯非我意，但愿海波平"。有志者事竟成，二十年后，他的愿望终于实现。抗倭斗争是我国历史上第一次反抗外来民族侵略并取得胜利的战争，戚继光和他的戚家军名闻天下。

南倭北虏一直是长期以来困扰大明王朝、危及大明江山社稷的两大难题。居于漠北的蒙古族多次南下掳掠，对明朝构成巨大的威胁。对明政府来说，蒙古部族的侵扰比倭患更为严重。荡平倭寇后，戚继光奉命北上，镇守北部边疆。自隆庆元年（1567年）到万历十年（1582年），戚继光在蓟辽守边十六年，蓟门边关固若金汤，他成为守护大明王朝安宁的第二道"万里长城"。

历史上有过许多骁勇之师，而以将领命名的军队最著名的唯有岳家军、戚家军而已。戚继光的一生深受岳飞的影响，这让他最终成为和岳飞一样的英雄。

"万众一心兮群山可撼，惟忠与义兮气冲斗牛……"军歌嘹亮，爱国的旋律已然奏响。戚家军的战士，是戚继光从义乌的农民和矿工中精心挑选的，经过严格的训练，拥有当时最先进的武器装备，采用新的战法，有着极强的战斗力。最重要的是，戚继光要求戚家军学习当年的岳家军，"冻死不拆屋，饿死不掳掠"，因此这支军队不仅在抗倭斗争中创造了辉煌的战绩，还深得人民群众的拥护，与岳家军一样有着鲜明的人民军队的色彩。

戚继光至蓟州后，因边关守军纪律松弛，不受军法约束，戚继光奏请招募浙江人为一军。"浙兵三千至，陈郊外。天大雨，自朝至日昃，植立不动。"戚家军将士在大雨中如雕塑般站立一天，以实际行动告诉边军什么是军纪，"边军大骇，自是始知军令"。有铁的纪律，戚家军攻无不克，战无不胜。

戚继光是杰出的军事家，他所著的《纪效新书》《练兵实纪》是不朽的军事学名著；他发明、改造了火炮、戚氏军刀、狼筅等多种兵器，创设"鸳鸯阵"，给倭寇以致命的打击。他建立步、马、车、辎重各营，大规模地修建长城，修建空心炮台，克制了蒙古骑兵的入侵，边境得以安宁。他是杰出的武术大师，自创的戚家枪法、戚家刀法名闻天下；他也与岳飞一样，诗词均有名句传世。他是古今少有的旷世奇才，生于大明，实乃嘉靖之幸，万历之幸！

"南北驱驰报主情，江花边草笑平生。一年三百六十日，多是横戈马上行。"戚继光一生平南倭，抗北虏，名震朝野。当国大臣徐阶、高拱、张居正先后倚靠重用他，各督抚大臣如谭纶、刘应节、梁梦龙等都和他友好，因此戚继光得以施展自己的抱负。

当时，明朝的社会矛盾日益加剧，为了缓和社会危机，巩固封建统治，内阁首辅张居正推行新政，对政治、经济、国防等方面进行一系列的改革。然而，张居正死后，万历皇帝全面废除新政，"万历新政"如昙花一现，彻底失败，张居正数年改革之功毁于一旦。

在轰轰烈烈的倒张运动中，作为张居正提拔和重用的将领，戚继光首当其冲。他先后被给事中张鼎思、张希皋弹劾，从北地被调到南疆，继而被罢官，又被夺俸，一代名将在贫病交加中孤独辞世。这不仅仅是张居正和戚继光个人的悲剧，也是时代的悲剧。将星陨落，腐朽没落的大明王朝已是大厦将倾，难逃覆亡的结局。

"遥知夷岛浮天际，未敢忘危负年华。"民族英雄戚继光给后世留下了一份宝贵的精神财富。时至今日，当我们把作风建设不断引向深入时，纪律严明的戚家军仍然是我们学习的榜样。

闯王李自成

清风一枕南窗卧,闲阅床头几卷书。

一卷《明史》翻至卷末,我的心情极不平静。私以为,虽然《明史》是二十四史中写得较好的一部,可它也是最让人"生气"的一部。明朝的皇帝,除明太祖朱元璋、明成祖朱棣外,其他的大多没什么政绩,让人有种"恨铁不成钢"的感觉。

姚雪垠的长篇历史小说《李自成》似乎是对《明史·李自成传》极好的注释,当我用将近一个月的时间看完后,再读《明史》时,李自成的人物形象霎时鲜明起来。

顺治元年(1644年),农历甲申年,在中华大地上,两个汉族政权相继灭亡,清军入主中原。郭沫若说,"甲申年不失为一个值得纪念的历史年份。规模宏大而经历长久的农民革命,在这一年使明朝最专制的王权统治崩溃了,而由于种种的错误却不幸换来了清朝的入主,人民的血泪更潜流了二百六十余年。这无论怎么说也是值得我们回味的事。"

李自成,农民军领袖,大顺政权的建立者。他率农民军攻克北京，推翻了明王朝，但是没有建立起新秩序。在吴三桂和清军的夹击下，李自成兵败如山倒，最后极不体面地被人结果了性命。一个社会最底层的老百姓以十五年的努力推翻了朱明王朝，不可否认，在那个时代李自成是英雄，可他仅仅是个草莽英雄。他的才识、他的眼光、他的性格决定了他不可能成为开创一代帝业的君王，他也难逃失败的下场。

李自成的农民军实行打击官僚地主阶级、保护农民阶级利益的政策，这种政策在前期得到农民阶级的支持，起到了积极的作用。但是，在大顺政权建立后，尤其是农民军进入北京后，这个政策已不符合当时形势的需要。明朝的官僚地主阶级为了自己的利益投降大顺，可是他们的利益非但没有得到保护，反而受到损害，这就使他们对大顺政权失去信心。李自成已成为当时最大的地主，拷掠百官追赃助饷使他失去了官僚地主阶级的支持，他的大顺政权必然难以存在下去。

东征北京又尽显李自成急功近利的一面。定都西安后，以刘忠敏为首的武将力主东征，以牛金星为首的文臣相附和，李自成本人又迫不及待地想要正式登基当皇帝，遂不惜以孤军深入北京。进入北京后，李自成又低估了当时形势的严峻性。清军数次入关，狼子野心已昭然若揭，八旗铁骑可能随时来犯。李自成既没有积极备战，也没有招降吴三桂、团结一切可以团结的力量共御外侮。他不但把吴三桂推入多尔衮的怀抱，甚至对清军入关心存侥幸。

"知己知彼，百战不殆。"然而，李自成在对敌方的形势尚不清楚的情况下，又仓皇东征吴三桂，犯了兵家之大忌，他的犹豫不决和优柔寡断也使大顺军贻误了战机。李自成的一错再错，使农民军陷入吴三桂和清军的重重包围，东征失败。之后，李自成既没有力守北京，也没有派重兵驻守山西，在陕西失守后更没有严守襄阳。他且战且逃，农民军的将士也是非死即降。无地可守，无民可恃，走到穷途末路的李自成最后竟为乡民所毙，真是可悲！

作为大顺政权的最高统治者，李自成在战略战术上的一系列错误直接导致了农民军的失败，虽曰天命，岂非人事！他想成为第二个朱元璋，却终究不是朱元璋；他害怕与黄巢同等下场，却最终还是和黄巢一样。与其说他逃不过命运的安排，倒不如说他是咎由自取。

李自成曾是农民军的好将领，"不好酒色，脱粟粗粝，与其下共甘苦"，带领一支纪律严明的部队艰苦奋斗。可是，称王后的李自成虽然依旧保持艰苦朴素的本色，但他已不是当初的李闯王。他早已被胜利冲昏了头脑，自以为天下已到手中，喜欢歌功颂德，恶听直言，他"能纳人善言""凡事皆众共谋之"的作风早已不见。他一路攻城略地，但仅仅是象征意义的占领，并没有设官理民，恢复农桑，抚辑流亡。"均田免粮"也只是口号，并没有真正实行，饱经战乱之苦的老百姓得不到休养生息。

李自成进入北京城后，农民军军纪大坏，烧杀奸淫掳掠失了民心，对勋戚大臣拷掠追赃也让前明的官僚寒心。失望至极的老百姓相传，农民军进入北京，李自成为的是打天下，文武官员为加官晋爵，下级将士为子女玉帛。老百姓开始心向前明，这就是农民军失败的前兆。另一方面，明朝末年的十几支农民军各自为战，并不团结。不管是八大王张献忠、曹操罗汝才，还是革左五营，抑或是袁时中的小袁营以及其他的义军，没有人和李自成一心，更没有人帮他，这也是李自成为人失败的地方。

提起李自成，就不得不说李岩。作为李自成的重要谋士，《明史》并没有为李岩立传，关于他的记载仅见于《李自成传》，但《明亡述略》《明季北略》及小说《剿闯小史》都对其有较长的篇幅记载。李岩系文武全才的举人，博览诸子百家，抱有经邦济世之志，论才学远在牛金星之上，论人品更非牛金星之流可比。然而，热衷名利的牛金星得到了李自成的重用，被倚为股肱之臣，宋献策也以"十八子，主神器"的谶语被拜为军师，李岩却自始至终未被重用。

李岩初入义军时劝李自成以不杀收人心，并且编出"打开城门迎闯王，闯王来时不纳粮"等童谣让人到处传唱。民间相传闯王仁义之师，不杀不掠，便是始于这位李公子。李岩曾多次散发财物赈济饥民，饥民皆知"李公子活我"，而这也为李岩日后被冤杀埋下了伏笔。李岩主张以河洛一带为立脚点，然后占领整个中原，进入关中，占领山西，最后进入北京，可是这个稳扎稳打的主张一开始就被李自成否决了。进入北京城后，农民军立足未稳，若东虏乘机入塞，而吴三桂与之勾结，必为大患，李岩不能不为大顺政权担忧。忠臣立身事臣之道，往往心所忧虑不忍不言。只是李岩的苦谏并未引起李自成的重视，反而招来嫉恨。东征吴三桂失败后，大顺军退出北京，一切都被李岩不幸言中。可是，他还在竭尽所能想要帮李自成挽回败局。让人始料不及的是，多疑的李自成竟然听信牛金星的谗言，在败军之际竟以谋反的罪名杀害了李岩兄弟。错杀李岩，李自成再无翻身的机会。雄武有大略的李公子死了，军心也就散了，农民军焉能不败？

1644年的大明王朝，我只能用一个"乱"字来形容。面对内忧外患，崇祯皇帝奉行攘外必先安内的政策，十几年来全力围剿农民军，最后反被农民军亡了国。崇祯一心想要中兴，却连偏安东南一隅的南宋都不如。让人可笑的是，亡国的崇祯竟然得到了世人的同情，在清初很长一段时间内，前明的旧臣和仁人志士高举反清复明的大旗不断与清廷争斗。至于"大汉奸"吴三桂——姑且先这样称呼他吧，在大明将亡之际，他奉诏入关救援，刚到山海关就得知京师失陷，吴三桂犹豫不前。李自成以其父吴襄为人质招抚他。和清军作战多年，他本不想投降清朝的，再说改朝换代在历史上是常有的事，归顺大顺似乎也无可厚非。然而，人生如棋，他还是走错了最关键的一步。"恸哭六军俱缟素，冲冠一怒为红颜"，吴伟业的《圆圆曲》把吴三桂说成了情圣，事实不尽如此。陈圆圆应该不是吴三桂和李自成决裂的决定性因素。我想，吴三桂应是看清了当时的局势，投降李自成没有前途，才会甘愿背负汉奸的骂名而降清。他的一念之差改写了历史，这也让他因此被世人唾弃。

李自成败了。一将功成万骨枯，作为败军之将的李自成更是付出了惨重的代价。清军入关了。鹬蚌相争，渔翁得利，在两个民族、三个政权的争斗中，以多尔衮为首的清廷成为唯一的赢家。扬州十日、嘉定三屠，还有发生在苏州、赣州、江阴、南昌、嘉兴等地惨绝人寰的大屠杀，上百万无辜百姓惨死，生灵涂炭。恐怕这是崇祯皇帝和李自成无论如何都想不到、也不愿看到的吧！其中的责任谁又能负？不过是，"兴，百姓苦；亡，百姓苦"！

历史留给我们的不是史实的简单记载，而是一个个血淋淋的教训。今天的我们，依然要以史为鉴，在胜利面前务必继续保持谦虚、谨慎、不骄、不躁的作风，务必继续保持艰苦奋斗的作风。

阳城，这一对进士父子

阳城，商水也。

初识阳城，始于《史记·陈涉世家》，"陈胜者，阳城人也"。再识阳城，也许是生命中的宿缘，十几年前参加公务员考试时我选择了阳城，从此和这片土地再难割舍。

既是有缘，也为心中信念和情怀，我穿越在悠悠历史长河中，追寻阳城曾有过的人物和光芒，赴一场未知的约会，寻一种精神根部的共鸣。

读《商水县志》，我首先被这一对进士父子吸引住了。父姚晔，商水县化河乡姚桥村人，宋大中祥符元年状元，官至著作佐郎。子姚仲孙，字茂宗，本为曹南望族。曾祖姚仁嗣曾任陈州商水令，于此安家。仲孙为宋仁宗年间进士，后进龙图阁直学士，以才力自奋于时，论事著效，号为能吏，云云。

几年前读《宋史》时，我与姚仲孙曾有过"一面之缘"，对这位"能吏"颇有印象，但无了解，便向阳城文友"打听"，以得其详。让我大为不解的是，大家都知道化河乡乃状元姚晔故里，却不知姚仲孙何许人也。心生诧异，也觉不安，于是驱车直奔化河乡杨树东行政村王庄自然村。村中间偏东处，临路，南北方向有一狭长干涸坑塘，坑塘北侧一片空地，当地人说，那就是姚晔少年读书的地方。听人说起姚晔的传说，我的脑海浮出画面：坑塘涨清朝澈之水，乃曹河支流，徐徐汤汤，一直流到姚晔家门前。仲夏之夜，院内荷风送香气，朱露滴清响；院外青草舞流萤，池塘鸣蛙声。正挑灯夜读的姚晔，听到蛙鸣声后，嗔怪道："你们这样叫，我怎能安心？"话音刚落，奇了，蛙鸣声立即止住，连流萤也钻入青草里，熄灭了它小小的灯盏。直到今天，依然如是。问"王庄村的夏天是不是从来听不到蛙鸣"，回答"是"。这故事便越发神奇了。青蛙为什么这么听话、通人性？事后我想，或许是此处青蛙不仅听到了学子的琅琅书声，也听懂了书里的内容，就有了灵性和教养。

在坑塘北侧，面向坑塘的方向，一块墓碑，几抔黄土，那便是姚晔墓了。有人说这只是姚晔的衣冠冢，也有人说姚晔去世后就葬于此。据说后来墓被人挖开，又有人在此拢土成墓、立碑，成了现在的样子。我反复观看墓地和碑文，无法确定真伪。只是感叹千年以前金榜题名时风光无限的状元郎，如今竟是这般境遇。

姚庄村的东南方向，曹河北，麦收之后大片的田地显得尤为空阔，一尊姚晔塑像，那样孤单地立在姚庄村的田边。这是姚晔的老年塑像，头戴乌纱帽，身披黄色的斗篷，神态安详。塑像下有铭文，说姚晔自幼聪明，勤奋好学，十九岁中秀才，二十二岁乡试中举人，二十三岁中状元，宋真宗特赐袍笏，淡黄绢衫一领，淡黄绢带一条，加白襕，当即任命官职，即刻赴任。此任命开科考之先河，自此成为定制。姚晔中进士后，生平业绩，偶有文字记录，如说他做著作郎，于国史撰写上十分谨慎、用词恰切。卒于职，葬于祖业地河滩地，即王庄坑塘北。

关于历史上的状元，据考证，从唐高祖武德五年（622年）第一位科举状元孙伏伽开始，到清朝光绪三十年（1904年）最后一位状元刘春霖止，一千二百八十三年间共出现（文）状元五百九十二名，这些殿试第一的天之骄子会被吏部授予的官职分别为：著作佐郎，掌修国史；秘书郎，掌管图书经籍；翰林院修撰，掌修国史，掌修实录；或任天子侍讲。然而，宋朝时的著作佐郎有别于国史院，仅参与汇编"日历"（每日时事），如果姚晔曾任著作佐郎，那他究竟从事什么工作还真不敢妄断。可是，我在《宋会要辑稿·选举二》中看到这样的记载：

大中祥符元年三月十六日，诏应登科人并庭赐绿袍。

五月初一日，以新及第进士第一人姚晔为将作监丞，第二人祖士衡、第三人郑向为大理评事，并通判诸州，第四、五人为节察推官。余如景德二年之例。

姚晔为官，到底是自监丞始，还是著作佐郎、秘书郎、翰林院修撰，抑或是天子侍讲？历史总是扑朔迷离，令后人难以接近真相。按《宋会要辑稿》的记载，姚晔塑像下的铭文不足信。

化河之行非但没有让我走近姚仲孙，反而让其父姚晔的故事丰富生动起来，问题是多半史书无载，虽目见耳闻，岂敢轻信。倒是可以推测，这姚晔父子，生于名门望族，官宦世家，在家庭的传承教育上，修身、齐家、治国、平天下，必是自小立下的志向，因此读书参加科举考试是不二的选择，于此，便不得不提及隋唐以来的科举制。

从隋炀帝大业元年（605年）始，科举考试成为当时及之后各代选拔官吏的制度，也几乎是知识分子唯一的出路。宋朝的科举考试基本上沿用唐制，但有很多变化和发展。如唐朝科举考试及第后，只是得到了做官的资格，还要通过吏部考试之后，优胜者才能授官。宋朝扩大了科举取士的名额，提高了及第者的地位和待遇，科举及第后，无须经吏部考试即可授予官职，而且官职的级别也有提高，这就是姚晔考中状元后立即被授予官职的缘由。

确立殿试制度也提高了科举地位，自宋太祖开宝六年（973年）始，殿试逐渐成为常制。宋太宗太平兴国八年（983年），始将殿试成绩评定登记，将进士分为三甲。宋真宗景德四年（1007年），颁《亲试进士条例》，规定进士入选者分为五等。殿试由皇帝亲自主持考试并确定名次，考生成为"天子门生"，这是一种无上的荣耀。据《宋史·选举志一》记载，"进士科最广，名卿臣公皆系此选""登上第者不数年辙赫然显贵矣"。自此,"万般皆下品,惟有读书高"的思想开始成为主流,影响知识分子长达千年。

《亲试进士条例》颁布后的第二年,大中祥符元年(1008年)夏四月,"上御崇政殿亲试进士,命翰林学士李宗谔等八人为考官,临轩赐进士姚晔等一百六人及第……""父晔,举进士第一"。姚晔高中状元被记入《宋史》,然而前一条为公共记事,后一条则是出现在姚仲孙的列传中,令人费解。《宋史》无其传,最大的可能是,姚晔死得早,未及建功立业,无功劳可言。

宋朝科举,屡试不第者也能获得出路,大宋王朝对知识分子是包容的。开宝三年(970年),宋太祖特别诏赐贡士和诸科连续参加十五次以上没有被录取的一百零六人以本科出身;太平兴国二年(977年),宋太宗诏连续参加十次至十五次科举考试而没有被录取的一百八十余人并赐出身。对于屡试不第的考生,允许他们在遇到皇帝策试时,报名参加附试,称"特奏名";也可以奏请皇帝开恩,委派官吏,开后世恩科之先例。我之所以如此这般介绍宋朝的科举考试,是想说,在宋朝能做官的不一定都有真本事,而像姚晔这样的天赋才子,殿试第一,大魁天下,为当朝财富,世间稀有。出身优渥,优秀传承,也脚踏实地,有真才实学,这是最让我佩服的。阳城人认为他是数千年来周口地区唯一状元,值得纪念,2010年10月,在有关方面的主持下,分别在化河乡姚庄村、姚桥村竖立起姚晔塑像。

我站在姚晔的塑像前,内心彷徨,陷入沉思。历史是洞见过去、照见未来的大鉴,还是囿于现实狭隘的功利?据说姚桥、姚庄两个村子为争姚晔各不相让,让两尊姚晔塑像对峙而立,这种文化资源的争夺不止发生在本乡,许多地方都有。争夺的已不是历史,也不在于人物。事实上,史书有载:"仲孙早孤,事母孝。"由此看,姚晔极有可能是英年早逝、壮年而亡,为他立老年塑像是值得商榷的。也罢,姚晔早已消失在历史深处,后人能记住他已是对他最好的纪念,我等又何必在细枝末节上纠结呢?

一方水土养一方人,在曹河水的滋润下,化河乡出了姚晔这样的人才,成为家乡人的骄傲,为后世念念不忘。如今每逢初一、十五,总有莘莘学子在父母的带领下来拜祭姚晔,祈盼有状元保佑金榜题名。虽是迷信,但人们崇尚读书人,敬仰先贤,追求上进,还是值得嘉许的。让我不解的是,在姚庄村,我特意询问当地村民是否知道姚晔之子姚仲孙,在场的人都摇头,说不知道。史书不为父亲立传,父亲却在家乡享有盛名;儿子名垂青史,家乡却不知。这样的一对进士父子,无论在民间还是在史书中,都是绝无仅有。

《宋史》为姚仲孙立传,姚仲孙在历史中无疑非一般人物,奇怪的是他非但在家乡不名,就连阳城文友对其也知之甚少。我对他关注,是与我从事的职业有关,理由很简单,姚仲孙是出自城阳、出自周口这片土地上的清官。

中国历史上的清官廉吏多是断案高手,姚仲孙也不例外。考中进士后,他补任许州司理参军。司理参军,宋太宗时始设,掌本州讼狱勘鞠之事,从八品或从九品,是当时最底层的官吏。虽然官不大,但是在州县,这个掌讼狱审讯调查之事的职官至关重要。上任伊始,姚仲孙就顶住压力,要求重查民妇马氏丈夫被杀案,他怀疑被当成杀人犯的乡吏是冤枉的。但将已决案件翻案重查,那压力和难度可想而知。《宋史·姚仲孙传》中记载,知州王嗣宗首先反对,怒曰:"你敢自己承担此事的后果吗?"仲孙曰:"大人幸毋匆忙处置,给我时间,待我查明真相。""后两月,果得杀人者。"姚仲孙初入仕途,从许州司理参军到资州推官,审理案件一直是他的本职工作。为官清,断案明,百姓向往的清官也就是姚仲孙这样的了,这也是我对姚仲孙感兴趣并着意寻究他的原因所在。

脑海中翻过历史的长卷,我看见姚仲孙向我走来……滁州遭受严重的旱灾,姚仲孙一到任就对未及时发放救济粮的相关官吏进行弹劾,连夜按户口簿将粮食全部分发给百姓;以起居舍人的身份任知谏院,以尚书户部员外郎的身份兼任侍御史管理杂事的姚仲孙,向仁宗皇帝建议有关选人和考核的制度标准,堵塞用人漏洞;辽和西夏对北宋虎视眈眈,姚仲孙借鉴前朝防御外敌之策,向朝廷进献《防边龟鉴》;担任三司户部、度支、盐铁副使和天章阁待制、河北都转运使的姚仲孙正大力整修城垒兵备;西北边境正在防备外敌入侵,代理三司使事的姚仲孙尽心筹划招募兵丁以及赏赐、慰问的费用,带病坚持工作;黄河明公埽决口,浮桥被冲断,澶州知州姚仲孙亲自在堤上指挥防堵，连夜修复决口……

仁宗一朝，不管是在地方还是在朝中任职，姚仲孙素以直言敢谏著称。谏朝政之得失，虽是谏官之责，却也是清官廉吏之本分。他心中想的是大宋王朝，无私而无畏。胸怀国家，心系百姓，行事如姚仲孙，无憾矣！

虽然姚仲孙恪尽职守，廉洁奉公，其终因直言进谏得罪朝中权贵，又因小吏伪造文符之事而受到牵连，被外放为蔡州知州。在蔡州知州任上，姚仲孙的母亲去世，由于伤心过度，他的一只眼睛失明，不久后便去世了。

姚仲孙立朝为官，一片丹心，为国为民；为人子，为母尽孝，至死不渝。他是《宋史》中的"能吏"，在民间甚至在家乡却默默无闻。不知是否因为他自幼随父住在京城，远离故土，长大后又在外为官，心怀天下，才被家乡人遗忘。我想应该把他寻找回来，把他还给阳城。

陈胜、扶苏、蒙恬和阳城

阳城，陈胜公园。扶苏寺村，扶苏墓，扶苏、蒙恬、陈胜塑像。阳城这片厚重而沧桑的土地，他们曾经来过？为何蒙恬被称为"笔祖"，在阳城，在项城，在很多地方，都受到手工毛笔制笔艺人的朝拜祭奠？两千年前的大秦帝国，是什么样的？

站在陈胜公园门口，我浮想联翩……

"那是一百年前的事情了。从现在算起，差不多有一百二十年吧。我老了，记不清了。"恍惚间，太史公仿佛突然出现在我面前，吓我一跳。

"先生，离现在可不是一二百年，而是两千多年了。"我上前搀住他。他年龄不算大，可是步履蹒跚，面目也不清，像在梦中，像在另一个时空里，给人一种虚幻、久远而依稀的感觉。

"你总是对过去的事情感兴趣。"还是先生最了解我。

"那您就给我讲讲吧！"对历史，我的好奇心简直是与生俱来，而先生所言，我相信是最接近历史的真实。

"想知道？走，我带你去看看。"说完，他就消失不见了。

我正急着找他，不知从哪里传来他的笑声，徐徐落下一本书来，乃太史公的皇皇巨著——《史记》。我明白了，他是让我自己去看，那里有我所有历史疑团的描述和答案……

秦二世胡亥元年（公元前209年）七月，安徽，天降大雨，道路不通，一队开赴渔阳（今北京密云西南）的闾左戍卒九百人，滞留在大泽乡（今安徽宿州），已不能如期赶到渔阳戍地。

"失期，法当斩。"（《史记·陈涉世家》）戍卒们面临着死亡的威胁。

阳城人陈涉（陈胜）、阳夏人吴叔（吴广）也被编在这支队伍中，任屯长。事到如今，走是死，留是死，逃亡更是死，反了？当然也是死。同样是死，曾为楚国人，不如为楚国死。陈胜、吴广要为这支队伍寻一条出路，为这些人谋一条生路。

陈胜曰："天下苦秦久矣。吾闻二世少子也，不当立，当立者乃公子扶苏……今诚以吾众诈自称公子扶苏、项燕，为天下唱，宜多应者。"这段话是太史公写在《史记》上的，至于当时陈胜是不是这样说的，已不可考。太史公讲的是，陈胜对吴广说："天下百姓受秦朝统治、压迫已经很久了。我听说秦二世是始皇帝的小儿子，不应立为皇帝，应当即位的是公子扶苏。由于扶苏屡次劝谏，皇上派他在外面带兵。现在有人听说他没有任何罪过，秦二世却杀了他。很多百姓听说他很贤明，而不知道他死了。项燕是楚国的将军，屡立战功，又爱护士兵，楚国人都很爱戴他。有人以为他死了，有人以为他逃跑了。现在如果把我们的人假称是公子扶苏和项燕的部下，带头起义，应当会有很多人响应。"

对陈胜和吴广来说，进退维谷，这是他们唯一能做出的选择——无疑，也是最正确的选择。

斩木为兵，揭竿而起，以已故的公子扶苏和楚将项燕之名，陈胜、吴广在大泽乡举起了中国历史上第一次大规模农民起义的旗帜，不期然，附近的农民也纷纷参加他们的队伍。

起义军分兵东进，人心凝聚，声势浩大，主力则向西进攻，连续攻克铚县、酂县、苦县、柘县、谯县（今安徽宿州，河南酂城、河南鹿邑、河南柘城北，安徽亳州）诸县。一路招集兵马，到达陈县（今河南淮阳）的时候，已有兵车六七百辆，骑兵千余人，士卒数万人。陈涉乃自立为王，国号为张楚。

反抗暴秦，天下云集而响应。陈涉兵分三路，向秦都咸阳进发。他任命吴叔为假王，监领众将西进荥阳；一路由周文率领绕过荥阳，直取函谷关；另一路从侧翼进军咸阳。后吴广、陈胜相继被害，但是他们点燃的农民起义的烈火燃遍大江南北，三年后，刘邦领导的农民起义军杀入咸阳，推翻了暴秦统治。

"陈胜者，阳城人也，字涉……"太史公以《陈涉世家》为陈胜作传，可见对其之偏爱。阳城、陈涉、陈县、陈王，此为陈胜与阳城、与陈地的渊源。陈胜、吴广首义，是以秦公子扶苏和楚将项燕的名义，而公子扶苏的命运，自始皇帝三十五年（公元前212年）

就和将军蒙恬紧密联系在一起了。

扶苏，嬴姓，咸阳人，秦始皇长子。太史公在《史记》中称"扶苏为人仁""刚毅而武勇，信人而奋士"。可以断言，扶苏和他的父亲嬴政、兄弟胡亥完全不是一类人。身为秦始皇的长子，能以扶苏为名，说明嬴政对这个儿子非常喜爱，也对他寄予厚望。只是，命运偏偏和嬴政、扶苏父子开了天大的玩笑。秦始皇病逝后，扶苏被逼自杀，即位的是他的兄弟胡亥。

嬴政所有的儿子中，扶苏是最出类拔萃的那一个。他相貌堂堂，一表人才，且自幼博览群书，深谙治国之道。他为人仁爱，刚毅勇武，信任士人而又善于激励士人。这样一位公子，简直是人见人爱，大家都很喜欢他。当然，讨厌他的人也有，比如赵高。

虽然喜欢扶苏，但是嬴政也生他的气。这孩子什么都好，就是脾气太直，啥话都敢说。始皇帝嬴政的话，向来百官都是附和，只有扶苏敢直言劝谏。虽然明知扶苏的话有道理，但嬴政心里还是不舒服。忠言逆耳，谁说不是呢！

扶苏又惹他了，这一次，后果很严重。这回要从历史上非常出名的"焚书坑儒"事件说起。焚书，与本文无关，此处单表坑儒。其实，严格说来也算不上坑儒，秦始皇坑杀的都是术士。

始皇帝三十五年（公元前212年），方士侯生、卢生，或者称之为术士，相互讥讽、评议秦始皇的暴戾并因此逃亡而去。秦始皇闻讯勃然大怒，命令御史拘捕审讯咸阳城的术士。术士们相互告发，秦始皇就亲自判处违法犯禁的四百六十多人，把他们全部在咸阳活埋。

对始皇帝坑杀术士一事，扶苏曾上书劝谏："天下刚刚安定，边远地区百姓尚未归附，儒生们全诵读并效法孔子的言论，而今陛下却用严厉的刑法处置他们，臣担心天下会因此不安定。希望陛下明察。"秦始皇大怒，将扶苏派往上郡监督大将军蒙恬的军队。

上郡在哪儿？始皇帝二十六年（公元前221年），秦统一六国后，在全国推行郡县制，以郡统县。当时始皇帝分天下为三十六郡，上郡是其中一个，郡治在肤施县。辖地约今陕西省中北部毗邻内蒙古部分，具体辖县不详。据历史学家王蘧常先生的考证，秦上郡辖县可考者有阳周县、榆中县、高奴县。

秦始皇派扶苏去上郡，是监督蒙恬，也是协助蒙恬修筑万里长城，抵御北方游牧民族匈奴。

当时，大秦帝国赫赫有名的大将军蒙恬，已经苦心经营上郡十余年了。

蒙恬出身于将门，他的祖父蒙骜、父亲蒙武都是秦国著名的将领，为秦国攻城略地，出生入死几十年，为秦始皇统一中国立下汗马功劳。蒙恬曾做过狱讼记录工作，并负责掌管有关文件和狱讼档案。蒙恬做了秦国的将军后，率兵攻打齐国，大败齐军，被授予内史的官职。秦始皇统一中国后，派蒙恬率三十万大军北逐戎狄，收复黄河以南土地，修筑长城，设置要塞。驻守上郡十余年，蒙恬威震匈奴。他的兄弟蒙毅在朝廷为秦始皇出谋划策。兄弟二人颇得秦始皇的信任和赏识，被誉为忠信大臣。

扶苏和蒙恬都在上郡。未承想，上郡竟是扶苏的绝命之地。

始皇帝三十七年（公元前210年），秦始皇人生中的最后一次巡游，到达平原津时他生病了，病情越来越厉害，就让赵高给公子扶苏写了一封信，"与丧会咸阳而葬"。秦始皇让扶苏把军队交给蒙恬，赶紧回咸阳参加葬礼，然后（把他）安葬。

然而，这封加盖玉玺已经密封好的诏书并未发出。七月丙寅日，秦始皇在沙丘平台病逝。印玺和那封诏书都在中车府令赵高处。

丞相李斯认为皇帝在外逝世，恐诸公子及各地乘机制造变故，于是秘不发丧。

沙丘上，一个巨大的阴谋正在酝酿。

作为公子胡亥的老师，赵高扣留了秦始皇给扶苏的那封诏书，以三寸不烂之舌劝说胡亥同意登基，又胁迫李斯，成功将其拉入己方阵营。赵高、胡亥、李斯秘密拆开秦始皇给扶苏的诏书……他们伪造了秦始皇给李斯的诏书，立胡亥为太子；又伪造给扶苏的诏书，以"不忠不孝"的罪名赐扶苏与蒙恬自杀。

犹如晴天霹雳，公子扶苏打开诏书后就哭了，进入内室想要自杀。蒙恬阻止他，说："皇上在外，没有立下太子，派我带领三十万大军守卫边疆，公子担任监军，这是天下的重任啊。现在只有一个使者来，你就立刻自杀，怎能知道其中没有虚假呢？希望您再请示一下，有了回答之后再死也不晚。"但是使者连连催促。扶苏为人仁爱，对蒙恬说："父亲命儿子死去，还要请示什么！"随后他立刻自杀了。蒙恬不肯自杀，使者把他交付法吏，关押在阳周。

听到扶苏的死讯，胡亥、李斯、赵高非常高兴。回到咸阳后发布丧事，胡亥登基，为二世皇帝，任命赵高为郎中令。赵高实行严峻的法律和残酷的刑罚，对当朝大臣痛下杀手，蒙氏兄弟更是首当其冲，蒙毅被杀，蒙恬吞药自杀。秦始皇的其他子女也未能幸免，十二位公子在咸阳街头被斩首示众，十位公主在杜县被分裂肢体处死。以秦始皇的雄才伟略，他怎会想到自己的子女会是如此下场？可怜，可叹！

我想说的是，虽然秦始皇给扶苏的那封诏书里没有明确提及传位于扶苏，但是令扶苏主持葬礼，其继承人的身份是毋庸置疑的。《史记·李斯列传》中，赵高劝说胡亥夺权时，胡亥曾言："废除兄长而立弟弟，这是不义；不服从父亲的诏命而惧怕死亡，这是不孝；自己才能浅薄，依靠别人的帮助而勉强登基，这是无能。这三件事都是大逆不道的，天下人也不服从，我自身遭受祸殃，国家也会灭亡。"连当事人胡亥都认为江山天经地义就该是哥哥的，我们又何必就此事再做无聊且可笑的猜测呢？

"李斯、赵高矫诏立胡亥，杀扶苏、蒙恬、蒙毅，卒以亡秦。"沙丘之变，改变了秦朝的历史，加速了秦朝的灭亡，其始作俑者，历史自有定论。

秦二世二年（公元前208年）七月，李斯被判处五刑，和次子被腰斩于咸阳集市，夷三族。临上刑场时，他对儿子说："我想和你再牵着黄狗一同出上蔡东门去打猎，追逐狡兔，又怎能办得到呢！"父子相对痛哭。

李斯以一个里巷平民的身份，游历诸侯，辅佐秦始皇完成统一大业，位居三公之职，很受秦始皇重用。但其"听高邪说，废嫡立庶"，又胆小，贪恋名利，何谈对秦忠心耿耿？

秦二世三年（公元前207年），秦二世被赵高逼迫自杀。不久，赵高为秦王子婴所杀，夷三族。

有个想法一直困扰着我，我迫切想要确认。

在大秦帝国豪华的咸阳宫，我"见"到了始皇帝嬴政。《史记·秦始皇本纪》中尉缭曾描述过嬴政的长相："秦王为人，蜂准，长目，鸷鸟膺，豺声，少恩而有虎狼心。"高鼻梁、长眼睛、胸脯似鹰、声音如豺，这种人刻薄少恩，而又心如虎狼，尉缭这样说简直是丑化嬴政的形象。而我面前的秦始皇，高大魁梧，浓眉大眼，高鼻梁，不怒自威，自带王者之气。

见了嬴政，我不行礼，不作揖，只是冲他微微一笑，算是打招呼。始皇帝嬴政盯着我看了好半天，才示意我坐下。我明白了，自己身上的衣服虽是汉服款，交襟领，但是真丝的质地，和秦人服饰的厚重相比，明显单薄了很多。相隔两千多年，差别肯定不小，难怪他会吃惊。

"你从哪儿来？"

"陈，陈国。"我本来想说陈郡，说出口的却是陈国。

"是陈郡！"始皇帝瞪了我一眼。

"陛下去过陈郡吗？"

"没有。"

"我的家乡，陈国，陈郡，陈州，周口，是中华大地上接受第一缕阳光的地方，人杰地灵。淮阳有太昊伏羲陵，老子故里鹿邑有太清宫，三川交汇之地有文学馆、关帝庙，扶沟有吉鸿昌将军纪念馆。伏羲古都历经数千年的沧桑和辉煌，现在已成临港新城，开放前沿。周口港是目前河南省规模最大的现代化综合港和集装箱港，也是海上丝绸之路河南起点，相通世界，货运全球。欢迎陛下有时间去周口玩，也许说下陈州显得更有文化。我在阳城工作，到时候我请您吃邓城猪蹄和固墙热豆腐。"我不善言辞，可就这几句话，嬴政已经听蒙了。

"陛下可曾想过，百年之后将大秦的基业交给哪位公子？"秦始皇最讨厌听谁说"死"，可这是我绕不开的话题。

"你以为呢？"他气得哼了一声，很不满地回答。

"我以为陛下要传位于公子扶苏。可是，实际上是胡亥即位，扶苏被逼自杀，蒙毅被杀，蒙恬吞药自杀，您那么多公子和公主也都被胡亥和赵高杀了……"我还想往下说，却见秦始皇脸色大变，吓得我赶紧逃离咸阳宫。

回到阳城。

听说扶苏自杀后，葬于陕西省绥德县城东，其墓被誉为"天下第一太子墓"。山西省原平市境内亦有扶苏庙，据说扶苏和蒙恬曾率军在此筑城戍边抗击匈奴，扶苏死后，当地百姓为纪念他，特建庙祭祀。而陈胜在陈县称王之后，为了表达对公子扶苏和大将蒙恬的敬慕与怀念之情，在故乡阳城，今商水县舒庄乡扶苏寺村东，为扶苏修建了衣冠冢，在扶苏墓的北面二十米处，修建了蒙恬墓（衣冠冢）。扶苏墓至今保存完好，蒙恬墓历经两千多年的风吹雨打，早已被夷为平地，上面种上了庄稼。

阳城人民没有忘记两千多年前的农民起义领袖陈胜，如今，商水森林公园一期陈胜公园早已建成开放。其实，早在2009年冬，商水县政府就在陈胜故里舒庄乡扶苏寺村竖立扶苏、蒙恬、陈胜塑像，引起国内文史界轰动。

癸卯年仲春时节，我去扶苏寺村寻访。此地亦为扶苏建庙祭祀，千百年来，扶苏已成为一种信仰。扶苏墓坐南朝北，墓前数米，扶苏像面北而立。大秦温文尔雅的公子扶苏，默默凝视着脚下的这片大地，似阅尽世事沧桑，看透世态炎凉。蒙恬像则在前方不远处的麦田中，"小麦绕村苗郁郁"，唯有远观。问陈胜像，曰在后陈。出扶苏寺村，沿026县道（舒巴路）向西几百米就是后陈庄。后陈是扶苏寺村的一个自然村，陈胜出生于此，村口有陈胜塑像。也是在此时我才知道，阳城故城就在此地。陈胜、扶苏、蒙恬，都属于阳城。

关于蒙恬，我还想再说几句。

蒙氏是秦代非常显耀的家族，蒙恬、蒙毅兄弟生前更是得到秦始皇的重用恩宠，却死于胡亥、赵高、李斯之手。蒙氏兄弟曾反复辩解自己"无罪""无辜""无过""死非其罪""何罪于天"，令人心生感慨。人生如梦终当觉，世事非天孰可凭！

暂且不说功过，在阳城，蒙恬可是个名人，有"笔祖蒙恬"之称。

我读史书，走马观花，不求甚解，正史尤可疑，稗官野史不足信，至于传说，更是一笑了之。《史记·蒙恬列传》中，并未看到有蒙恬造笔或者改良毛笔的记载，我本无意探究与此相关的种种传说，只是，对"笔祖蒙恬"之说，我又不可不说。

探讨毛笔的起源，总是离不开蒙恬造笔。我们先看看关于蒙恬造笔的记载。《太平御览》引《博物志》曰："蒙恬造笔。"晋朝太傅崔豹在《古今注》中记载："自蒙恬始造，即秦笔耳。以枯木为管，鹿毛为柱，羊毛为被。所谓苍毫，非兔毫竹管也。"然而，随着考古发现，战国及秦代的毛笔陆续出土，且出土实物贯穿了战国早中晚时期，"蒙恬造笔"一说不攻自破。1957年河南信阳长台关1号战国楚墓里出土的信阳毛笔，竹竿，兔毛制成，笔杆细而精巧，长约15厘米，属于战国早期的毛笔，也是迄今发现的中国最早的毛笔，比"蒙恬造笔"早几百年。1954年湖南长沙左家公山15号楚墓出土的毛笔为战国中期的毛笔，1983年湖北荆门包山楚墓出土的毛笔，以及江陵九店楚墓笔和甘肃放马滩秦墓笔则为战国晚期的毛笔。虽然战国时期的毛笔在形制及制作工艺上比较"原始",但是它们的发现,足以证明"秦之前已有笔"。

许慎《说文解字》云:"笔,秦谓之笔。从聿,从竹。""秦谓之笔,楚谓之聿,吴谓之不律,燕谓之弗。"先秦书籍中没有"笔"字,而"聿"为会意字,其古字形好似手执毛笔的样子,本义指书写用的笔,始见于商代甲骨文和商代金文。显然,笔在商朝已经出现,在战国时期由于地域方言的影响,称谓并不统一,而秦始皇统一了笔的叫法。身为"字圣",许慎老夫子的话早就从侧面印证了"蒙恬造笔"不可信。还是清代学者赵翼在《陔余丛考》中的"造笔不始蒙恬"条中总结得好:"笔不始于蒙恬明矣。或恬所造,精于前人,遂独擅其名耳。"故,"蒙恬造笔"之"造"字,为制造之"造",而非创造之"造",这个说法还是有一定道理的。

南宋诗论家、词人葛立方在诗话集《韵语阳秋》卷十七记载:"蒙恬造笔,以狐狸毛为心,兔毛为副,心柱遒劲,锋铓调利,故难乏而易使。"蒙恬对制笔工艺的改良主要采用"散卓法",用鹿毛、羊毛、狐狸毛和兔毛来制作混合毛的笔头,干木料做成笔杆,一头劈开数片夹入笔头,用麻线缠紧,涂漆加固。蒙恬制造的笔,用料多样,制作也较复杂,制笔工艺较战国时期有了很大的进步。即使不是毛笔的发明者,蒙恬也无愧于"笔祖"之称。

阳城盛产毛笔。商水小华笔业,商水胡吉、固墙一带制笔业和项城汝阳刘村素有"毛笔之乡""妙笔之乡"的美誉。自2010年起，每逢清明节，总有这些地方的制笔艺人到蒙恬塑像前焚香祭拜，"笔祖蒙恬"已成为阳城的一张名片。

感谢我的本家陈胜，让扶苏、蒙恬来到阳城，融入阳城厚重的历史，从此与阳城割舍不断。阳城，也因蒙恬而成为"笔祖之乡"。

"笔祖蒙恬"，这点《史记》没有记载，我多想去问问太史公，是否可以由我等续上。

第三辑 人间有味是清欢

北京行

北京，一个令人向往的地方。

自儿子加入少先队以来，去天安门广场看升国旗、爬万里长城一直是他的心愿。读万卷书不如行万里路，带孩子出行，第一站毫无疑问便是北京了。

北京，中国四大古都之一，从周武王封召公于燕开始，至今已有三千多年的历史。从燕国蓟城到金中都、元大都再到明清的北京城，几经沉浮起落，它终于成为一个全面开放的、兼容并蓄的、现代化的国际大都市。

我想，来北京旅游的每个人都有一个心愿，那就是亲眼看着五星红旗冉冉升起。在北京的三天，我们每天早上都赶往天安门广场想要看升国旗，遗憾的是前两次都没有看上。第三天早上，心有不甘的我们三点钟起床，再次来到天安门广场。广场已经站了很多人，适逢大风降温，可不管是古稀之年的老人还是学龄儿童，都在风中耐心等待。一个多小时后，大家终于迎来了期待已久的升国旗仪式。随着国歌响起，儿子行少先队礼，感受庄严肃穆的一刻。看着鲜艳的五星红旗迎风升起，我的心随着国歌的旋律而剧烈跳动。这一刻期待了太久，心中的激动竟难以用语言表达，后面的一对老夫妻更是忍不住哭出声来，旁边的年轻人忍不住用手机拍下那动人的画面。我相信，这激动人心的一刻定会成为在场的每一个人一生中最美好的回忆。

在北京的第一天，导游说我们看的是明朝的北京，的确，从十三陵明皇蜡像宫到万里长城，还有之后看到的故宫，无不深深地镌刻着明朝的印记。脑海中的《明史》一旦与这些名胜古迹连在一起，大明王朝便似一幅气势恢宏的画卷呈现在我的眼前。从朱元璋濠梁投军至崇祯皇帝饮恨煤山，一个王朝的兴衰成败尽在其中。千古兴亡多少事？悠悠。

由于最近一直在读《明史》，脑海中有关明朝的一切似是铺天盖地而来，几乎压得我喘不过气来。可是当我随着熙熙攘攘的人群挤上八达岭长城的最高处时，则是另一番天地。放眼望去，看崇山峻岭，心潮澎湃。长城，是中国古代不同时期为了抵御塞北游牧民族的侵袭而修建的规模浩大的军事工程。关于长城，有人说最早的典故始于周幽王，为讨美人褒姒欢心，他不惜千金一笑，"烽火戏诸侯"。其实那时的烽火台只能说是城墙而已，算不上长城。春秋战国时期，燕赵诸国为了防御他国入侵修建了烽火台，并用城墙连接起来，形成中国最早的长城。秦统一后，为防御匈奴南侵，秦始皇征用数百万劳动力大规模修建长城，创造了人类建筑史上的奇迹。然而，这一繁重的修筑工程也给人民带来了极大的痛苦，中国四大民间传说之一的孟姜女的故事即来源于此。秦汉之后的一千余年里，这条古来寂寞的长城逐渐淡出了人们的视野，仅有文人墨客在诗词中提及。

如今我们看到的八达岭长城是明朝时修筑的，我们所说的万里长城也多指明长城。为防御元朝残余势力和鞑靼、瓦剌诸部侵扰，明政府在隋长城的基础上先后18次加固、增修，而真正称得上大规模的修筑则是从隆庆到万历初年由戚继光完成的。为抗北虏，1568年，抗倭名将戚继光调至北方，总理蓟州、昌平、保定三镇防务，他对东起山海关，西迄居庸关，延袤两千余里的长城重新修筑。修建好的蓟镇长城防御阵地体系，"二千里烽火相连，允矣金汤之固"！戚继光在长城的历史上留下了浓墨重彩的一笔。长城，是中华民族的象征，是中华民族的骄傲！

三百多年后，中华大地狼烟再起。东北沦陷后，日本帝国主义把侵略的矛头指向中国华北广大地区，并加快了侵略的步伐。1933年3月至5月，面对装备精良、训练有素的日军的侵略，在长城的义院口、喜峰口、古北口、冷口等地，中国军队顽强抵抗，浴血奋战。古老的长城再次点燃了抗击侵略者的烽火。长城抗战是中国人民早期抗日斗争的重要组成部分，虽然它失败了，但它给骄横一时的日军以沉重的打击，阻止并延缓了日本军事侵略华北的进程。"万里长城万里长，长城外面是故乡……"长城象征着中华民族坚不可摧永存于世的意志和力量，承载着无数中华儿女的家国情怀。《长城谣》激发了他们同仇敌忾的爱国热情，四万万同胞心一样，新的长城万里长！可以这么说，长城在文化艺术上的价值，足以与其在历史和战略上的重要性相媲美。

硝烟早已散去，古老的长城在完成它的历史使命后，复归沉寂。在和平发展时期，它似一位历经沧桑的老人，静看风云变幻，坐观世事变迁。

从八达岭长城回到长安街上，夜色渐张狂。节日的北京，夜晚和白天一样热闹，大街上人来人往，摩肩接踵，一座城市的魅力不言而喻。

北京城有着深厚的文化底蕴，是一个古典与现代相结合的城市。它不仅有许多闻名遐迩的自然景观，还有无与伦比的人文景观：长城记载着它悠久的历史，故宫、十三陵是它经历大明王朝时留下的记忆，颐和园、圆明园等皇家园林彰显着它的尊贵，天安门广场、人民英雄纪念碑、人民大会堂告诉世人它是经历凤凰涅槃而浴火重生的新中国的首都，"鸟巢"（国家体育场）、"水立方"（国家游泳中心）、国家大剧院又给它增加了时尚的元素……多姿多彩的北京吸引着来自五湖四海的游客。在长城我见过坐着轮椅被家人抬上去的外国女游客，在故宫我见过拄着拐杖独行的外国青年，在颐和园、恭王府我也见过成群结队的外国游客出入，他们怀着和我们一样的心情来到这座城市参观、游玩。北京不仅仅属于中国人民，它还属于全世界爱好和平的人们！

到北京看的是自然景观，学的是人文、历史。虽恨不能游遍北京，然来去匆匆，归期已至。我与北京，期待着下一个约定。

让心飞扬,让梦想奔流

美丽的嵖岈山,我放飞梦想的地方。

没有泰山之雄、华山之险、黄山之奇、峨眉之秀,嵖岈山的美,恰恰在低、在清、在静、在幽、在雅,是洇散在豫西南的水墨山水,是雅到骨子里的脱俗绝尘。站在温泉小镇别墅群的西侧山顶,但见群山逶迤、峰峦隐隐,犬牙交错、空谷传罄,花红草绿、云白天蓝,足以让你"寂然凝虑,思接千载;悄焉动容,视通万里"。于是,"久在樊笼里,复得返自然"的感觉油然而生。

前几日还在为案件加班加点、殚精竭虑、夜不能寐的我,现在居然能在风景如画的嵖岈山,徜徉于山水之间,行走在充满渴望与向往的文学之路上,一时竟觉得恍如隔世。而温泉小镇又是这么真真切切地流淌在现实的生活里,告诉我幸福来得就是这么突然。因着奔流文学院第十期作家研修班,来自全国各地的一百余名作家和文学爱好者汇聚于此,"群贤毕至,少长咸集",共品一场文学的饕餮盛宴。

相约《奔流》,第一次与心目中的那些文坛大咖近距离接触,聆听他们讲散文、讲小说、讲诗歌、讲报告文学、讲文人的担当、讲文学的使命、讲知识分子的良知。在这一方山水间，我走进心灵世界的文学高地，为梦想插上腾飞的翅膀。

尽管几年前已是省作协会员，我却只能算是文学爱好者。虽然热爱，可是由于平常工作太忙很难挤出时间写作，这让我心中时常有紧迫感。梦想在远方，道路在脚下，不出发何时才能到达？难道就这么在忙碌中自暴自弃吗？我不甘心！所幸《奔流》作家班的举办为我提供了学习、进步的机会。

文学是干什么的？用它表现自己的才华，还是……王宏甲老师让我知道，文学是心灵的果实，文学是一条船，文以载道。

为什么要坚持写作？为了谋生？为了养家糊口？为了扬名立万？为了成名成家？显然不是。因为喜欢，所以写作；因为热爱，所以坚持；因为向往，所以追求。

如果问我为什么要写作、作品写出来有什么用，我会毫不迟疑地回答："因为热爱，更因为我需要写出好作品来反腐倡廉。"这样回答可能有点突兀。诚然，我是热爱文学的，但这并不是我坚持写作的全部动力，我还有自己独特的写作目的和动机，在内心深处我还有更高的理想。十年前我离开审判一线从事纪检监察工作，一路走来固然失去很多，但这条路是我此生无悔的选择。文学是一门学问，任何文学作品只有使用时才有生命，对我来说，将鲜活的文章用于反腐倡廉，既圆了文学梦，也能为纪检监察事业略尽绵薄之力，何乐而不为？

曾有朋友告诉我不要写这样的文章，很少有人会看，不如写散文吧，散文和诗歌、小说一样，写作的路子宽，受众面广，且容易发表。这种说法固然不错，他们却不懂我。白居易提出"文章合为时而著，歌诗合为事而作"，把握时代脉搏，为时代发声，这是时代赋予读书人特殊的职责和使命。"为时而著"实属不易，然虽不能至，心向往之。我所写的文章有价值、有意义，观点能被一部分人接受，这是我对自己最基本的要求。王宏甲老师说："文学艺术最大的作用，就是发挥拯救人心的作用。"把这句话用在反腐倡廉上，是再合适不过的。书生报国无他物，唯有手中笔如刀，我怎能不努力？

如郑旺盛老师所言，"文学的天空无限广阔，大家的引领会让你走得更远"。《奔流》果然不负所望，每一位老师的课都给我惊喜。最让我意外的是，我的旧作《清官的境界》有幸得到顾建平老师的点评。以前写的清官系列文章都是单独成篇，这篇因以"境界"为题，故提到的清官颇多。或许是眼高手低的缘故，虽几经修改我仍然对它很不满意，几乎要放弃它时竟得老师指点，顿时觉得眼前一亮。

建平老师提出我在写清官时没有提到制度，而制度比操守更重要。在我看来，自私有制产生后，几千年来腐败问题一直是困扰历朝历代统治阶级的最大难题，直到今天也是如此。

建平老师还从《万历十五年》中的海瑞提到清官之弊，认为把治理国家的希望寄托在清官身上是靠不住的。在皇权至上的封建社会，以人治代替法治，所以自古以来中国的百姓心中有着浓厚的清官情结，那是对政治清廉的向往、对公平正义的期盼。

海瑞是中国古代十大清官之一，在民间与包拯齐名，家喻户晓。记得我很小的时候就看过电视剧《海瑞传奇》，清官海瑞的形象一直印在我的脑海里。几年前读《明史》，自然要把他写入我的清官系列文章中。只是除了亦正亦邪的清官赵广汉之外，我笔下的清官都是几近完美的，对他们的缺点和不足很少提及，写海瑞也是如此。经建平老师指点我才意识到这个问题，终究是《史记》读得太少，没有好好向太史公学习啊！至于《万历十五年》，去年我曾硬着头皮走马观花读了一半，觉得寡然无味，后来听人说是黄仁宇先生的学术论文，便"心安理得"地把它扔在一边了，现在想起真是惭愧之极！"海瑞——古怪的模范官僚"，看标题就知道黄仁宇先生对他的评价相当公允了，怎可不读？

徘徊在文学的大门外，我一度迷惘，不知道何去何从。山重水复疑无路，柳暗花明又一村。与《奔流》相约，困扰我的问题迎刃而解，又似有一种力量激励我一路前行。至于性格内向的我在文学创作的道路上能走多远，我想，只要坚持就有收获，只要努力就有希望，初心不改，未来可期！

聚散苦匆匆，此恨无穷。几天的时间转瞬即逝，离开嵖岈山返程时，和师友道别，心中几多不舍。回望美丽的温泉小镇，心潮澎湃。这些年早已习惯了宁静淡泊、与世无争，结缘《奔流》，突然觉得天地如此辽阔，世界如此美好，文学的星空璀璨夺目，我也想点亮属于自己的那一颗星。

"愿你听从内心，找到你此生所爱，永远去做你余生中最重要的那件事。"我的爱好和我的工作早已紧密联系在一起，余生愿尽全力把这件事做好，以梦为马，不负韶华。

心有多大，舞台就有多大。让心飞扬，让梦想奔流。

青山依旧，烟云历史犹可寻

己亥年盛夏时节，在嵖岈山温泉小镇学习数日。聆听大家，文学课堂的精彩自不必表；纵情山水，亦为人生之乐事。然有幸事也有憾事，最遗憾的莫过于三寻吴王墓而不遇了。

嵖岈山是个好地方，人文史迹星罗棋布，自然景观美不胜举，有九大景观、九大名峰、九大名洞、九大名棚、九大奇石，各类景点一百多处，著名景点三十多处。相传这里曾是吴王夫差、东汉光武帝刘秀、隋末起义军领袖窦建德、唐太宗李世民、唐代农民起义领袖黄巢、明末农民军领袖高迎祥和李自成、清代乾隆皇帝等帝王将相以及刘少奇、李先念等老一辈无产阶级革命家打江山、创基业的地方……听说春秋时吴楚在此争雄，吴王死后，葬于天磨峰下，虽历经沧桑，"吴王墓"至今仍在。夫差？吴王墓？不可能！但凡有点儿历史常识的人都知道！

我虽性格内向，但对感兴趣的事物仍然像孩子一样有着强烈的好奇心。这个"吴王墓"一定是假的，我要看看它到底有多假，任性、倔强如我暗自下定决心。

第四天下午的课程是去嵖岈山采风。从温泉小镇出发，乘坐景区的观光车来到嵖岈山南山门。由南山门上山，一路上像是行走于《西游记》中，眼前之景、耳中所听、脑中所思皆与《西游记》有关。

这里是"东土西天"，是"西游之源"。一部奇书、一部电视剧让嵖岈山走向全国，名满天下。从唐朝高僧玄奘早期在此诵经修行开始，到明朝的淮安才子吴承恩因避祸远行来到此处，从嵖岈山石猴、睡唐僧、醉八戒、白龙马、定海神针等天造地设、惟妙惟肖的奇石景观中汲取灵感，创作了千古巨著《西游记》，再到中央电视台拍摄电视剧《西游记》，一千多年来，仿佛冥冥之中自有天意，嵖岈山与《西游记》的不解之缘早已注定。

年少时读的奇幻小说最有名的莫过于《封神演义》和《西游记》了，《封神演义》的故事情节太过复杂和离奇，读起来费心劳神，因此我更爱《西游记》。我看不惯肉眼凡胎的唐僧是非不分、善恶不明，也讨厌贪财好色的猪八戒，又觉得忠厚老实的沙和尚太笨，所以最欣赏孙悟空。每个人心中都有一个孙悟空，这个有一身好本领的猴子，他对自由的无限向往和追求，他的忠诚、他的任性、他的疾恶如仇都让我喜欢，我甚至觉得自己的性格和他还真有几分相像。大闹天宫，玉帝和天兵天将拿他没办法，当托塔天王率天兵天将杀至花果山，历数了悟空的数条"罪状"后，悟空答道："实有！实有！"想象他微笑着点头承认的模样，这个敢作敢当的猴子简直可爱至极！

山外有山天外有天，神通广大的孙悟空最终败给了佛法无边的如来佛祖，被压在五行山下。"五百年桑田沧海，顽石也长满青苔。只一颗心儿未死，向往着逍遥自在。哪怕是野火焚烧，哪怕是冰雪覆盖，依然是志向不改，依然是信念不衰。"是孙悟空让我知道，不论遇到什么样的艰难险阻，都不要放弃自己，人活着就要梦想不断，初心不改。

因为我太喜欢孙悟空了，就看不上唐僧和他另外两个徒弟。看电视剧感触最深的是《三打白骨精》那一集。孙悟空打死狡猾的白骨精，激怒了唐僧，被赶走。"就这样蓦然分手，就这样一去不回头，临行方知情深厚，多少往事在心头……"看孙悟空被错怪，我的泪水忍不住流下来。那一刻，我的心情和他一样悲愤。

就这样一路想着《西游记》，想着孙悟空，我看过百丈崖的瀑布，听过分水岭的鸟鸣，走过碧波潭的浮桥。我戏称自己身轻如燕，仗着体态轻盈，一路蹦蹦跳跳走在采风队伍的前列，却未承想因此给自己留下遗憾。

因为心中一直想着要去寻吴王墓，上山时我和导游攀谈起来，听她说吴王墓被雨水冲刷得很厉害，没什么好看的。我坚持要去，她说吴王墓离下山时坐船的地方不远，可以带我过去。可是我与同行的老师、文杰以及另外一个文友走得太快，直接下山了，把大家甩在了后面。快到北门时我才想起导游的话，真是懊恼至极。我们几个是步行下山,导游带着大家坐船应该比我们快,去哪儿找她呢?无奈。来到北门,查看景区的地图,吴王墓就在天磨峰南,靠近月牙湖的地方。可是,打开手机导航后也找不到这个位置,只得怅然而归。

我在所住的6号别墅门前徘徊,看到值班的保安就过去向他打听。保安很年轻,二三十岁的样子,他问我吴王墓是不是还有别的名字,可能他们当地人会有不同的叫法。我很确定地说没有,很显然,他也不知道。

遗憾。

由于惦记着寻吴王墓,次日上午我没有和大家一起去遂平县城采风,而是和几个文友就近参观嵖岈山卫星人民公社。公社旧址位于嵖岈山镇新庄村西,离温泉小镇八公里左右。它是我国二十世纪五十年代后期建立的第一个人民公社,是人民公社化运动时期乡村政治的典范,也是继巴黎公社之后全世界第二个人民公社,被称为"东方第一社"。

出了西边的展区,我在院内漫步,发现东南方向还有一排房子,一位保洁大姐正在房子后面打扫卫生。我是路痴,潜意识里是这样的方位,至于是否真是如此我并不知道。我走上前去,轻声问大姐能否让我进去参观。她看了看我,说平常只有里面需要打扫卫生时才开门,不过,她可以让我进去。我听后大喜,急忙叫几个文友过来,可是除了我的同乡外,其他的文友已不见踪影。

大姐拿钥匙开门，还很有兴致地问我的年龄。我知道，她是看我说话温柔有礼，又带着几分羞怯，便把我当成邻家小妹看待。或许是平常总是被人问到年龄，我也习惯了，再加上在大姐这儿享受到特殊待遇，我心里高兴，就和她多说了几句。

这个展厅是民俗博物馆，展示以前的生产、生活用品等实体文物，比那两个展区好看多了，真是让我大开眼界。我还惊奇地发现和女娲娘娘有关的传说有很多，比如小孩子的风衣风帽：传说女娲得一外孙，亲手做了帽子和衣服贺喜并在上面画上风姓的图案，警告那些毒蛇猛兽不许伤害自己的外孙，因为帽子和衣服上有风姓标志，所以帽子就叫"风帽"，衣服就叫"披风"。遂平县的孩子在很小的时候就要戴风帽，穿披风，一为纪念女娲娘娘，二为求女娲娘娘保佑平安。儿子还小，去年冬天带他出去时我也常给他穿披风，但是直到此时才知道披风原来也是有来历的。

在我的家乡周口，西华县有女娲城，有昆山女娲宫，史书记载"女娲居昆山"，是盘古开天辟地、女娲炼石补天、抟土造人、断鳌足、立四极、治洪水、通婚姻、化育万物之地。在昆山，早在商朝就有先民为敬奉女娲娘娘而建女娲宫，在唐朝修建"女娲祠"。因为西华是远古时代人祖女娲主要活动区域和唯一建都之地，再在其他地方看到关于女娲的传说时我就感到很奇怪、惭愧，是我孤陋寡闻了！读万卷书，行万里路，就当成是我余生的一个目标吧。

和大姐道别，回到温泉小镇，我直奔嵖岈山北门。路遇一个在景区内工作的当地居民正在给游客安排观光车，我说明来意，他告诉我有人知道吴王墓，可以带我进去看，让我第二天过去找他。买门票，付钱给导游，这都不算什么，只要能找到吴王墓。

我兴冲冲地回到6号别墅，一扫前日的沮丧。

人生总有太多的意外，有时候希望越大失望就越大。

离开温泉小镇返程那天，我依约去找那人，却被告知吴王墓是一个破坟，是假的，现在有人在上面盖了房子。真是让人失望至极！

再乘坐观光车看看嵖岈山吧！我虽在此住了几日，却很少出去，确切地说，对寻找吴王墓还抱有最后一丝希望。

开观光车的是位六十多岁的老人，说他家就在小镇上，家里开酒店。老人非常健谈，说自己是嵖岈山的第一批导游，比其他导游懂得多。嵖岈山，以山头得名，高低不平，纵横交错，好像牙齿一样。这儿以前是一片汪洋大海，从海底喷发的岩浆，于一万四千亿年前形成一座座山头。想不到嵖岈山的历史竟有这么久，不管他说的是真是假，听起来都引人遐想。

"温泉小镇四季景色不变，冬天也是这样。我没有去过三亚，三亚有多美我不知道，但是我知道现在很多人把温泉小镇当成三亚来拍婚纱照。"顺着温泉酒店往西北方向上山，老人边走边说。我忍俊不禁，被他逗笑了。这广告，绝了！

他继续介绍，拍《西游记》时在嵖岈山取过景。"大王叫我来巡山，巡了北山巡南山。"大闹天宫、三打白骨精……他如数家珍，我能记下来的却有限，就这样往前走着，看着。

嵖岈山山多水少，行至百花湖时我眼前一亮，绿水与青山相伴，连山水都带着笑意，这样的美景才醉人！

从西北方向返回温泉小镇，再往南走，直到东山门，我们看了《西游记》中的定海神针，看了八戒醉酒石，也看了大猴背小猴。感叹于大自然的巧夺天工，但是因为想着吴王墓，我一直兴致不高。

"这个吴王墓很多人都说是假的，以前是个大土包子，很多考古的过来挖，把土搞走了，说下面是实的、假的。我们这是吴国，我也是听说的，是以前的传说。"他把压箱底的本事都使出来了。

"春秋战国时期你们这里属于楚国，不是吴国。"我突然说出这句话，让他颇为尴尬。好在他只当是说笑，一笑而过。

脑海中是《史记》为我展开的画面：吴越之战。千军万马，金鼓连天，刀折矢尽……

公元前496年，吴王阖闾派兵攻越，战于槜李（今浙江嘉兴西南）。越军偷袭，大败吴军。越大夫灵姑浮斩落阖闾脚趾，使其因创伤发作而死。夫差即位后，励精图治，坚持训练军队，以向越国报仇为志。

夫差二年（公元前494年），吴国统帅伍子胥于夫椒战胜越军，报了槜李战败之仇。越王勾践退守会稽，派大夫文种通过吴国太宰伯嚭求和，愿以整个越国做吴国的奴仆。伍子胥劝吴王灭掉越国，夫差不听，与越国签订盟约后撤兵。

《史记·吴太伯世家》关于夫差的记载甚为简略，夫差说过的话只有短短两句，夫差到底是什么样的人太史公也并未评价，我认为夫差绝不是后人所说的那样。

吴王阖闾临终前立太子夫差为王，对他说："你能忘了勾践杀死你父亲的事吗？"夫差回答道："不敢！"两年后夫差为父报仇，唯有孝子方能如此。

夫差十四年（公元前482年）春，吴王夫差北上在黄池会盟诸侯，想要称霸中原从而保全周室。夫差和晋定公争夺盟主，晋国大臣赵鞅以出兵讨伐吴国相威胁，他这才让晋定公做了盟主。吴、晋争霸，夫差不仅仅是为自己，也考虑到周王室的利益，他绝不是自私自利之人。其实在吴国灭亡前后，一场社会大变革正在进行，从春秋时期进入战国时代，各国混战不断，战争是这个时期最突出的特点。吴国已是朝不保夕，夫差也没有能力为周王室做什么了，可悲的是他并没有意识到这一点。

从夫差二年（公元前494年）到夫差十一年（公元前485年），在对待越国的问题上，伍子胥三次劝谏，"吴王不听"。他派伍子胥出使齐国，子胥将自己的儿子托付给齐国的大夫鲍氏，然后回国后向吴王报告出使的情况。吴王大怒，赐属镂宝剑令其自杀。伍子胥在死之前说："在我的墓上种上梓树，长大后让它可以做棺材。将我的眼睛挖出来放在吴国的东城门之上，让我看着越国灭掉吴国。"十二年后，越灭吴。

致天下之治者在人才，如何选用人才关系到一个国家、一个王朝的兴衰成败。"亲贤臣，远小人，此先汉所以兴隆也；亲小人，远贤臣，此后汉所以倾颓也。"六百余年后，蜀国丞相诸葛亮如是说，可惜这道理夫差不懂。亲伯嚭，杀子胥，一意孤行，夫差终亡国。

从夫差七年（公元前489年）到十一年（公元前485年），吴国三次北上征讨齐国，吴军被打败，吴王只好引败兵回国。从此吴国国势日渐衰微。

黄池会盟时越军攻打吴国，俘获吴国太子友，进入吴国境内。吴王长年在外征战，士兵都已疲惫不堪，国内空虚，于是派使者带重金和越国讲和。

夫差十八年（公元前478年），越国更加强大，越王勾践率领军队再次攻吴，在笠泽打败吴军。二十年（公元前476年），越王勾践再次攻吴。二十一年（公元前475年），越军包围了吴国的都城。二十三年（公元前473年），十一月丁卯日，越军打败吴军，吴国灭亡。

不过是短短二十年的时间，越兴吴亡。我从《吴太伯世家》里看到的是吴王连年征战，国内空虚，吴国日渐衰败直至灭亡。当然，在用人上他也犯了致命的错误。但是世人眼中的吴王呢？

姑苏台上，馆娃宫中，莺歌燕舞，歌舞升平。

唐朝诗人李白《乌栖曲》云："姑苏台上乌栖时，吴王宫里醉西施。吴歌楚舞欢未毕，青山欲衔半边日。银箭金壶漏水多，起看秋月坠江波。东方渐高奈乐何！"沉溺酒色，荒于国政，最终身死国灭，不管真实的历史是不是这样，后人都是这样说吴王的。

越王勾践想把吴王夫差迁到甬东，给他百户民家，让他住在那里。夫差说："我已经老了，不能再侍奉君王了。我真后悔没有听伍子胥的话，才让自己落到今天这个地步。"于是自刎而死。他是有骨气的人，国已亡，怎可苟且偷生！

越王勾践何许人也？为了复国，勾践能布衣蔬食，礼贤下士，厚待宾客，救济百姓，与百姓同甘共苦。为达目的他不择手段，能共患难，不能共富贵。飞鸟尽，良弓藏；狡兔死，走狗烹。吴国灭亡后范蠡急流勇退，离开越国，而文种就没有这么好的运气了。范蠡修书一封让他离开越国，他才称病不再上朝。勾践要杀文种，欲加之罪，何患无辞？有人污蔑文种想要造反，勾践就赐给他一把剑，说："你教我七种讨伐吴国的计策，我只用了其中的三种就消灭了吴国，还有四种在你那里，你替我去先王那里尝试一下那些计策吧。"文种被逼自杀。以勾践之狠毒，对复国的功臣都能赶尽杀绝，何以对于亡国的吴王如此宽容？真实的情形后人已不得而知，我想定是夫差行事有打动勾践的地方，才会令其想要手下留情。

说到夫差，就不能不提那个绝世女子，中国古代四大美女之首的西施。四大美人图中有西施浣纱，相传她在河边浣纱时，因为长得太美，鱼儿看见她会忘了游动，逐渐沉到水底，"沉鱼落雁"中的沉鱼就是形容西施的美貌。后世相传越王勾践为了复国将西施送入吴国，一去就是二十年，直至吴亡。

西施的结局，有多种说法，史上记载最早的《墨子·亲士篇》："比干之殪，其抗也；孟贲之杀，其勇也；西施之沉，其美也；吴起之裂，其事也。"意思是这些人都是因为死于各自所长上，西施是因为其美貌而被沉江遇害的。另有《吴越春秋》记载，吴王夫差亡后，越人将西施用牛皮裹住，浮于江上。不管西施是被范蠡沉湖还是被吴人、被勾践或是被越后沉江，她的下场都是悲惨的。自古红颜皆薄命，亡国的吴人容不下西施，复国的越人也一样容不下她，这个可怜的女子才是美人计的最大受害者。

关于西施，《吴太伯世家》和《越王勾践世家》中均无记载，在其他的典籍中我也没有找到明确的说法，这个传奇女子在历史上是否真正存在过，我不得而知，但是关于吴国灭亡她一直背负着骂名。一个国家的兴亡自有其历史的必然性，与政治、经济、军事、外交相关，岂是一个弱女子所能左右的。"家国兴亡自有时，吴人何苦怨西施。西施若解倾吴国，越国亡来又是谁。"唐人罗隐的这首《西施》破除了"女人是祸水"的论调，在咏西施的诗篇中不愧为一股清流。

对传说中的爱情故事，国人总是喜欢圆满的结局，就像我，从小到大一直相信西施是随范蠡泛舟太湖，飘然而去，做一对神仙眷侣，这才是西施最好的归宿。然而，这仅仅是一个美好的愿望，史书上记载的范蠡的夫人并非西施，其中真真假假，我又何必太在意呢！

还有吴王夫差，据《吴越春秋》《越绝书》及范成大的《吴郡志》记载，他自杀后被葬在吴地阳山，距嵖岈山千里之遥。嵖岈山吴王墓是假的毋庸置疑，然仅凭耳闻未曾亲眼看见，我的好奇心不减。他日若再去嵖岈山，定会再寻。

在嵖岈山数日，放眼望去皆为美景，然为寻吴王墓，我无心看风景，心情也一度受到影响，看来有时候任性和好奇心未必是好事。

修得一颗平常心，看透放下，自在随缘。人在旅途，最美的风景永远在路上。

百年沧桑关帝庙

己亥年，立秋次日。

清晨八时许，离家，经大庆路、沿滨河路驱车前往关帝庙。看沙颍河秋水东流，不禁想起杨慎的《临江仙》："滚滚长江东逝水，浪花淘尽英雄。是非成败转头空……"

此行，我为拜谒千年之前的英雄关羽。

周口关帝庙位于川汇区中州路沙颍河北岸，本名"山陕会馆"。既是祭祀关羽之庙，又何以称其为会馆？

这恐怕还要从周口的历史谈起。周口古称周家口，地处河南省中南部，史属商水，"三面夹河，舟车辐辏，烟火万家，樯桅树密，水陆交汇之乡，财货堆积之薮，南连楚越，北通燕赵，西连秦晋，东达淮阳，豫东一大都会也"（《商水县志》，1990年）。随着周家口商业的繁荣和经济的鼎盛，会馆兴起。商人供奉关帝以求财源滚滚，故山陕会馆也叫"关帝庙"。

据悉，商水历史上有五个关帝庙，现在均已荡然无存。据《商水县志》乾隆十二年（1747年）刻本记载："一庙在东门外澳水桥东,一庙在周家口西偏沙河南岸……"这座周家口西偏沙河南岸的关帝庙由山陕商人建于康熙二十年（1681年），是当时规模最大的关帝庙。当时沙河横贯东西，交通不便，两岸的山陕商人常常因为争着烧第一炷香而发生矛盾，康熙二十九年（1690年）矛盾激化。北岸来自山西新绛、长治，陕西蒲城、大荔、澄城等地的商人遂于康熙三十二年（1693年）又建立一座规模更大的关帝庙，即现在的周口河北关帝庙。

我十几岁时曾随母亲来过几次关帝庙，都是初一、十五时来进香。我生性喜静，每次刚进来一看到人多就迫不及待地想出去，后来就不愿意再来了。现在想起来，其实就算人再多也比二月会时去太昊陵要好得多。及至年岁渐长，又以为应该和至亲至近、情同手足之人来拜关帝，义结金兰的情分请关二爷见证才算圆满。未承想今日我竟会一人前来，稍显孤单，却也无妨，我可以找讲解员，既有人陪我说话又能长见识。

走近关帝庙我才进一步了解到，它始建于清康熙三十二年（1693年），经雍正、乾隆、嘉庆、道光年间扩建、重修，于咸丰二年（1852年）全部落成，历时一百五十九年。整个庙宇为三进院落，占地三万六千多平方米，现存楼廊殿阁一百四十余间，是河南省保存最完整，建筑规模最大，木雕、石雕艺术价值最高的关帝庙，全国重点文物保护单位，为研究清时期中原商业贸易、文化交流、行业神崇拜及经济发展提供了丰富的资料和重要的实物见证。整个建筑群为仿古殿式，布局严谨，巍峨壮观，殿堂宏伟，雕刻瑰丽，工艺精湛，以其巧夺天工的艺术装饰著称于世。

讲解员小刘是本地人，快人快语的她坦言我来得不是时候，馆里水平最高的那位男讲解员今天休息，表示出未能赶上由他为我讲解的惋惜。我倒没有想得太多，一边听她介绍，一边迫不及待地想要进山门了。

建于清雍正十三年（1735年）的山门五彩斗拱，青阶朱户，三道门，朱漆大门上镶嵌着金色乳钉，檐下悬"关帝庙"金字匾额。一对石狮雄踞山门前左右，造型生动，雕刻精细。

进了山门，迎面是建于清乾隆三十年（1765年）的石牌坊。石牌坊为四柱三楼忠义牌坊，歇山顶，中间为用小篆书写的楹联一副，"说好话读好书，做好人行好事"，传说为关羽告诫后人之语。全坊有精雕有透雕，刀工精细，玲珑剔透。下面石栏板上的精雕图颇有意境：有一幅图上面有三个人，前面一人骑着高头大马，"春风得意马蹄疾"，心情相当好，中间那位骑着毛驴悠然自得，后面那人把行李挑在肩膀上步行，这幅《知足常乐图》说中间那个人比上不足比下有余，体现了儒家的中庸之道。另一幅则是按杜牧的《清明》诗雕刻：一位打伞的老者问路，骑在牛背上的牧童右手扶着牛背，侧过身子，左手遥指远处，可以看到酒店门口的旗帜，"借问酒家何处有，牧童遥指杏花村"，全诗意境跃然石上。

石牌坊两侧有铁旗杆一对，建于清嘉庆二年（1797年），六角青石浮雕底座，每面有铭文图案，山水花卉、龙凤鸟兽，造型别致，工艺精湛。杆身有两条盘龙和三个大小不一的斗，最上面的斗是按古代钱币的形状建造的，寓意为日进斗金、财源滚滚，果然是商会会馆，商人所想所念离不开财富。第二个斗是卍，如来心中佛，涌出光万束，吉祥之意。第三个是寿字如意方斗，祈求健康长寿。富贵、平安、长寿，人这一生所求不过如此，尽在铁旗杆上。杆身亦饰有莲花、飞凤、日徽、月徽，顶端铸有"大义""参天"四字，象征关羽一生忠义与日月齐辉。

过了石牌坊，向前便是飨殿。飨殿建于清雍正九年（1731年），旧时是摆放贡品、焚香祭祀的地方。用小刘的话说，飨殿实际上就是一个亭子，大殿前有亭子，这在庙宇中也是非常独特的。

经飨殿进入大殿。大殿创建于清康熙三十二年（1693年），是这座庙宇建造最早的殿堂。有两副楹联立于门前两侧，对关羽之忠、勇、信、义、德给予高度评价："前无古后无今大哉光汉家日月，扬其威怀其德巍乎壮华夏神州；赤胆扶汉尽忠尽勇千秋豪气系天地，丹心抚月重信重义一生高节昭春秋。"大殿悬山顶，三彩高浮雕龙凤牡丹脊饰，殿内梁枋斗拱彩绘富丽，造型生动，虽历经三百余年岁月，依然光彩夺目。大殿旧时为祭拜关羽的主殿，内塑关羽、张飞、赵云、马超、黄忠的戎装彩色泥塑像，和后面春秋阁同为关帝庙的两大主殿。五虎上将是来源于陈寿《三国志》中的《关张马黄赵传》，还是源于《三国演义》呢？我不得而知。

大殿的背面是戏楼，建于清道光十七年（1837年），玲珑精巧，装饰华丽，为旧时演戏时用。与戏楼相对应的是中院两侧的看楼，旧时是供人看戏的楼房和商业店铺。从戏楼和看楼可以遥想当年山陕会馆的热闹和周家口的繁华，是不是和《清明上河图》上的东京汴梁相似呢？

再向前走就是拜殿和春秋阁了。拜殿是旧时祭祀朝拜关羽的殿堂，建于清咸丰元年（1851年），单檐卷棚式，屋面覆灰色瓦件，四周安装有石雕栏板，檐下施五彩斗拱，透雕"二龙戏珠""凤凰牡丹""福禄博古"等，构思巧妙，刀法娴熟。听小刘说，去年下的几场大雨导致拜殿中间断裂，现在全面整修。由于正在施工，拜殿下方被用绿色的网纱围起来，因此我无法看到柱础上的雕刻，"张良进履""许状元祭塔"等传说故事只能在脑海里凭空想象了。抬头看柱础上方的透雕雀替，那是用一块木头雕刻的，三面镂空，图案越复杂越显雕工之精细，雕刻工匠的技艺之高让人叹为观止。

转身看春秋阁。这是关帝庙的主体建筑，建于清嘉庆五年（1800年），建在1.5米的高台上。屋面覆孔雀蓝琉璃瓦件，高浮雕龙凤牡丹脊饰，两端置1.7米高的龙凤正吻，中置五层琉璃牌碑，正檐下透雕"二龙戏珠"和"凤凰牡丹"。二十四根青石方柱擎托檐阁，使春秋阁更显雄伟高大。正面檐下悬蓝底金字高浮雕"义薄云天""绝伦逸群""诚义可风"三块匾额。青石柱上雕有楹联四副，我只记住了"赤面表赤心千里常怀赤帝，青灯观青史一生不愧青天"

和"鲁夫子晋夫子两位夫子，著麟经看麟经一部麟经"。孔子著《春秋》，关羽读《春秋》，文圣、武圣因一部《春秋》而结缘，春秋阁应是因此而得名吧。"汉末才无敌，云长独出群。神威能奋武，儒雅更知文。"当叱咤沙场的英雄坐于青灯前手不释卷时，那是何等的儒雅！

听说每逢彩霞映照，春秋阁越发显得金碧辉煌，雄伟壮观，"翠阁映霞"成为周口沙颍河八景之一，希望以后我也有机会看到。

春秋阁中的关羽脸贴金头戴冕，为帝王相，手持笏板表示他曾为人臣，关平、周仓分立左右。有对联曰：汉封侯宋封王明封大帝，儒称圣释称佛道称天尊。这还不够，自明神宗加封他为"三界伏魔大帝神威远镇天尊关圣帝君"后，经清顺治、乾隆、嘉庆、道光、光绪数次加封，他的封号最终为"忠义神武灵佑仁勇威显护国保民精诚绥靖翊赞宣德关圣大帝"，崇为"武圣"，与"文圣"孔子齐名。他集忠、勇、节、仁、义、礼、智、信多种美德于一身，令后世为之顶礼膜拜，香火绵绵不绝。

周仓，《三国演义》中关羽的铁杆粉丝、忠实的追随者。关羽父子被杀后，周仓悲痛欲绝，自刎而死。人如此，马亦如此，失去主人的赤兔马也绝食而死。近朱者赤，忠诚是对关羽最好的回报。

还是不想走，似乎有千言万语想和谁说。

大殿内一位身着粉衣的女子正在仰望她崇拜的英雄。

这是关公生前的戎装塑像，手持青龙偃月刀，丹凤眼、卧蚕眉，面如重枣，唇若抹朱，美髯飘至腹部，真是威风凛凛，相貌堂堂，感觉1994年央视版《三国演义》中关羽的形象还真的和他非常相像。

由于塑像高大，他的眼睛又是向下俯视，初看他时感觉像是在瞪我，我心中一颤。进殿时我是步履轻盈的。"难道是我发上流苏发出的清脆声破坏这儿的清静，让您不悦了？"我心生歉意，低下头，像犯错的孩子，却又忍不住抬头，再次端详他，竟发现他的眼光柔和了很多。与身旁面露凶光的张飞相比，关公是不怒自威。在史书中、在影视剧中我看到过很多英雄，能有如此气场的，仅关公一人而已，威武神勇、义薄云天的关公无人能及！

我仔细观看塑像下的铭文：关羽（160—220），字云长，原字长生，河东解县人，东汉末年蜀国名将。于白马坡斩杀颜良，镇守荆州，襄阳擒获于禁，斩杀庞德，威震华夏，曾任职为前将军、襄阳太守、汉寿亭侯。我觉得哪儿不对，仔细想想，刘备称帝、建立蜀国是在221年，是在关公遇害一年后，"东汉末年蜀国名将"的介绍显然不妥，好在除了我这等喜欢咬文嚼字之人，其他人是不会注意的。

我在大殿内徘徊。

有三个老太太坐在一旁说话，其中一个说儿子在考驾照，科目一考了三次都没过。她突然大声说了一句："关爷，你叫俺儿的科目一考过吧！"我感到很可笑，真想告诉她这样的小事关爷不管，得自己好好学。

依然忍不住再次看他。桃园三结义、三英战吕布、挂印封金、千里走单骑,过五关斩六将、单刀赴会,水淹七军、刮骨疗毒、败走麦城,没有一个历史人物能像他一样留下这么多传奇的故事,为后人津津乐道。《三国演义》不足为信,而《三国志》叙事简略,《蜀书》尤简,《关羽传》仅一千二百余字,记载的关羽生平事迹着实有限,当然这也与当时蜀汉的史料缺乏有关。据《关羽传》记载:"乃羽杀颜良,曹公知其必去,重加赏赐。羽尽封其所赐,拜书告辞,而奔先主于袁军。左右欲追之,曹公曰'彼各为其主,勿追也'。"故关羽为寻刘备千里走单骑是真,过五关斩六将则为杜撰。只是随着关羽被神化,这些真真假假的故事又有谁去考究呢?

至今犹记得1994年时观看电视剧《三国演义》时的情景。临近年关,姐姐和母亲在厨房蒸春节吃的白面馍,家里弥漫着香甜的味道。我在看关羽败走麦城那一集,一边看一边哭。姐姐来来回回经过几次,每次看到我在哭就会问我,我指指电视,只哭,不说话。直至一集终了,我才哭着说了一句"关羽……死了!"说完泪如雨下。败走麦城的关羽比垓下的项羽下场更惨,穷途末路的英雄最令人同情,也最让人叹息。那时的我天真烂漫,转眼二十多年过去了,现在的我又何尝不是如此呢?我是无神论者,不信天地鬼神,不信佛不信道,然而这次来关帝庙,小刘让我点香、许愿,让我叩拜,我听话照做,未曾有不好意思,或许只为心中多年未了的英雄情结吧!

一座关帝庙见证了周家口曾经的繁华。如今的周口,沙颍河通江达海畅通无阻,四条高速环城,两个机场,一条高铁,未来已来,繁荣指日可待,即使关公在世,骑上他那赤兔马,恐怕也难以追上汽车,遑论那流星般的高铁。

走出关帝庙时已近中午。虽然昨日已经立秋,但是天气仍然燥热。看大街上人来人往,忽然想起太史公《史记·货殖列传》中所说的"天下熙熙,皆为利来;天下攘攘,皆为利往"。从古至今,有多少世人为名利所累却不求解脱?回望关帝庙,富丽堂皇的琉璃瓦闪烁着耀眼的光芒,如同关公身上的光环,引人遐想。关公的仁,关公的义,关公的礼、智、信、勇,远远超过了世俗的低下和卑劣,让世人对他无限尊崇,无限敬仰。

这个时候的关公,就不知不觉地被刻在了我们的心里。

魏晋风骨数羲之

读祝勇的历史文化散文《永和九年的那场醉》，邂逅孤独的书圣王羲之。

作为东晋时期著名的书法家，王羲之草、行、楷各体无不精通，更有《兰亭集序》被誉为"天下第一行书"，成为书法史上的奇迹，令后世书法家顶礼膜拜。不仅如此，王羲之成为东晋太尉郗鉴的"东床快婿"后，这段美好的姻缘既成就了他，也给他带来玄之、凝之、涣之、肃之、徽之、操之、献之七子，七兄弟个个都是书法家，"宛如北斗七星，让东晋的夜空有了声色"（祝勇语），这是王羲之一生中最大的骄傲和成就。既然王羲之是人生的赢家，那他的孤独从何而来？

王羲之的孤独，当然要从他所处的时代和他"以骨鲠称"的性格说起。

三国的刀光剑影和血雨腥风尚未远去，魏晋依然是一个动荡不安的年代，是一个"铁腕人物操纵、杀戮、废黜傀儡皇帝的禅让的年代"，"八王之乱"后，西晋最终灭亡。318年，司马睿在建康称帝，建立东晋，社会暂时安定下来，人心亦然。

东晋是个短命的王朝，在它存在的一百零三年间，共有十一位皇帝，使用过十九个年号，除了穆帝的"永和"年号因为《兰亭集序》而令后世广为知悉外，其他的早已湮没在历史的长河中。

魏晋也是一个思想活跃的时代。从建安风骨到魏晋风度，社会形势的变化改变了人们的思想和对未来的追求，饮酒、服药、清谈和纵情山水是魏晋名士所普遍崇尚的生活方式。

白云悠悠魏晋事，兰亭千载传雅风。

王羲之是魏晋名士中的一股清流。在他的世界里没有清谈，只有务实，这也是他感到孤独和苦恼的原因所在。

与郗璿婚后不久，王羲之就凭借庾亮等人的推荐，以及自己的才华和显赫的家世进入仕途，先后出任秘书郎、宁远将军、江州刺史。他久负盛名，朝廷公卿无不喜欢其才气，多次召他做侍中、吏部尚书，他都推辞不就，后出任右军将军，故世有"王右军"之称。

王羲之的仕途看似一帆风顺。然而，如果不看王羲之的风雅和才华，其实他只是个一心向往建立拯救社稷苍生伟业的书生。《晋书》记载，王羲之年幼时言谈迟钝，人们并不觉得他有过人之处。成年后，他能言善辩，"以骨鲠称"。当一个人不断努力使自己越来越优秀时，必有强大的信念支撑他。王羲之追求清明完美的朝政，他想让东晋初年饱受战乱之苦的百姓休养生息，安居乐业，这个时候，他不再是书法家王羲之，而是一个追逐梦想的年轻人。

既从政，必有抱负。在官场上，王羲之是不屑于空谈的。东部地区遭受饥荒时，王羲之每每开仓救济灾民；吴越之地赋税徭役繁重，他上书朝廷请求减免赋役；他多次向谢安写信，建言献策；他对贪官污吏深恶痛绝……爱国、清廉、为民、务实，不知不觉中成为我衡量清官廉吏的标准，此刻我突然把它用在王羲之身上，这是多么可笑的念头啊！可我隐隐约约中又觉得似乎也没有什么不妥。我还不太了解他，或许我应该和他进行一次长谈。

我相信王羲之的所思所想、所作所为绝不限于《晋书》的记载，在他身上一定发生过太多的故事，但是结果不一定是他希望的那样，失望、失落如影随形。

性格决定命运，耿直刚正的王羲之吃亏是必然的。他入世，却不懂得官场的规矩，他的特立独行、我行我素自然为东晋污浊的官场所不容。建康，是政治漩涡的中心，并不适合他，很快他就被迫离开。

梦想已遥不可及。怅然失落中，他到了浙江，打算终老于此。会稽山清水秀多名士，王羲之误入尘网多年，此时终于能徜徉于山水之间，与魏晋名士尽风流。于是，就有了永和九年（353年）的那场醉。

待我回到永和九年看看。

暮春时节，三月初三。王羲之约谢安、孙绰、谢万、庾蕴、孙统等四十一人在绍兴兰亭修禊（一种拔除疾病和不祥的活动），他的儿子凝之、涣之、肃之也参加了这次雅集。是日天朗气清，惠风和畅，曲水流觞，酒喝半醉，众人开始赋诗。因那天吟诵的三十七首诗要汇集成《兰亭集》，众人请此次风雅集会的召集人王羲之为之作序。趁着酒兴，王羲之挥笔写下《兰亭集序》。

此地有崇山峻岭，茂林修竹，又有清流激湍，映带左右，引以为流觞曲水，列坐其次。虽无丝竹管弦之盛，一觞一咏，亦足以畅叙幽情。

是日也，天朗气清，惠风和畅。仰观宇宙之大，俯察品类之盛，所以游目骋怀，足以极视听之娱，信可乐也。

此序开始时是春光明媚的，良辰美景，赏心乐事，完全可以忘却世俗的苦恼，然而作者笔锋一转，感慨人生短暂，盛世不常，"死生亦大矣"，谁也回避不了，怎能不让人悲痛呢？

酒后的王羲之由乐生悲，这种悲观是一种与生俱来的孤独，是繁华落尽后的憔悴、凄美和落魄，也许还有一些愤然或无奈……

"知我者谓我心忧，不知我者谓我何求。"参加雅集的那么多名士，真的没有人懂得他吗？抑或真的没有。

除了皇族司马氏外，只有琅琊王氏和陈郡谢氏是魏晋时期繁盛百年的名门望族，王羲之和谢安又相交多年，谢安也不懂他吗？

谢安当然不懂他，因为他们本就不是一路人。

我知道这个秘密，不只是从《晋书》中看出来的，还因为我读过《世说新语》这部比《晋书》好玩得多的文学作品。

据《世说新语·言语第二》记载：右军将军王羲之和太傅谢安一起登上冶城，谢安悠闲地凝神遐想，有超凡脱俗的志趣。王羲之就对他说："夏禹操劳国事，手脚都长了老茧；周文王忙到天黑才吃上饭，总觉得时间不够用。现在国家战乱四起，人人都应当自觉地为国效劳。空谈荒废政务，浮辞妨害国事，恐怕不是当前所应该做的吧！"直脾气的王羲之忍不住批评谢安崇尚清谈务虚。谢安不服气地回应道："秦国任用商鞅，可是秦朝只传两代就灭亡了，这难道也是清谈所造成的灾祸吗？"

由于政见不同，这两个人说话总是谁也不让谁，谁也说服不了谁。时隔一千余年，两个人的争吵声依稀在我耳边回响，我似乎看见王羲之在摇头，轻声叹息。空谈误国，实干兴邦，这道理王羲之懂，谢安却不赞同。至于其他人，如妄图通过北伐实现个人野心的殷浩和恒温等人，就更不会接受王羲之的意见了。没有人懂得他，孤独，仿佛是与生俱来的。

王羲之在会稽的时间并不长，因和骠骑将军、扬州刺史王述不和，永和十一年（355年）他愤而辞官。唯有辞官才是解脱。

他和吴越的名人雅士纵情于山水之间，心游于浮世之外。为采药石炼制丹药，他访尽名山，泛舟沧海，感叹自己终究会快乐而死。他在寻求魏晋名士无为清净、超然物外的风范，只是心里依然放不下什么，那是一种说不出来的情愫。

魏晋名士虽多，王羲之却难得一知己。在喧嚣的尘世，他的灵魂始终是孤独的，就算是孤独到老又有何妨！

王羲之去世后，《兰亭集序》由王氏后人收藏。过了三个世纪，唐太宗李世民对《兰亭集序》十分痴迷，不管是巧取豪夺也好，欺骗也罢，总之是得到了《兰亭集序》的真迹。唐太宗还令当朝书法家临摹，那些临摹的作品及后世书法家再次临摹的作品，跨越千年的时光，如今被珍藏在故宫博物院，而《兰亭集序》的真迹据说被唐太宗带进了昭陵，给后人留下无尽的遗憾。

想起年少时我第一次见到《兰亭集序》的字帖时，只一眼就喜欢上了。不仅仅因为《兰亭集序》是书法史上的绝唱，从文学的角度看，如祝勇所言，"文字精湛，天、地、人水乳交融"，故而成为《古文观止》收录的六篇魏晋六朝文章之一。时至今日，我对《兰亭集序》的喜爱不减当年，它早已深深刻在我的心里。

一雨一番晴，窗外蝉忽鸣。我放下《永和九年的那场醉》，站在窗前听蝉鸣，心中想的却还是孤独的书圣王羲之。

愿得此身长报国

中国古代既有倾城倾国的四大美女，也有出行时引起万人空巷争相观看的千古美男。作为美男的代言人，当首推人称"河阳一县花"的潘安。据《世说新语》记载，潘安每次外出游玩都有大批少女追着他，向他献花献果，他回家时总是满载而归，"掷果盈车"的典故由此而来。最有名的美男还有作为辞赋家与屈原齐名的宋玉，貌柔心壮、才武而面美的战神兰陵王，"京城媛女无端痴，看杀玉人浑不知"的卫玠和"龙章凤姿，天质自然"的嵇康，他们不仅留下了许多精彩的典故，也留给后人无限遐想的空间。只是，在悠悠历史长河中，他们的故事终究不够厚重，对后世的影响着实有限。

读《宋史·文天祥列传》，遇见一位别样的文臣，别样的美男。

他身材魁梧，皮肤白皙如玉，眉清目秀，双目炯炯有神。这个玉树临风的男子才如宋玉，貌比潘安（即使遇害数日后仍面色如生），又生在被视为"文人的乐园"的宋朝，却未享受过盛世的荣华，而是以轰轰烈烈的一生给中华民族留下一笔宝贵的精神财富。

孩童时代，文天祥看见学宫中祭祀的乡先生欧阳修、杨邦乂、胡铨的画像，谥号都是"忠"，他羡慕不已，说："如果不成为其中的一员，就不是真正的男子汉。"以"忠"入魂，融入他的骨子里，融进他的血液中，支撑他成为抗元名臣，成为汉民族的英雄。

宋理宗宝祐四年（1256年），二十岁的文天祥考中进士，对策集英殿。他以"法天不息"为题，万余字的策论一挥而就，被理宗钦定为状元。理宗见其名，曰："此天之祥，乃宋之瑞也。"文天祥遂以宋瑞为字。

从宋理宗开庆元年（1259年）元军伐宋开始，至宋怀宗祥兴二年（1279年）南宋灭亡，文天祥的仕途和人生早已与风雨飘摇之中的大宋王朝紧密联系在一起，生逢乱世的状元郎有着不同于盛世文官的人生际遇。

大宋真的厚待文人吗？是，但我认为不全是。

宋太祖赵匡胤以忠厚开国，奉行"文以靖国"的理念，"右文抑武"，彻底扭转了唐末以来武夫专权的黑暗局面，使宋代的文化空前繁盛。相传有政治远见的宋太祖还立下秘密誓约，不得杀士大夫及上书言事者。在皇权至上的封建社会，臣子敢于直言进谏是难能可贵的，宋太祖此举无疑保障了言路的畅通，使台谏官在谏诤和弹劾时最多不过被贬官流放，说宋朝优待士大夫也有一定的道理。但是纵观宋朝的名臣，其实被"厚待"的并不多。

大宋厚待辅佐宋太祖开国，以半部论语治天下的赵普；也厚待立朝刚毅、铁面无私、秉公执法的包拯，可像他们一样在官场上能善始善终的毕竟是少数。"渭南三贤"之一的寇准，曾被宋太宗视为唐太宗的魏徵，对大宋功不可没，可是在真宗、仁宗两朝两度罢相，数次被贬谪，最终于含冤负屈忧病交加中故去。"壮志销如雪，幽怀冷似冰。"病中的他对大宋该有多寒心！

自古一代帝王之兴，必有一代名世之臣。宁鸣而死，不默而生，忧国忧民的范文正公正色立朝，慷慨直言，于1029年至1035年间三次被贬，三进三出于朝堂，但是他的"三光"风范影响着庆历士风，他的"先天下之忧而忧，后天下之乐而乐"的思想和仁人志士节操更是对后世影响深远。庆历新政失败后，他在地方辗转为官，直至病逝。下笔能言，知兵善战的一代奇才尚且如此，他人又能好到哪儿去呢？至于在靖康之难中匆忙立国的南宋一朝，在用人上的失败较之北宋有过之而无不及。自南宋第一相李刚开始到灭国时的文天祥、陆秀夫，真正的治世名臣心怀国家，在朝堂上却屡遭排挤，宋室何曾厚待过他们？

蒙古帝国兴起。偏安于江南的南宋却是权臣专政，韩侂胄、史弥远、贾似道之流私欲膨胀，南宋政治日渐腐败。1233年，南宋联蒙灭金，靖康之耻终于得雪。然唇亡齿寒，之后的几十年蒙古大军屡屡南下，忽必烈志在灭宋。

奸佞当道，误国误民。内忧外患之中，忠肝如铁石的文天祥苦苦抗争。为救国家和民族于危难之中，他把全部家产作为军费，以江西提刑安抚使之职率军入卫京师。他本是文人，却要同武将一样同元军厮杀；他数次被俘，九死一生，历尽苦难，只为给南宋君民擎起一片天。

"擎天者，文天祥。捧日者，陆秀夫。"宋末三杰，除张世杰外，文、陆均为文臣，如果南宋朝廷给他们机会，或许中国的历史会因此而改变。可惜没有如果。

历史，是永不谢幕的一出戏，几千年来不停地上演着王朝的兴衰更替和人世的悲欢离合。

历史，又似在无情地和文天祥开玩笑。

1276年，元军攻占临安，宋恭宗被俘，宋降。吉王赵昰在福州即位，是为端宗。文天祥任枢密使、右丞相，作为使臣和元军谈判。皋亭山上，他与元朝的丞相伯颜唇枪舌剑，针锋相对。理屈词穷的伯颜发怒，将其扣留，押至镇江。文天祥和侍从杜浒等人伺机逃脱，绕道北行，在海上漂流数日，经长江口南归。"几日随风北海游，回从扬子大江头。臣心一片磁针石，不指南方不肯休。"有什么能挡得住他赶回南方，重整山河？

屋漏偏逢连夜雨，船迟又遇打头风。好不容易逃至真州，却是才出龙潭，又入虎穴。元兵要抓他，宋人以为他已投降元朝，也要杀他，他有多少次走到人生的穷途末路？

他是史上最落魄的丞相，踏上仕途即是选择了亡命之路。他被元兵围追堵截，饿得实在走不动了向樵夫讨些残羹冷炙吃；他曾躲在土墙里、躲在箩筐中，在东躲西藏中受尽颠沛流离之苦；他的手下不是战死就是投降，妻儿都被元军抓住。"六合全覆而争之一隅，城守不能而争之海岛"，明知无益，却仍为宋室鞠躬尽瘁，死而后已，是什么支撑他求仁得仁，视死如归？

1278年年底，广东海丰五坡岭，文天祥被俘，服毒未死。蒙古汉军元帅张弘范坚持让文天祥招降张世杰，文天祥说："我不能捍卫父母，怎么可以教别人背叛父母？""人生自古谁无死，留取丹心照汗青"，他以《过零丁洋》诗交张弘范，张弘范方才作罢。

次年二月初六，崖山海战，宋元之间的最后一战，宋军失势。左丞相陆秀夫见大势已去，背负八岁的宋怀宗（卫王）赵昺投海自尽，后太傅张世杰亦赴海而亡，十余万南宋子民相继投海殉国，宁死不降。草木含悲，风云变色，山河呜咽。

被张弘范强行带至崖山战场的文天祥目睹这一惨状，悲痛欲绝，作长诗《二月六日，海上大战，国事不济，孤臣天祥，坐北舟中，向南痛哭，为之诗曰》以哀之。

崖山之后，南宋灭亡，但是象征民族大义的崖山精神永在。

南宋末年，先有贾似道等人，后漂于海上的行朝又被陈宜中之流把持，权奸误国，文天祥有纵天之志，又能奈何？人有运，国亦有运。南宋灭国，时也，运也，非文天祥、陆秀夫等人之无能也。

"亲贤臣，远小人，此先汉所以兴隆也；亲小人，远贤臣，此后汉所以倾颓也。"出师一表真名世，但汉朝兴衰的经验教训有几人会借鉴？宋室两度亡于外族，其教训尤为深刻。

文天祥绝食八日，未亡，被送至元大都囚禁。他是元世祖忽必烈心中最有才，也最想得到的南宋官员，因此几年间劝降之人不断，包括忽必烈本人。

1282年，在又脏又矮、又湿又暗的监狱中，文天祥作《正气歌》："天地有正气，杂然赋流形。下则为河岳，上则为日星……"他以虚弱的身体应对水气、土气、日气、火气等各种污秽之气，凭的就是这种天地间的凛然正气。这正气，在大自然，是构成日月星辰、高山大河的元气；在人类社会，政治清明、天下太平时，表现为祥和之气，而在国家、民族处于危难关头时，表现为仁人志士刚正不阿、宁死不屈的气节。

这正气，不同的时期在不同的人身上有不同的表现：在齐国为舍命记史的太史简；在晋国为秉笔直书的董狐笔；在秦朝是为民除暴的张良椎；在汉朝为赤胆忠心的苏武节；是三国时宁死不降的严颜将军的头；是西晋时舍身护主的嵇绍侍中的鲜血……七百余年后读之，仍能感受到文天祥书写十二位忠臣义士壮举时的慷慨悲壮，感动之余不禁为他叹息：不愧是理宗钦定的状元，可惜生不逢时！

文天祥始终不肯屈服，只求一死，终被杀害。

孔曰成仁，孟曰取义，惟其义尽，所以仁至。读圣贤书，所学何事，而今而后，庶几无愧。

他以身许国，对南宋赤胆忠心，从容赴死才是解脱。

天地英雄气，千秋尚凛然。

我想起孟子和公孙丑的一段对话。

公孙丑问："请问老师最擅长哪一方面呢？"

孟子说："我善于分析别人的言语，我善于培养我自己的浩然之气。"

公孙丑问："请问什么是浩然之气呢？"

孟子说："这很难用一两句话说清楚。这种气，是天地之间十分浩大、十分刚强的气，用正直去培养它而不加以伤害，就会充满天地之间……"

古往今来，这种"至大至刚""塞于天地之间"的浩然正气引领无数忠烈之士以鲜血和生命写下可歌可泣的篇章。

这浩然正气，在古代的仁人志士身上，在文天祥和他的《正气歌》上，在无数共产党人身上。

这正气，是矢志努力于民族解放事业的李大钊临刑前神色自若不变，高呼为主义而牺牲，"为世界进文明，为人类造幸福"，不惜断头流血。

这正气，是方志敏"矜持不苟，舍己为公"，为可爱的中国呼喊，不惜以身殉志。

这正气，是革命烈士夏明翰在刑场上大义凛然，写下"砍头不要紧，只要主义真。杀了夏明翰，还有后来人"的气壮山河的诗篇。

这正气，是红枪白马女英雄赵一曼泰山崩于前而色不变的淡定从容，青春换得江山壮，碧血染将天地红。

一点浩然气，不屈中华魂。这浩然正气在中华大地世代传承。

历史学家陈寅恪说："华夏民族之文化，历数千载之演进，造极于赵宋之世。后渐衰微，终必复振。"浩然正气铸就了中国的脊梁，历经磨难的中华民族如凤凰涅槃，浴火重生，从站起来、富起来到强起来，终将迎来伟大复兴！

一往情深深几许

突然想起沈园，想起陆游和唐琬。

散步时看到卢姐姐分享给我的一篇写陆游和唐琬的文章，在这个深秋的夜晚，思绪便肆无忌惮地蔓延开来。

我没有去过沈园，但是沈园一直在我的记忆中。

我出身于农家，自幼家贫，童年生活相当单调。我的父亲喜欢听收音机，受他的影响，每天半个小时的长篇历史评书伴我度过从小学到高中的那些年。听评书太慢，自然要找来小说读，《岳飞传》《杨家将》《三侠五义》《隋唐演义》等都曾是我的所爱。一本残缺不全的《三侠五义》伴我多年，对我影响非常大。印象比较深的还有那本名为《今古奇观》的话本集，写尽人间奇事，遍观今古奇闻。当时看的书，能和小说相媲美的还有连环画。评书、小说和连环画的完美结合，演绎了一个个关于忠孝节义的故事，一些历史人物的形象在我脑海中栩栩如生。

关于沈园的记忆，便是来自那时看过的一本连环画，写的是陆游与唐琬的爱情故事，依稀记得它的名字叫《千古绝唱》。一晃三十年过去了，书上的语言我早已忘记，但是故事情节和沈园深深地印在了我的脑海里。

陆游和唐琬自幼青梅竹马，宋高宗绍兴十四年（1144年），二人喜结连理，伉俪相得，琴瑟甚和。然而，才华横溢、温柔贤淑的唐琬却为陆母所不容。关于陆母容不下唐琬有几种说法，真正的原因已不必考证，总之她棒打鸳鸯，逼迫陆游休妻，另娶王氏女，后唐琬也改嫁同郡宗子赵士程，一桩幸福美满的婚姻就这样凄然收场。

别后不知君远近，触目凄凉多少闷。红尘路远，让爱和思念就这样深深埋在心底，既然无能为力，只有放弃。

关于陆游和唐琬的悲情故事，南宋时陈鹄的《耆旧续闻》、刘克庄的《后村诗话续集》以及周密的《齐东野语》均有记载，只是这三家笔记各有差异，我也没有对此仔细考究过。因此，陆游和唐琬后来重逢于沈园是在绍兴二十一年（1151年），或者是绍兴二十五年，抑或是其他，我不敢断言，只是倾向于《耆旧续闻》上记载的绍兴二十一年，相信陆游是因为和唐琬分离心中孤寂才会独游沈园。而《齐东野语》上记载的绍兴二十五年则是在陆游参加礼部组织的省试被除名之后。

据宋史记载，绍兴二十三年（1153年）陆游赴临安参加锁厅考试，也就是现任官员以及恩荫子弟的进士考试。陆游出身于名门望族，高祖陆轸为宋真宗大中祥符年间进士，官至吏部郎中；祖父陆佃师从王安石，精通经学，官至尚书右丞，著有《陶山集》《春秋后传》等书二百四十二卷；父亲陆宰，宋徽宗宣和年间任淮南东路转运判官，后迁京西路转运副使、淮南路计度转运副使，南渡后因力主抗金受主和派排挤，居家不仕，潜心教子，为越州藏书三大家之首；母亲唐氏系北宋名相唐介的孙女。生长于书香世家，陆游十二岁就能写诗作文。锁厅考试时，主考官两浙转运使陈子茂阅卷后将陆游取为第一，而秦桧的孙子秦埙位居陆游之后，秦桧大怒。次年省试时，秦桧指使主考官不得录用陆游。自此陆游被秦桧嫉恨，直到绍兴二十八年（1158年）秦桧病逝后，陆游才初入仕途，担任福建宁德主簿。天纵奇才，却受到不公平的对待，可以想象省试之后陆游的愤怒、无奈和失落。失意、落魄的陆游此时独游沈园也在情理之中。

沈园位于山阴城南禹迹寺附近，规模庞大，院内亭台楼阁，小桥流水，一派江南景色。开放的沈园吸引着远近的才子佳人寻春踏青，阅尽沈园美色。

不管陆游和唐琬在沈园的重逢是在哪一年，他的情绪都是低落的。沈园之行本是为了排解心中的愁绪，可是他没有想到竟然邂逅和丈夫同游沈园的唐琬，刻骨铭心的相思霎时涌上心头，忆起昔日的千般怜爱万种柔情，到如今相思成灰，只剩下一声深深的叹息。而唐琬对陆游的思念和心中的委屈、凄苦也让她的心情极不平静，据说她征得赵士程同意后向陆游敬了一杯酒。

看着眼前自己念念不忘的佳人已嫁作他人妇，触景伤情，陆游思绪难平，遂于酒后赋词一首，题于园内墙壁上，黯然离去。

"红酥手，黄縢酒，满城春色宫墙柳。东风恶，欢情薄。一怀愁绪，几年离索。错，错，错！春如旧，人空瘦，泪痕红浥鲛绡透。桃花落，闲池阁。山盟虽在，锦书难托。莫，莫，莫！"一阕《钗头凤》，写尽陆游的凄楚痴情，尤其是两次叹息，荡气回肠。但是，从词中我们也可以感觉到，陆游眼中的唐琬分明是憔悴消瘦的，是惹人心疼的。

唐琬是有情有义的女子，即使陆游负了她，她对陆游依然一腔深情。若说天下女子有情，汤显祖的《牡丹亭记题词》最为有名："情不知所起，一往而深。生者可以死，死可以生。生而不可与死，死而不可复生者，皆非情之至也。"杜丽娘如此，唐琬又何尝不是如此呢？

唐琬见到陆游的题词后，含泪和一首："世情薄，人情恶，雨送黄昏花易落。晓风干，泪痕残。欲笺心事，独语斜阑。难！难！难！人成各，今非昨，病魂常似秋千索。角声寒，夜阑珊。怕人寻问，咽泪装欢。瞒！瞒！瞒！"不久抑郁而终，独留一阕多情的《钗头凤》于世间。这两首《钗头凤》一唱一和，字字血泪，每每读来，令人为之动容。

有人说，唐琬的一滴清泪，缠绵悱恻了整个南宋文学史。这个痴情的女子和她与陆游的爱情悲剧留给后世无限遐想的空间，令人思之、念之、传之、诵之，八百余年来感动了无数的后人。同情唐琬的大有人在，但也不乏另类。

那天无意间看到一篇文章，说是我们应该感谢陆游的母亲，她摧毁了一对美满夫妻的婚姻爱情，却为时代造就了一位叱咤风云的抗金名将，为后世造就了一位"六十年间万首诗"的爱国诗人。这话不对劲，我再往下看，竟是声声谴责唐琬，说她幸福得得意忘形了，让陆游偏安一室之中，缠绵闺房之乐，和她同做夜夜笙歌的商女，家不能容她，人世不能容她之类的话，还有更尖酸刻薄的话，我看了心中甚为厌恶，不禁想起《孔雀东南飞》中的焦母。

不错，唐琬是没有李清照的襟怀，没有梁红玉的剑气，也没有柳如是的气度，她只是唐琬，一个嫁给爱情的女子，一个本应一生幸福却无故被休的薄命女子，她没有错！错的是她生在那样的时代，嫁进那样的家庭！责怪她的人不过是羡慕、嫉妒她而已！

没有唐琬，陆游虽是"亘古男儿一放翁"，可是在感情上他并不幸福。若有唐琬，陆游仍然是陆游，他也不可能因为唐琬的存在而成为庸人！

陆游是历史人物，只有把他放在特定的历史环境中才能更全面地了解他。

陆游出生于1125年，这一年，金军南下，欲灭宋。1127年靖康之难，北宋灭亡。五月初一，康王赵构在应天府（今河南商丘）即位，改元建炎，是为宋高宗。

金军欲一举灭亡南宋，而高宗器重投降派（主和派）黄潜善等人，欲避战南迁。可是，他的南迁之路走得相当辛苦。1130年金军攻下杭州后，曾以舟师浮海，穷追高宗三百里。避战，容易吗？

宋军在抗战派将领韩世宗、岳飞的带领下于水、陆两路迎击金军，战争形势逆转。之后的十年，岳飞四次率军北伐。1140年郾城大捷后，兀术退还开封，抗金形势一片大好。然而，在对待北伐抗金的问题上，宋高宗反复无常，宋军在战场上取得的胜利不过是他议和时的筹码。岳飞四次北伐，十年之力，最终毁于一旦，与其子岳云和部将张宪被宋高宗、秦桧等人以"莫须有"的罪名杀害。宋金和议达成后，南宋政府一直偏安于东南一隅，直至宋理宗端平元年（1234年）联蒙灭金时，宋军才得入中原。

据《湖北转运司立庙牒》记载："（飞）去世已三十年，遗风余烈，邦人不忘，绘其相而祀者，十室而九。"毋庸置疑，岳飞作为南宋中兴四将之一，最著名的抗金将领，对南宋的百姓有着极大的影响。"靖康耻，犹未雪。臣子恨，何时灭。驾长车，踏破贺兰山缺。壮志饥餐胡虏肉，笑谈渴饮匈奴血。待从头、收拾旧山河，朝天阙。"一曲《满江红·写怀》，慷慨悲壮，激励着陆游继承岳武穆王的遗志，北伐抗金，收复失地。

陆宰对陆游的影响也很大。虽然陆宰不仕，但他结交的朋友中既有博学鸿儒，也有力主抗金的爱国志士。陆宰每与士大夫言及国事，或裂眦嚼齿，或痛哭流涕，食不下咽，陆游都看在眼里，"见当时忠臣烈士忧愤感激之余风"。在这种情况下，陆游怎会因为和唐琬的儿女情长而忘记复仇雪耻？一切加在唐琬身上的不公正的对待，不过是欲加之罪何患无辞而已！

生命太脆弱，相爱的两个人，有时候一转身便错过一生。

卢姐姐发来信息说，那篇文章看得她心里难受，像陆游这样的男人已经绝迹了，凄惨落寂的唐琬深爱着陆游，生在封建社会，人生活得很无奈。

我却不以为然，出现这样的结果，怪谁呢？怪陆游的母亲，《孔雀东南飞》的故事她不可能不知道，也怪陆游自己。一个固执而霸道的母亲毁了儿子一生的幸福，一个没有主见的男人毁了他深爱的女人。只是苦了唐琬。

我们都是身为母亲的人，总有面对儿子长大的那一天，要引以为戒，这是一番感慨之后所作的总结。卢姐姐表示很有同感。

再说走上仕途的陆游。

自绍兴三十二年（1162年）宋孝宗赵昚即位，历经孝宗、光宗、宁宗三朝，陆游为出师北伐建言献策，力图恢复中原，却因此多次遭到弹劾，被贬官、罢官。胡未灭，鬓先秋，泪空流！将近半个世纪的时间，他一直期待早日实现复国大计，却一次次在失望中跌入痛苦的深渊，无奈临终留下遗言：等王师北定中原之日，"家祭无忘告乃翁"。爱国之心苍天可鉴，却不知平定中原、光复失地早已是遥不可及的梦想。

从北宋末年到南宋灭亡的一百多年间，从宗泽高呼"过河！过河！过河！"而亡，到岳飞的"迎二圣，归京阙，取故地，上版图"，再到陆游的"死去元知万事空，但悲不见九州同"，以及文天祥的"臣心一片磁针石，不指南方不肯休"，主战派从未真正得到过重用。宗泽、岳飞之遗恨同样发生在陆游以及文天祥身上。时也？运也？命也？

仕途坎坷的陆游历经宦海浮沉，越发怀念藏在内心深处的唐琬，怀念尘封在记忆中的那段永不磨灭的深情。

《孔雀东南飞》中刘兰芝举足赴清池后，焦仲卿自挂东南枝，死是解脱，一了百了。而在唐琬香消玉殒后，陆游用长达半个多世纪的时间追思、怀念，沈园也成为他寄托哀思的地方。他多次重游沈园，及至晚年，更是每年春上必往沈园凭吊唐琬，或诗或词，不能胜情。

"林亭感旧空回首，泉路凭谁说断肠？"斜阳黯淡，画角哀鸣，佳人不再，徒留多情人独自断肠！若无此等伤心之事，又怎会有此等伤心之诗、断肠之情？

梦断香消四十年。路近城南已怕行，沈家园里更伤情。也信美人终作土，不堪幽梦太匆匆！

四十多年前，唐琬像《洛神赋》中翩若惊鸿的仙子，飘然降临在春波之上。如今，照影的惊鸿早已远去，美人作土，只剩下内心孤独的陆游在过往的回忆中缠绵悱恻。

一往情深深几许？在陆游重游沈园时写的悼亡诗中，有他对唐琬坚贞不渝的爱，永不泯灭的情，还有无尽的悔恨和愧疚。纵然儿孙满堂，也挡不住他对唐琬的思念，即使已到暮年，在沈园凭吊唐琬的遗踪时他仍然忍不住潸然泪下。

人生总是面临抉择，自己作出的选择自己承担后果。历经仕途的曲折，心怀国难的陆游一生壮志未酬，郁郁不得志，直到古稀之年才明白，唐琬是他一生的牵挂，一直在他内心最柔软的地方。一生一世，只爱一人，可是他的放手让唐琬心无所依，情无所寄；他的一阕《钗头凤》如无形的利剑插在唐琬本已血淋淋的伤口上，让她痛苦不堪，忧郁而逝。他爱她，却也害了她。

作为南宋著名的文学家、史学家、爱国诗人，陆游在诗、词、散文、史学、书法各个方面都颇有造诣。他的诗，既有李白的雄奇奔放、清新飘逸，又有杜甫的沉郁悲凉，爱国情怀始终贯穿其中。他的词，纤丽处似淮海（秦观），雄慨处似东坡。两宋时期的文人，我最喜欢的就是范仲淹和陆游。只是，在陆游和唐琬的爱情故事里，陆游终究是薄情的。与其在唐琬死后万般凭吊，为何不在她生前善待她呢？

想起信乐团的老歌《死了都要爱》，歌词写得很动情："把每天当成末日来相爱，一分一秒都美到泪水掉下来，不理会别人是看好或看坏，只要你勇敢跟我来……"若爱，就深爱，爱到天荒地老，爱到海枯石烂，又怎会有陆游那般遗憾？

壮士凄凉闲处老，名花零落雨中看。人的一生结局如何，谁能说得清呢？

断云幽梦事茫茫。沈园，陆游和唐琬的断肠地，然缘虽断，情难绝。而陆游和唐琬也为沈园增添了浓厚的人文色彩，成就了后来闻名遐迩的沈园。

兄长曾和我说，那次去江南，记得游沈园，见巨石所刻"问世间，情是何物，直教生死相许"，顿时感慨不已。我说，他日有机会一定去沈园。兄长劝我道，沈园情伤，不去也罢。我是一定要去沈园的，不为沈园之美，只为曾经发生在那里的凄美爱情故事在我心中萦绕多年，游沈园只当是了结自己的一桩心愿吧！

正可谓：世间有情人，情深手难牵；执子望泪眼，可叹在心间。

梅花岭畔忆史公

庚子年秋，游扬州，拜史公墓。

史可法纪念馆位于广储门外街，梅花岭畔，南临护城河，是明朝末年抗清民族英雄史可法祠墓所在地。

与附近个园、何园和瘦西湖的喧嚣相比，史可法纪念馆冷冷清清，我甚至连导游都没有看到，不免有些遗憾。

纪念馆内东墓西祠，正中为飨堂。远远望去，史公端坐于飨堂，我一步步走近他。"数点梅花亡国泪，二分明月故臣心。"飨堂前的柱子上是清人张尔荩所撰名联，梅花，明月，爱国，忠贞，我有些紧张……

白落梅说，世间所有相遇都是久别重逢。我早就认识史公，因《梅花岭记》，因《明史》，因《明季北略》。史公是开封人，此番我从中原来到江南，只为寻这位河南老乡，期待能和他相逢。

飨堂内，我目不转睛地看着史公，看他刚毅的脸庞，双目炯炯有神，一身英雄气，凛然不可侵犯。史公塑像后，云纹形梅花罩格上悬挂着"气壮山河"的横匾，两侧是吴熙载的篆书楹联："生有自来文信国，死而后已武乡侯。"此情此景，如此熟悉，似乎在梦中出现过，又似故地重游，我有些恍惚。有岳武穆王遗风，与先贤诸葛亮、文天祥为伍，史公无憾矣！

飨堂后为"史忠正公墓"，系史公衣冠冢，墓前有砖砌牌坊，墓碑上镌刻着"明督师兵部尚书兼东阁大学士史可法之墓"，我不忍看，亦不忍想，可是时光的流水冲破记忆的阀门……弘光元年（1645年）四月二十四日，扬州城破，史公殉难，之后是"扬州十日"——一场惨绝人寰的血腥大屠杀。数日后，史公义子、副将史德威遍寻遗骸不得，史公之身早已和守城的将士、和扬州的百姓不可分。德威遂依史公遗愿，于第二年清明节举袍笏招魂，葬其衣冠于扬州城外的梅花岭下。

"琴书游戏六千里，诗酒轻狂四十年。"史公终以身殉国，虽为个人之不幸，民族之不幸，却也是他唯一的选择。

我在纪念馆内信步而行，但见处处清静幽雅，有银杏参天，亦有松竹梅相伴，能清心净魂。

梅花岭北晴雪轩，有史公复清摄政王多尔衮手书及家书石刻。"败军之将不可言勇，负国之臣不可言忠……"读史公遗书，感慨万千，明之将亡，岂是史公一人之过！

英杰馆内，供奉的除屈原、苏武、包拯、岳飞、文天祥、戚继光、史可法、郑成功、林则徐等文臣武将外，还有中国历史上唯一载入正史将相列传的巾帼英雄、唯一凭战功封侯的女将军秦良玉。

兄长常劝我行万里路,果然有所得!

史公,在史书中,更在这扬州城,在这梅花岭……

静坐梅亭。

"千朵梅花满池水,一弯明月半亭风。"来拜史公,应在寒梅怒放之时,有明月相伴,清风拂面,静坐梅亭,听梅花细语,闻清香四溢,看花随风落,片片飘入池中。我来得不是时候,我不禁暗自叹息。

尚张睢阳为友,奉左忠毅为师,大节炳千秋,列传足光明史牒;梦文信国而生,慕武乡侯而死,复仇经九世,神州终见汉衣冠。

在世人眼中,史公的一生堪称传奇。

遥想四百年前的那一场相逢。

相遇太美!

知音世所稀,高山流水,伯牙子期之谊成绝唱。史公之遇左公,则是另一种温暖的相逢。

一个风雪严寒之日,出任京畿地区学政的铁面御史左光斗带几个随从微服出行。在一座古寺的厢房里,一个书生伏案而眠,桌子上放着刚写好的文章草稿,左光斗看完后,脱下自己的貂皮外衣给书生盖上,出去后问寺里的和尚,原来书生叫史可法。等到考试,差役喊到史可法的名字时,左光斗惊喜地看着他,等到他呈上考卷，当面批为第一名，还把他领回家，让他拜见夫人，说："我的几个儿子平庸无能，将来能继承我的志向和事业的，只有这个学生啊！"

千里马遇见伯乐，人生之幸事也。然而，世间的美好往往是短暂的。经过梃击案、红丸案和移宫案的大明王朝明显开始衰亡，宦官魏忠贤专政无疑更是雪上加霜。大明留给左光斗和史可法的时间不多了。

风云骤起。

因弹劾魏忠贤，天启五年（1625年）七月二十四日夜，东林六君子之左副都御史杨涟、左佥都御史左光斗于狱中被害。二人在狱中曾受各种酷刑，据《明史》记载，左光斗受炮烙之刑，脸庞、额头都烧得焦烂，辨认不出，左膝以下，筋骨尽脱。而当史可法买通狱卒混进监狱看他时，他想的却是大明王朝大厦将倾，把希望寄托在学生身上，为了史可法的安全，逼迫其赶快离开。

不为升官发财，不为富贵荣华，所想所念皆为社稷苍生，左光斗通过言传身教，把这种爱国思想传给了自己的学生史可法。

史可法出生于官宦世家，其母尹氏夜里梦见文天祥进入家中，于是生下史可法。史可法年少时就以孝悌闻名，崇祯元年考中进士，以西安府推官进入仕途。

史可法为官清正廉明，重信守义，能与部下同甘共苦。行军征战之时，将士们没有吃饱他绝不先吃，将士们没有发放军衣时，自己也不添加衣服御寒，因此深得将士们的拥护。

当时的晚明已处于风雨飘摇之中，史可法为官并不容易。关外，随着后金崛起，皇太极改女真族为满洲，于明崇祯九年（1636年）改国号为"大清"，屡屡进攻明军。而大明境内，各地爆发农民起义，崇祯皇帝不得不派军四处讨"贼"。自崇祯八年（1635年）开始至明朝灭亡的十年间，史可法的主要精力都用在了剿灭农民军上，可悲可叹！身为人臣，除了为崇祯解忧，又能奈何？

清军入关时尚有半壁江山的南明何以迅速灭亡，这是很久以来我一直在思考的问题。

史可法有责任吗？我想应该是有的。

在拥立福王的问题上，史可法的让步使南明政权掌握在马士英、阮大铖和四镇之将手中，佞臣负国，自古皆然。"可法遂请督师，出镇淮、扬。"实际上他已被排挤出权力的中心，而联虏平寇和退保扬州更是战略上的重大失误。他一直想着利用清朝的军队剿灭农民军。大顺军兵败山海关，李自成放弃北京城西撤后，史可法并没有趁机北上收复失地，而是幻想通过和谈实现"联虏平寇"偏安江左的目的。他把希望寄托在兴平伯高杰身上，然弘光元年（1645年）二月睢州之变，高杰为河南总兵许定国所杀，清军趁机南下，北复中原无望。

史可法没有把军队牢牢掌握在手中，也是致命的失误。高杰被杀后，其妻邢氏担心儿子年幼不能服众，想让儿子拜史可法为义父，可是被史可法拒绝。由于没有处理好善后事宜，高杰的部下先是叛乱，后来又投降清军，史可法对此负有不可推卸的责任。

江北四镇拥立福王为帝，仰仗定策之功要挟朝廷，幻想在江北过太平日子。他们搜刮地方，荼毒百姓，又相互争斗，最后竟然背叛南明，史可法不得不居中调解诸将之间的矛盾。四月，南明本已处境堪忧，与农民军交战多年的左良玉又以清君侧、除马阮为名，率几十万大军自武汉举兵，沿长江东进；清军同时发难，兵分三路南下伐明。困守扬州的史可法"檄各镇之兵，无一至者"。各镇之兵相继降清，左良玉之子左梦庚也率全军投降清军。南明可谓兵多将广，若与清军决一死战，历史定会因此而改写。可惜诸将误国！

史可法已方寸大乱，无心抵抗。清军破城前，总兵李栖凤、监军副使高岐凤拔营出降，他竟不加阻拦。他已抱定"一死以报国家的决心"，誓与扬州城共存亡。四月十九日，他给母亲、妻子、叔父兄弟、义子及清军将领多铎写下五封遗书。四月二十一日，留下绝命书："夫人万安。北兵于十八日围扬城，至今尚未攻打。然人心已去，收拾不来。法早晚必死，不知夫人可随我去否。如此世界生亦无益，不如早早决断也。太太苦恼，须托四太爷、太爷、三哥大家照管，烟儿好歹随他罢了。书至此，肝肠寸断矣。"强敌压境，内外交困，史可法有心报国，无力回天。父母恩、夫妻情、兄弟意，哪一种都令人不舍，面对生死永别，怎不令人心碎？三百多年后，在梅花岭述忠烈遗言,我亦如全祖望,泪湿衣衫。

我也知道,南明灭亡并不是他一个人的错。

当清朝的铁骑踏上大明的疆土时,明王朝已经走到穷途末路。没有节操的文臣武将望风而降,手握重兵的吴三桂、洪承畴、祖大寿等人俨然成了大明王朝的掘墓人,钱谦益、吴伟业、侯朝宗等名士也不甘落后,纷纷归附清朝。墙倒众人推,大明焉能不亡?

一个民族总有脊梁。作为南明抗清的一面旗帜,史公之忠自不必表,明朝的大臣士子和来自民间的反清力量也奋起抵抗。面对家国巨变,唯有以身许国,杀身成仁。

可歌可泣的英雄太多太多,最令我难忘的是一个少年。

夏完淳,明末诗人,"五岁知五经,七岁能诗文",十四岁从军抗清,三年后被俘,慷慨就义。"三年羁旅客,今日又南冠。无限山河泪,谁言天地宽。已知泉路近,欲别故乡难。毅魄归来日,灵旗空际看。"三十年前读这首《别云间》,只知这个少年爱国,待经历世事,如今再吟,不觉泪落沾我衣。英雄生死路,却似壮游时!

夏完淳之父夏允彝,江南名士;老师陈之龙,被公认为明代最后一个大诗人,亦被后世称为"明代第一词人",他们明知抗清是不归路,仍要为之流尽最后一滴血。真名士,自风流!

提起抗清,不能不说农民军。李自成被杀后,大顺军和南明政权联合抗清,然而南明的各派势力互相攻讦,不能团结对敌。农民军虽然受到排挤,但是抗清斗争从来没有停止过,在大陆,直到康熙三年（1664年）八月，对清军的抵抗才算结束。二十年的抗争，农民军一直拼到兵尽粮绝，最后一寸土地被清军占领，他们也不该被忘记！

回望大明，我看到一个民族不屈的抗争史，看到文人气节，更看到民族大义。

记忆中一直有《梅花岭记》中扬州城破之时的画面。

顺治二年（1645年）四月，江都（扬州）被清兵围困，形势危急。督相史忠烈公知道局势已不可挽回，就召集众将领说："我发誓与这座城共存亡，但在危急时刻不能落在敌人手里死去，谁能替我在城破之时完成此节？"副将军史德威慨然任之。忠烈喜曰："我还没有儿子，你应当凭同姓的关系作为我的后嗣。我要写信禀告太夫人，把你的名字记入家谱，排在太夫人的孙儿辈中。"

（四月）二十五日江都城沦陷，忠烈公抽刀欲自刎，众将争着上前抱住他，忠烈公大声呼唤德威，德威悲痛流泪，不能举刀。众将领簇拥着他行至小东门，清兵如密林般到来，副使马鸣禄、太守任民育、都督刘肇基等人俱已战死。忠烈公怒目而视，对敌人说："我就是大明的史阁部。"被押到南门，和硕豫亲王多铎称他为"先生"，劝他投降。忠烈公大骂，于是被杀害。骑鹤楼头，难忘十日。清军屠戮劫掠，对扬州人民进行血腥屠杀。

这画面似一部电影，在我脑海中回放多年。史公之言萦绕于耳畔，每每响起，让人痛不能言。

一代兴亡关气数，千秋庙貌傍江山。

史公虽去，精神永在。相传史可法殉国后，江苏、浙江、安徽各地民众纷传史可法未死，借其英名继续抗清，延续十余年之久。辛亥革命前，扬州十日的历史惨案和史可法誓死不降的民族气节得到空前传播，极大地激发了人们反清的革命情绪。抗日战争时期，史可法的事迹再次广为传播，史可法抵抗外侮的爱国精神成为中国人民打败外来侵略者的强大精神力量。

人民有信仰，一个国家、一个民族才有未来和希望。正如家国情怀，国家永远是第一位的，爱国是一个人安身立命之本，唯因如此，史公之精神才为后世代代传承。

忠臣节烈，世人景仰。史公殉国一百多年后，为褒扬明末死节之臣，乾隆皇帝追谥史可法为"忠正"，亲题"褒慰忠魂"并题诗一首，命大臣咏和题跋，制成手卷，镌刻于史公祠。那些降清之人呢？乾隆也有公正的评价："遭际时艰，不能为其主临危受命，大节有亏。"降清的文臣武将一百五十七人，都被列入《贰臣传》。青史会饶过谁？

史可法宁死不降，那种凛然正气永存于天地之间。史可法人可法书可法，史可法今可法永可法。史可法从来没有被忘记，也不会被忘记。

伫立于梅亭，放眼望去，草木葳蕤，如诗如画……

楚辞之兰

夜深人静之时，好似远离喧嚣的尘世。

手捧《楚辞》，读《哀郢》《怀沙》《惜往日》，我唏嘘不已。

寅年寅月寅日出生的屈原，"博闻强志，明于治乱，娴于辞令"，是上能安君下能养民的杰出人才。"入则与王图议国事，以出号令；出则接遇宾客，应对诸侯。"左徒屈原意欲振兴楚国，却屡遭小人进谗言陷害，被流放多年，终在郢都城破之后，绝望自沉于汨罗江。

面对命运的不公，莫说是平民百姓，就是王侯将相又能奈何？

万千感慨之时，忽然听到有人轻声呼唤："楚辞之兰！"

我四下环顾，无人。

"楚辞之兰，你忘记了自己的前世吗？"原来是房中的几盆兰花在低声细语。

我的前世？我有些茫然……

两千多年前，楚国郢都纪南城。三闾大夫屈原亲手种下兰、蕙、留夷、揭车、杜衡、芳芷六种香草，以兰为最，有数百亩之多。

兰有灵性，以三闾大夫为师。

先生爱兰，以兰为佩饰，亦为心中之依靠。从楚怀王三十年（公元前299年）到顷襄王二十一年（公元前278年），从流放汉北到更加偏远的江南黔中郡，二十二年间，远离郢都，他再也没有见过他的兰。他以为兰和那些香草一样随波逐流，苟且偷生，心中愈加愁苦。

"楚辞之兰，你还记得先生的理想吗？"

"不敢忘。美政也是兰之理想。"

"是公子子兰背叛了先生，我们没有，先生误会我们了！"

"兰香醇如初，不会变节！"我大叫一声，惊醒。

回首前尘如梦。

那个年少时痴迷于《三侠五义》的女孩儿，一见《离骚》误此生。总以为自己来自楚辞，是三闾大夫的弟子，为美政的理想而来。然出身平民之家，理想只能压在心底。

"你只管努力，上天自有安排。"冥冥之中，一个声音在耳畔响起。

运气再差的人也会有机遇。在朋友的劝说下我参加公务员考试，原本只是试试，未抱希望，未承想，竟有幸成为法院人。

追逐梦想的路上，不曾停歇。

人生需要不断地成长、蜕变，才能成为更好的自己。在审判一线，因为工作的时间太短，并没有留下多少回忆。真正让我体会到工作的乐趣、人生的价值和意义的，是从到中院纪检组监察室工作开始。

让人痴狂的不只是爱情，还有理想。

虽为女子，更是战士，在上级法院、在纪委监委，在看不见硝烟的战场上冲锋陷阵，也以手中之笔反贪腐倡俭廉弘扬清风正气。不仅仅为工作，也为初心，这是时代赋予的使命。

此生我为纪检监察工作而来，我感叹道。

火车站广场有清官长廊，和儿子散步时他驻足观看，突然问我："妈妈，这些清官您都写过吧？"

"都写过。只是有个别我认为写得不好的，没有发表。"中国古代十大清官，在史书中，也在我的文章里。在孩子成长的道路上，我们交流最多的就是这些我感兴趣的历史人物。原来孩子一直在默默关注着我，这份爱让我很感动。

我的工作和写作早已密不可分。不为名利，只为心中的理想和信念，那是对廉政、对公平正义的不懈追求。

为理想而活，就要在现实中做出抉择，要舍弃，要放下。选择自己喜欢的，喜欢自己选择的，让心飞扬，让梦想奔流。

而我终究是凡人。人至中年，一事无成，虽看淡荣辱得失，可还是会伤感、失落。

"妈妈这一生就这样了。工作上没有什么成绩，想成为作家年龄又太大了。"我黯然神伤。

"那也不一定，海瑞这个时候还是个小小的教育局局长呢！"小小少年正在读《明朝那些事儿》，对我的话不以为然，一句话就把我逗笑了。

"于成龙四十五岁时才任罗城知县，和他比妈妈的年龄还不算太大。只是妈妈没有他们的才华，也没有他们那样的机遇。"人贵有自知之明。

可是儿子从来不这么想，会写文章的妈妈是他的骄傲，他对妈妈寄予厚望。

孩子的爱，给我温暖，也给我一路前行的力量。为了给孩子做好榜样，我必须努力！

对自己热爱的工作，曾以为我会一直干下去，可是当院领导通知我去新的工作岗位时，我才知道，最需要我的地方还在等着我。

弹指一挥间，已是十二年，跌跌撞撞一路走来，我总算学会了以内心的淡定和从容面对命运的波澜，也相信一切都是最好的安排，一如十二年前。

楚辞之兰，千年之兰。

制芰荷以为衣兮，集芙蓉以为裳。三闾大夫佩在衣裳上的那株兰，跨越千年，芬芳如故。

不吾知其亦已兮，苟余情其信芳。就算无人能懂，也要坚定信念，走自己的路，那是无悔的选择。

"我命由我不由天，是魔是仙，我自己说了才算。"尽人事，听天命，只有努力过才不会遗憾。

杨炯《幽兰赋》云："气如兰兮长不改，心若兰兮终不移。"今生以兰为名，当如兰。

当时明月在

泱泱华夏，悠悠千载，多少诗书留人间。那些诗词文章所散发出的经久不衰的迷人的芳香和魅力，飘散在烟雨岁月中，浸润着后世一代又一代的读书人。总有一些书、总有一些故事、总有一些人让人难忘；总有一个心愿、总有一个热爱、总有一种激情长留在心上……

上下五千年，纵横九万里，天地我自任性，古今任我独行。

想李延年的"北方有佳人，绝世而独立"；想曹子建的"翩若惊鸿，婉若游龙。荣曜秋菊，华茂春松"；想白乐天的"在天愿作比翼鸟，在地愿为连理枝"；想晏几道的"落花人独立，微雨燕双飞"；想柳永的"衣带渐宽终不悔，为伊消得人憔悴"；想秦观的"金风玉露一相逢，便胜却人间无数"；想元好问的"问世间，情为何物，直教生死相许"；想纳兰性德的"一往情深深几许"。想来想去，一声叹息。这世间，有多少有情人能"执子之手，与子偕老"？

想王勃的"冯唐易老，李广难封"；想杨炯的"宁为百夫长，胜作一书生"；想王翰的"醉卧沙场君莫笑，古来征战几人回"；想戴叔伦的"愿得此身长报国，何须生入玉门关"；想岳武穆王的"三十功名尘与土，八千里路云和月"；想李易安的"生当作人杰，死亦为鬼雄"；想陆游的"位卑未敢忘忧国"；想文天祥的"人生自古谁无死，留取丹心照汗青"；想谭嗣同的"我自横刀向天笑，去留肝胆两昆仑"；想吉鸿昌的"恨不抗日死，留作今日羞"。仰望古今英雄豪杰，禁不住心潮澎湃，热血奔涌。

想三闾大夫的"长太息以掩涕兮，哀民生之多艰"；想诸葛孔明的"鞠躬尽瘁，死而后已"；想杜工部的"安得广厦千万间，大庇天下寒士俱欢颜"；想林逋的"忧国者不顾其身，爱民者不罔其上"；想范文正公的"先天下之忧而忧，后天下之乐而乐"；想顾宪成的"风声雨声读书声声声入耳，家事国事天下事事事关心"；想林则徐的"苟利国家生死以，岂因祸福避趋之"；想鲁迅的"寄意寒星荃不察，我以我血荐轩辕"。人生一世，草木一秋，怎可无信仰、信念？怎可无理想、追求？

文学何为？文学是《尚书·尧典》的"诗言志，歌永言，声依永，律和声"；是刘勰的"写天地之辉光，晓生民之耳目"；是韩退之的"文起八代之衰"；是司空图的"落花无言，人淡如菊"；是周敦颐的"文以载道"；是张载的"为天地立心，为生民立命，为往圣继绝学，为万世开太平"。然而，一想到朱熹说韩愈"只是要作文章，令人观赏而已"，一想到白居易的"总而言之，为君、为臣、为民、为物、为事而作，不为文而作也"，我突然生发出"为文学不平"的感觉。

"文章合为时而著，歌诗合为事而作。"从百年前李大钊先生提出文学应当是"为社会写实的文学"，文学作品要反映时代精神，到如今的社会主义文艺源于人民、为了人民、属于人民，文学的价值和意义不言而喻。"文化是民族的精神命脉，文艺是时代的号角。"唯有为人民而歌，与时代同行，才能创作出具有经久不衰的有生命力的作品。

我一向认为自己没有写作的天赋。可是，这一生我与文字、与文学又有着不解之缘。

我是一个爱读书的孩子。家里没书，可邻居家有，好多好多的书，到处乱扔，没人看。那些书成了我的最爱，我一本一本地借来，读完了还回去再换别的。一个八九岁的孩子，能读一些古今中外的书，与文学多少还是有点缘分的，兴许那也算是一种"天赋"。

那时读过的书，现在能记起的已经不多了，其中对《绘图今古奇观》一书，印象尤为深刻。此书选自"三言""二拍"中比较有名的四十篇，为明朝抱瓮老人辑。我喜欢读它，不仅仅是因为书中有《杜十娘怒沉百宝箱》《乔太守乱点鸳鸯谱》《蒋兴哥重会珍珠衫》等被搬上银幕的经典爱情故事，还有深深吸引我的《俞伯牙摔琴谢知音》和《沈小霞相会出师表》。"摔碎瑶琴凤尾寒，子期已逝向谁谈。大千世界皆朋友，欲觅知音难上难。"高山流水，知音难觅，伯牙子期之谊遂成千古绝唱，令后人唏嘘不已。而明朝正直的官员沈炼，深受《出师表》忠义思想的影响,对严嵩、严世蕃父子乱权专政极为不满,奋起抗争,却与两个幼子同为奸臣所害。长子沈襄(沈小霞)逃脱后为忠义之士所救,后终为父申冤。这一篇,每读一次,我都气得咬牙切齿,恨不得手刃祸国殃民的奸臣,为沈炼报仇。

在我心中,有一道光,明亮而皎洁,让我知道忠孝节烈,让我看到世间的种种美好……

多年以后,我特意买了一套"三言""二拍",再读起来却已不是当年的感觉。《俞伯牙摔琴谢知音》,初见楚国的樵夫钟子期,以貌取人的晋国上大夫俞伯牙全无待客之礼,且数次嗔怪子期。若子期是俗人,有点个性,他们必然错过。知音世所稀!至于《沈小霞相会出师表》,现在读来,仍然会被其故事情节打动,但是已觉语言粗糙,或许与我多少有些文学功底有关吧。

世间的美好往往如昙花一现,幸福总是那么短暂。有书读,大概只有一两年的时间。有一天,邻居把书整理好,拉走了。我不知道他怎么处理的那些书。当他告诉我以后不能再去借书时,我心里有说不出来的沮丧。一个小伙伴为了安慰我,给我一本没人看的书,问我要不要。是石玉昆的《三侠五义》!我如获至宝,那几年读了不下百遍。那本书前后都是残破不全的,第一回《设阴谋临产换太子,奋侠义替死换皇娘》和最后一回《安定军山同归大道,功成湖北别有收缘》都只有一部分,所幸其他章节是完整的,并不怎么影响阅读。只是,大结局我可以猜出来,开头却给了我无限遐想的空间。毕竟，当时我对宋朝的历史知之甚少，只是通过收音机听过评书《杨家将》和《岳飞传》。我多希望能有一本完整版的《三侠五义》啊！

《三侠五义》是我生命中最重要的一本书，影响着我的性格、人生观和价值取向。包拯是我熟知的、崇拜的第一位清官。后来，我非常喜欢历史，古代史、近现代史我都读。参加工作后，再读史书，禁不住内心的感动和冲动，竟开始写起文章。我写包拯，写海瑞，写狄仁杰，写黄霸，写于谦……我写这些清官廉吏，也许是因为骨子里我想成为他们那样的人？不论清官廉吏还是将相名臣，我愿意写他们，是因为我能从他们身上感受到浩然正气。

那本《三侠五义》陪伴我多年，后来在搬家时不慎遗失。前年，我终于又买了一本。不管是放在书架上还是放在枕畔，它都能给我一种无形的力量，让我坚定自己的选择，做我自己。

我生于平凡，于懵懂无知中长大，注定是极普通的人。

我的前半生，诸事不顺，唯一被幸运女神关照，就是2005年在朋友的劝说下报名参加公务员考试，考到了阳城法院。书记员、助理审判员、审判员，过上了按部就班的生活。

人生，总有太多的意外。2009年夏，我到纪检监察部门工作。是机缘巧合，也是冥冥之中自有天意。天真的、固执的、任性的我坚信，审判战线上不缺我一个法官，但是纪检监察战线会因我而增彩。我下定决心要择一事而终一生。

终于，我与文字"再续前缘"。起于公文，然后是散文、随笔、读书札记、办案札记，十二年，那些文字已有几十万字。它们记载着我成长道路上的每一步，那是最真实的我。因为不断读书，不断学习，现在的自己才会有那么一点点进步。纪检监察工作让我遇见了更好的自己。

伴我成长的这条路，崎岖不平。一路跌跌撞撞走来，那些吃过的苦、受过的委屈，随着岁月的变迁，早已不值一提。

有人说我不适合从政，善意劝我，要改变性格，要适应这个社会。其实，我只是一个基层普普通通的公务员，只想做一块方正守持的砖。"富贵人间梦，功名水上鸥。"功名利禄、荣华富贵非我所求。

"越过高峰，另一峰却又见；目标推远，让理想永远在前面；路纵崎岖，亦不怕受磨炼……"人生路，是成长之路，也是追梦之路。即使被现实碰得头破血流，我也依然故我，棱角仍在，初心不改。

曾经，我为工作痴狂。随着年岁渐长，终于学会让一切慢下来。下班的路上，路过玫瑰园时，我会停下车，帮女主人采摘玫瑰花。回到家里，能静下心读书，也能在阳台上看着那些花儿发呆，或者和它们说说话。终究不是生活在云端，总要发现这喧嚣的尘世的美，找到生命的乐趣。

在社区当志愿者的日子里，遇见各种各样的人，有时也会心中不快。小区里几个自愿参与疫情防控的小姐妹，因为看不惯那些带着"圣旨"来打卡拍照的志愿者,还组建了姐妹花志愿者群。其实,世间事,除了生死都是小事。芸芸众生,活法各自不同,真的没有必要因为不相干的人和事浪费时间、浪费感情。

"忍把浮名,换了浅斟低唱。"

我依然是那个心高气傲的女子。崇拜过包拯、海瑞、于成龙等清官,最崇拜的人是伟大的共产党人李大钊同志。曾立志学屈原做人,学太史公作文,而"铁肩担道义,妙手著文章"竟成为最终的追求。

我心中的那一轮明月,照亮来时的路,指引我一路向前,不惧,不悔。

烟雨任平生。

第四辑

枕上诗书

情动花洲

你的风

喜欢一个人是什么感觉？喜欢一个千年前的古人是什么感觉？

一位作家在她的一篇散文中写道："着迷一个故去几千年的人，是一件不容易的事，因为除掉文字，再无从知晓他的任何消息。"

她的感慨也常是我的感慨，但这一回不同，她对庄子只是一时有些着迷，而我对一位古人却已痴迷半生。我深信，除了文字，我还可以在祖国的山河大地追寻他。

"姐，想去邓州就去吧！你想等到彻底没疫情，还不知道要到什么时候呢！"怡嘉劝我。

想看花洲书院，想寻范文正公，这个念头时时刻刻萦绕于我的脑海中，已近一年。秋到冬，春到夏，晨与昏，昼与夜，仿佛吹来的都是你的风。愈想愈念，竟成折磨。

2021年夏，比这稍晚几天，下陈州，和刘彦章、孙全鹏两位老师先去郸城县汲冢镇看汲黯墓，回到淮阳后又看了平凉台遗址和曹植墓思陵冢。热情好客的红鸟老师早已备下丰盛的饭菜，诸位师友把酒言欢，甚是热闹。吃过午饭后，参观廉园。

廉园，乃淮阳廉政公园，展现廉洁文化主题。一廉如水，两袖清风。在廉园，外地人在淮阳为政清廉的，塑石雕像；淮阳人在外地为政清廉的，雕刻浮雕像。看塑石雕像时，我看到了我的祖先陈胡公，看到汲黯，看到包拯，看到张咏，看到晏殊，看到狄青……对我来说他们都不陌生，但是看到范仲淹时，我心中一惊。关于他任陈州通判，《宋史》几句话简单带过，读起来枯燥无味，也正因如此，我才从未关注过他曾在淮阳为官。

那一刻，我心中起了一个念头，我想追寻他的足迹。

去哪儿？

为生计，每日忙忙碌碌，我没有多少属于自己的时间，太远的地方去不了。河南境内，商丘有应天书院，邓州有花洲书院，洛阳伊川有范仲淹墓。他是在花洲书院写下的千古名篇《岳阳楼记》，我要去邓州！

自从有了这个想法，我开始对邓州念念不忘。

因为一个人，念想一座城。

也想过去商丘，去看应天书院。

商丘，是赵宋王朝的发祥地。960年，后周归德军节度使赵匡胤在开封东北的陈桥驿发动兵变，后周恭帝柴宗训禅位，赵匡胤登基，因其任归德军节度使的藩镇是在宋州，遂以"宋"为国号。景德二年（1005年），宋真宗将宋朝龙兴之地升州为府，称应天府；大中祥符七年（1014年），又将应天府作为北宋的陪都改名为南京。应天府濒临汴水，为宋东南之门户，近可拒淮、徐，远可通吴、越，商旅辐射，是经济繁荣的大都会，地理位置非常重要。

南京的应天书院地位也尤为重要。作为宋代地方官学来说，应天书院成立最早。"州郡置学始于此"，"天下庠序，视此而兴"。大中祥符四年（1011年），二十三岁的范仲淹到闻名遐迩的应天书院求学。在应天书院的五年，他刻苦攻读，立志成才，终学有所成。大中祥符八年（1015年），范仲淹考中进士，任广德司理参军。天圣四年（1026年）八月，范仲淹的母亲秦国太夫人在南京去世，范仲淹丁母忧，回到应天。时晏殊知应天府，闻仲淹之名，邀请其到府学任职。范仲淹在应天书院执教两年，为大宋培养了一大批优秀人才。其间，他上书朝廷，提出一系列政治革新的建议，那封长达万余字的《上执政书》，代表他的改革思想此时已初步形成。

范仲淹成才于应天书院，他前后在南京七年，对应天府有着深厚的感情。天圣元年（1023年），他娶应天府李昌言之女（宋太宗时参知政事李昌龄的侄女）为妻，将家安在了应天府；他的长子纯祐出生在那儿，他的职田也封在了那里。追寻范公，或许我应该先去大宋的南京，去应天书院。只是，在时间有限的情况下，我舍近求远，选择三百公里之外的邓州，为花洲书院，亦为百花洲之美。

自从有这个想法，我对花洲书院心心念念，魂牵梦萦。经冬复历春，邓州之行一推再推，我的心也越来越焦躁。终于，经不住怡嘉的劝说，于壬寅年夏秋之交的那个周末，毅然决然地直奔邓州。

三个半小时的路程对我来说是漫长的，也是我一个人无法到达的。

怡嘉陪我。她开车，把适合旅行听的音乐放到最大。只是，我五音不全，又生性喜静，那音乐完全听不进去。旅途漫长，先是听怡嘉说话，我随意附和，后来怡嘉专心开车，我就开始胡思乱想。

我曾向淮阳的文友请教过范文正公在陈州的情况，他讲的仍然是《宋史》中的记载，还说，范仲淹在陈州不畏权贵，严禁大兴土木，一切以百姓的利益为己任，并打击邪恶势力，匡扶正气，大力发展农业，百姓安居乐业，陈州一片祥和。三年之后，刘太后死去。宋仁宗感念范仲淹的忠诚和施政有方，把范仲淹召回京师，派他做专门评议朝事的言官——右司谏。有了言官的身份，范仲淹上书言事更无所畏惧。他说淮阳的资料没有关于范仲淹过多的记载，他也就挖掘了这么多。

我想知道的，是有趣的故事，不是这些。遗憾。

有一点需要说明，关于范仲淹在陈州任职的时间，我看到的说法大多是四年。经查范公年谱，天圣九年（1031年）三月，四十三岁的范仲淹移陈州通判；明道二年（1033年）四月，被召回京任右司谏，他在淮阳的时间只有两年，而非四年。

听说淮阳有四贤祠，祭祀的是汉代的汲长孺，宋代的范文正公、包孝肃公和岳忠武王。为何要祭祀他们？曰：这四位贤人都有功于陈州。正因为他们的功绩显著在当时，所以他们的恩德才流传于后世。我没有去过四贤祠，没有发言权，不敢妄言。

阳城人、文化学者范闽杰先生曾在淮阳工作多年，潜心研究、书写淮阳历史，著有《范仲淹父子与淮阳》一文，洋洋洒洒万余言，文中详细介绍了范仲淹调任淮阳工作前后：

南京留守晏殊回京任枢密副使后，举荐范仲淹出任"秘阁校理"。秘阁校理负责皇家图书典籍的校勘和整理，系皇帝身边的文学侍从，虽然品级不算高，但能经常面见皇上，能了解大量官场信息。

宋真宗死后，儿子仁宗冲龄践祚，由母亲刘太后垂帘听政。天圣七年（1029年）十一月，刘太后寿辰，已满十九周岁的仁宗准备依常例率领群臣为其贺寿。大臣们议论纷纷，认为这样做有损天子威严，却没有一个人站出来说话。只有范仲淹义无反顾地上疏反对："天子有事亲之道，无为臣之礼；有南面之位，无北面之仪。若奉亲于内，以行家人礼，可也。今顾与百官同列，虚君体，损主威，不可为后世法。"范仲淹的奏折震惊朝野。晏殊气急败坏地把范仲淹叫来，一顿呵斥，指责他"狂率邀名""将累及朝荐者"。面对太后的装聋作哑、恩师的不解和指责，范仲淹一不做二不休，再上《乞太后还政奏》，认为仁宗皇帝已满二十岁，"春秋已盛，睿哲明发"，刘太后应撤垂帘之制，还政仁宗，以固皇权。对此，刘太后仍不作回应。既已为当权者所嫉恨，范仲淹主动要求外放，这正合刘太后心意，很快一纸任命将范仲淹贬到山西河中府（今山西永济西）任通判。天圣八年（1030年）二月，范仲淹作《上资政晏侍郎书》，向晏殊表明自己忧国忧民的心迹，辩白自己绝非沽名钓誉之徒，争取他的理解。当听说朝廷要修建太乙宫、洪福院时，范仲淹又上书朝廷要求取消，建议朝廷珍惜民力，休养生息。通过对河中府的进一步了解，范仲淹敏锐地意识到郡县设置过多，势必增加百姓负担，他向朝廷上《减郡县以平差役》的奏折，以河中府为例，建议朝廷减少郡县数量，减轻百姓徭役，以利农时。

范仲淹忤逆刘太后被贬外放，客观上却得到仁宗的暗自认可，也赢得多数官员的由衷敬佩，晏殊也逐步打消了对范仲淹的误解。天圣九年（1031）三月，范仲淹的行政级别被提升为"太常博士"，调任陈州通判。陈州府毗邻开封，商贾云集，万方辐辏，向为豫州东部之商贸重镇，是政治、经济、文化中心；陈州治所淮阳，水域辽阔、稼禾丰茂，古即农耕时代的天赐福地；这里历史悠久，文化深厚，有宋以来即为帝都开封的后花园，许多下野宰相、历史名臣先后在此供职。范仲淹调任陈州通判，虽是平调，却释放出一个强烈的政治信号：朝廷对范仲淹的品格、才干都是认可的，一旦条件许可，将在第一时间把他调回京师，辅弼天下。

到陈州后，范仲淹有了地缘优势，能获得更多的朝政信息，也更加关注京师的政治生活。他从国家长治久安的大局出发，对刘太后不经组织部门甄别考核，直接私用干部的现象非常气愤，深为忧虑，认为长此以往必将带坏官场风气，损毁朝廷形象，甚至可能导致官府败坏，民生凋敝，动摇大宋基业，遂以唐中宗时安乐公主、长宁公主、上官婉儿等私收贿赂、卖官鬻爵为例，上疏朝廷，批判这种肥己祸国的"墨敕斜封"现象。据宫中宦官刘承规记载，刘太后看到范仲淹的奏折后，暴跳如雷，怒不可遏，拍着桌子吼道："范仲淹遭遣外任，不知悔改，越级言事更为猖狂无礼了！"

明道二年（1033年）三月，刘太后薨，仁宗亲政。四月，仲淹被召回京任右司谏……

至此，我总算弥补了心中的遗憾。

人在旅途，最美的风景在路上。

可是，我无心看风景。除了怡嘉教我拍视频外，我一直在发呆。再美的风景，我对它们没兴趣，就感觉不到美。

夹竹桃开了一路，或粉红，或白色，虽开得灿烂，但是毕竟太单调，让我心生出孤单落寞的感觉。问怡嘉高速上为什么这么多夹竹桃，答曰好成活。

进入南阳境了。

宛城南阳东连江淮，南襟荆襄，西出武关，北接汝洛，地处中国南北过渡带，自古为豫、鄂、川、陕的交通商旅要冲和兵家必争之地，经济、文化均呈现南北交融、东西贯通的特点。南阳，是楚文化的重要发祥地，也是汉文化的鼎盛地，楚风汉韵的特色十分鲜明。在南阳这片古老而神奇的土地上，几千年来上演过多少风云盛事。在这里，文种三请范蠡，刘备三请诸葛亮；在这里，刘邦约和吕齮、陈恢，刘秀建立东汉王朝；在这里，曹操、张绣战宛城，魏孝文帝亲征；在这里，李白策马游南都，岳武穆王手书《出师表》；在这里，红二十五军血战独树镇，国共西峡口抗击日军；在这里，有恐龙蛋化石群，有南水北调中线工程。在这里，不仅有钟灵毓秀的自然风光，也有沧桑厚重的人文景观。有伏牛山世界地质公园、宝天曼世界生物圈自然保护区、桐柏山自然保护区、白河国家城市湿地公园，有丹江口水库风景区、鸭河口水库游览区，有道教圣地五垛山，有千里淮河的发源地淮源；有"智圣"诸葛亮的躬耕地卧龙岗武侯祠、"医圣"张仲景的墓祠医圣祠，有南阳府衙、内乡县衙，有张衡博物馆、彭雪枫纪念馆，有水帘寺、香严寺、丹霞寺、燃灯寺、菩提寺……南阳之美，岂是我一个外人所能说尽的！

邓州，地处豫、鄂交界，"东连吴越，西通巴蜀，南控荆襄"，历来为兵家必争之地。史载邓州"六山障列，七水环流，舟车通会，地称陆海"，是古邓国的国都，距今已有五千多年的历史。汉代冠军侯霍去病的封邑就在邓州境内，医圣张仲景、唐代邓国公张巡、著名作家姚雪垠都是邓州人。

我来南阳，既非为山水之美，亦非为厚重文化，只为一地、一景、一人，足以慰平生。

自邓州站下车，跟着导航去酒店。

直觉告诉我是自东往西去。累了，也有点饿，好在离酒店不远。

路过一个转盘时，无意间往上看，惊见一匹白马高高在上，前蹄腾空，有一飞冲天的气势。再看，是白马雕塑。

想起李白的《侠客行》："赵客缦胡缨，吴钩霜雪明。银鞍照白马，飒沓如流星。十步杀一人，千里不留行。事了拂衣去，深藏身与名。"侠客，弯刀，白马，气贯长虹，侠骨留香。只因有了"飒沓如流星"的白马，侠客才更像侠客，不是吗？

与马有缘。对马，我天生就有好感，甚至感觉和属马之人也更容易沟通。

我是真喜欢眼前的白马啊！

这白马，是邓州的标志吗？

范文正公，我来了！

兄长乘高铁，已早我们一步来到邓州。

和兄长说起想看花洲书院，可是又担心会遇到书院临时闭馆。兄长让我和时任邓州市文联主席闫俊玲联系，问问情况。有兄长在，我与闫主席不熟，自然不肯问。兄长无奈，只得帮我联系，他也没有去过花洲书院，禁不住闫主席邀请，就决定与我们同去。

见到兄长，等安顿下来已是半下午了。一路风尘，已有倦意，再也不想动了。简单吃点东西，边休息边处理单位的事情。

怡嘉开始和在南阳的同学联系。她那个同学本是周口人，嫁到南阳，就成了南阳人。南阳人管邓州不叫邓州，称邓县。她的同学就不明白了，南阳有那么多好玩的地方，为啥我们偏偏来邓县，于是开始推荐附近的景点。世界这么大，我独来邓州，那个女孩儿又怎知其中的原委？

去南阳开会的闫俊玲主席匆匆赶回，陪我们吃晚餐。

有朋自远方来，不亦乐乎！闫主席与兄长以文相交，乃多年文友，自是热情款待。两人浅斟慢酌，谈天说地，畅饮畅聊。看得出来，闫主席虽是女儿身，却是男儿气，热诚豪爽，酒风亦然。

我不善言辞，怡嘉太年轻，我俩索性乖乖地听他们说话，不时偷偷溜出去放放风。

出了饭店，迎面吹来凉爽的风，不由得心情大好。

即将立秋，白天燥热，未承想晚上竟如此清凉。

吃多了，我想走走，我提议，兄长和闫主席赞同。

沿着中州路往北走。

我不知道花洲书院的方位，但我能感觉到，它就在不远处。

有风吹过。这风，是千年以前的风吗？九百多年前的某一天，或者某一个夜晚，范文正公是否也从这条路上走过？

"我吹过你吹过的风，这算不算相拥？我走过你走过的路，这算不算相逢……"多情的歌者，动情的歌声，此刻分外打动我的心。范文正公，我走过你走过的路，我吹过你吹过的风，多想穿越千年，与你相逢。抑或，就在花洲书院，我追寻你，如年少时追梦一般。

是的，我为追梦而来。

浅相遇

七月初九，游花洲书院。

站在人民东路上，远远看到花洲书院，我的心情久久不能平静。

在梦里，多少次我思之、念之，恨不得插上翅膀来到这里。

在梦里，它若隐若现，我苦苦追寻却欲见而不能。

如今，它就这么真真切切地呈现在我的面前，我一时竟不敢相信自己的眼睛。

和梦里不同的是，临着人民东路建的有牌坊。

看一眼"景范坊"的牌坊，心中默念"人育文化越千年国学光华昭日月，文化育人益万世先贤厚德贯古今"的对联。此联为香港景范教育基金会创办人范止安所写。崇德尚贤，岂止是范氏族人，自古如此，我辈皆如此。

穿过石牌坊，走过护城河上的范公桥，我一步步走近花洲书院高大的牌楼。闫主席和工作人员说话时，我仔细打量正门两侧"洲孕文显圣合秦关月楚塞风先忧国忧民正气肇穰邑，楼因记益名汇巫峡云潇湘雨后乐山乐水浩波撼岳阳"的楹联,此联为原邓州市市长刘新年所撰,范公后人范文通所书。正门上方,"花洲书院"四个大字古朴苍劲,东西侧门上方则是"穰都人杰"和"善地文昌"的匾额。自庆历五年(1045年)十一月开始,到穰邑、穰城为官的苏州人范仲淹,他的人、他的魂魄就已经融入邓州,成为名副其实的穰都人杰。

如梦,似幻,我的心似乎飞到九百多年前。这是范文正公时的花洲书院吗?

是,也不是。

著名作家周大新曾作《花洲书院重修记》:"花洲书院位于邓州外城东南隅,因傍百花洲故名。宋庆历五年十一月至皇祐元年正月,范仲淹知邓州,促百业兴,营百花洲,创花洲书院,开邓州州学之先河。庆历六年九月十五日,共遵挚友滕子京嘱,于花洲书院写下千古名篇《岳阳楼记》。范公离任后,邓人感其功德,遂在百花洲建祠以祀之。近千年间,花洲书院累圮累修,光绪三十一年更名为邓州高等小学堂。"自2002年开始,邓州市委、市政府对花洲书院进行全面修复,历时三年。"修复后之花洲书院坐北朝南,气势恢宏,古朴典雅。大门位于景区之南。穿石坊、过范公桥、进牌楼,沿城墙东行百米,拾级而上书山一览台,书院全貌尽收眼底。台东为春风阁,台西为览秀亭,台北正对书院中轴线,自南而北依次为照壁、大门、春风堂、先圣殿、万卷阁。西部为范文正公祠和名人馆。东部为百花洲园林，南由龙首山、五峰山及不欺堂组成园中园，北由三岛组成百花洲主体，湖中莲花争艳，岛上亭台相映。沿湖边曲廊东行，可登上城墙。城头建仓颉亭，向南隔文昌阁与春风阁遥遥相望。墙上松柏森森，墙内曲流潺潺，墙外碧水环抱。真乃一处绝美人文景观。"有此记，无须我赘述。

闫主席叫我们一起走进书院。

对闫主席来说，一年会到花洲书院很多次。于我，却不一样。若是我一人，定会随导游看遍整个书院，仔细听其讲解。抑或会在邓州逗留数日，每日流连于花洲书院，走近范文正公，"聆听"他的教诲，寻求思想上的共鸣。因是结伴同游，我不能由着性子来，却也因此留下遗憾。

进了书院，闫主席说先去城墙看吧，我们就随她往东走，拾级而上，沿着古城墙一直往前，行至览秀亭。

览秀亭，1039年邓州知州谢绛创建，1046年范仲淹知邓时重修，后废。2003年重建，为八柱八角重檐式建筑，内竖范仲淹《览秀亭诗》方碑，诗曰："南阳有绝胜，城下百花洲。谢公创危亭，屹在高城头。尽览洲中秀，历历销人忧。作诗刻金石，意垂千载休……"亭上"风来雁声度，云去山色留"的对联即出自《览秀亭》一诗。只空想这句诗的意境已是极美，遥想当年，范公于此登高览胜、会友觞咏，更觉羡慕，恨不能参与其中。

天气炎热，不少游人经过览秀亭时会停下来歇息，我想拍一张画面干净的照片似乎是不可能的。

怡嘉要给我拍照。

我不喜欢拍照，但是到了花洲书院是一定要拍张照片的。按照怡嘉的要求坐下，让她拍特写。很少拍照，不用想都知道我脸上的表情有多么不自然。

"姐！拿出张爱玲的傲娇来！"果然，怡嘉很不满。

我不是张爱玲。怡嘉拍不出我想要的照片，就说我不配合，事多。还好，拍视频时我很听话，让怎么做就怎么做，这一点她还算满意。

往前走。城墙东南角最高处春风阁，巍巍壮观，乃范仲淹知邓时所建，是邓州文运昌盛之象征。立于窗前，往里看，早已是人去楼空。想起唐人崔颢那句"昔人已乘黄鹤去，此地空余黄鹤楼"，不禁唏嘘感慨。范公虽去，他的魂魄永在。

沿古城墙又走一小段，闫主席带我们下城墙。路，曲曲折折。听水流潺潺，移步换景，不由得心旷神怡。我是在百花洲吗？

按周大新老师《花洲书院重修记》的介绍，我再多说几句废话补充。

重修后的花洲书院景区由三部分组成，居中为书院，西为范文正公祠、邓州名人馆、姚雪垠文学馆、邓州古碑廊、中国书法大观廊，东为百花洲园林。

百花洲为江南园林，占地百余亩，紧临邓州保存最完好的一段明代古土城墙。布局为南山北水，洲南由各具特色的峭壁假山、五峰山和别有洞天组成。洲北湖内有三岛组成百花洲主体，岛上建嘉赏亭、菊花台、闲吟亭，湖岸置天学碧海、琴韵书声、学海行舟、明月知音、水月净天、清风天籁及听雨轩、百花堂诸景，再现范仲淹任知州时与民同乐之景。百花洲建筑群为清代江南园林风格，故，花洲书院亦为中国典型书院园林。春风堂、万卷阁、范文正公祠和景范亭等系清代建筑，保存完好。

自从去过扬州，看过何园、个园，开始迷上江南的园林，尤喜巧夺天工的扬派叠石。徜徉于百花洲园林，它的规模虽小，但已能满足我视觉上的一切需求。

书香浸润百花洲，一川秀气育风流。

我站在那块上书"百花洲"三字的石头前，感慨万千。

昔日范公营建百花洲与民同乐，如今，花洲书院东部百花洲景区、古城墙、春风阁及书院建筑周边的园林绿地，与外围的穰城路花洲游园融为一体，成为百花洲公园，免费对外开放。还绿于民，还景于民，在某种意义上，这算不算是对范公精神的一种传承？不得不承认，邓州的主政者还是很有魄力的。

在百花洲、书法碑廊附近拍摄几个镜头后，往里走。

我的眼里只有范文正公。可是，闫主席和兄长只是随便看看，这种随意性让我感受到了压力。我知道,在花洲书院的时间非常有限,因此,看到导游讲解时我会不由自主地跟上去,想多看几眼、多了解一点。

任性,固执。除了范文正公,我对其他的一概不感兴趣。即便是跟着大家进大成殿,看高 6.16 米、重 16 吨的金丝楠木孔子雕像,我依然没有感觉。

往回走,进范文正公祠。

1049 年,范仲淹离邓后,邓人于此建生祠纪念他。范公去世后谥号"文正",此祠遂名范文正公祠。近千年间累圮累修,香火不断。正堂为范仲淹塑像,坐像,范公身着官服,头戴官帽,左手握拳,右手握卷,双目炯炯有神。范文正公,在古老的陈州大地上我找不到你,只好来邓州寻你。这儿真好,我多想留下来,安心读书,听先生讲学。看着范公,我轻声告诉他。范公虽不语,但他的脸色是那么柔和,让我觉得他在听我说话。

范公铜像上方悬金字巨匾"济世英才",两侧是周大新老师"育文武英才进朝堂赴边疆展为民抱负,聚精忠赤子讲经史说词赋传治国真知"的对联。后壁镶嵌范公四子线刻雕像。

看范公生平,极简,为便于查阅,拍照留存。闫主席嘱咐我,整理成电子版发给她。

出来时转身再看范公铜像,看门口"崇德尚贤"的巨匾和"先天下之忧而忧,后天下之乐而乐""学为人师,德为世范"的对联,只觉得范公一生任职的地方虽多,唯邓州最得范公精神之真髓。

我有一种感觉,全国各地的范仲淹纪念馆、范公苑、范公祠,不管是苏州天平山的范公塑像、阜宁范公堤上的范公塑像,还是桐庐严子陵钓台范公像、泰州文会堂前的范公写意雕像,庆阳范公祠内的范公塑像、岳阳楼双公祠内的塑像,或是河南伊川县范公墓前的塑像,都不如眼前的范文正公真实。是不是范文正公将魂魄留在了邓州?

对面是范仲淹纪念馆,或曰"范仲淹生平展"。闫主席和兄长看几眼就要走,我慌了,根本来不及细看,匆匆忙忙拍照。

"碧云天,黄叶地,秋色连波,波上寒烟翠……"看到毛泽东主席手书《苏幕遮》,忍不住心中默诵。范公词,我尤喜此阕《苏幕遮》和《渔家傲·秋思》。

有几幅画面深深吸引着我。

与民同乐图。范仲淹知邓时营建百花洲,与民同乐。

百花洲雪景图。庆历六年(1046年),邓州自秋至冬连续数月干旱,范仲淹忧心如焚,带领百姓凿井修堰抗旱,还每月三次向朝廷奏报旱情。至初冬普降瑞雪,他与民众饮酒击筹庆祝,并赋诗贺雪。

范公井。庆历六年数月干旱,范仲淹带领学子在花洲书院内挖出一股涌泉,砌壁成井,后人称范公井。

范公为官为何深受百姓爱戴?只有来到这儿,我才有更深层次的理解。

看大宋的版图。凡范公去过的地方，都亮着灯，我数了数，竟有五十余处。那一刻，我的心猛地一颤。有人说他位高权重，又有谁看到他为官半生颠沛流离？

闫主席和兄长在外面等急了，接连催我。

"我不走了！"

看见导游，我忍不住上前问范公任陈州通判是几年，答曰两年。这个答案我很满意。

不能太任性。出了纪念馆，和大家一起往回走。

书院门前的广场上，矗立着范文正公铜像和花岗岩《岳阳楼记》照壁。

范公立像。他右手捻须，左手背后握卷，凝神沉思。他是在听学子们琅琅的读书声，抑或是收到滕宗谅的《与范经略求记书》后，在构思《岳阳楼记》？

此时的范公，征尘俱去，已不再是腹中自有数万兵甲的小范老子，他是邓州知州范仲淹，是闲暇时来书院讲学的儒雅的长者。

天知道我有多崇拜他！

我想留在这儿不走了！

可是，还有景点要去。无奈，随大家出去。

花洲书院这么大，还有好多地方没看，我是来寻范文正公的，就这么走了？我想哭。

当着闫主席的面，不能太放肆，忍着。

吃过午饭，和大家一起去看渠首、丹江口水库，返程时闫主席还带我们看了台湾村。

都是浮云。

我的心在花洲书院，人也应该留在那儿。我很懊恼，也很后悔。

兄长看我不高兴，安慰我，去（花洲书院）看看就行了，没必要在里面多长时间。

兄长越说，我心里越难受，所有的不痛快都写在脸上。

先回酒店休息，晚会儿再去花洲书院。兄长实在没有办法了，只得让步。

外面太热了。玩了一天，我不要紧，兄长和怡嘉都需要休息，尤其是怡嘉，她开车，最辛苦。

等。每一分每一秒都是那么漫长。

终于到六点了！我一扫下午的沮丧，兴冲冲地与兄长和怡嘉前往花洲书院。

原以为这次我可以在里面待到晚上，到了才知道，一会儿就要闭园了。

半小时能看什么？！

匆匆。跟着怡嘉去览秀亭拍视频。旁边有人在拍照，怡嘉觉得那个拍照的女生眼光很独特，就跟着她去范文正公祠门口拍照。

我站在书院门口，对着紧闭的大门发呆。看一眼手机，六点三十三分，我后悔没有早一点过来。

来到花洲书院景区，见的最多是对联。眼前"花洲书院"的匾额为书法家启功所书，"重整花洲五百年常新教育，再施霖雨三千士永荷陶熔"的门联为清时书院山长丁登甲所撰。这儿就是当年范文正公为邓州学子讲学的地方。

知识改变命运，范公明白这个道理，所以他非常重视教育，所到之处大力兴办学校，开启一方民智。《范仲淹父子与淮阳》中写道：范仲淹在苏州时，曾选中一块地准备建屋居住，风水先生看后，赞叹此乃出公卿之地。不意，范仲淹闻言，释然道：我家已经有人为官，不若让苏州子弟多出才俊，兴国利民。遂在此地建立苏州郡学。范仲淹被贬饶州时，兴建饶州郡学并预言二十年后必出学魁。"治平乙巳，彭汝砺果第一人及第。"

关于范公创办花洲书院，我看到这样的介绍：1045年，范仲淹谪知邓州，为学风不兴而忧心忡忡，感到百花洲一带环境幽静，景色宜人，是理想的治学场所，于是在百忙中谋划，创办"花洲书院"。并且，公余到书院讲学。一时邓州文运大振。范仲淹的儿子、官至观文殿大学士的范纯仁，以及官至崇文院校书的张载，曾任邓州知州的韩维，均"从师范仲淹学于花洲书院"。

这段话文白夹杂，有点不伦不类，我怕不准确，可又查不到原文，暂且如此吧。

花洲书院明代称"花洲相迹",清代称"花洲霖雨",既是邓州的教育圣地,又是风景名胜。仔细想想,范公留给邓州的,又岂止是一座花洲书院!

时不我待。从忧乐亭、百花洲、景范亭经过,绕过刻有花岗岩照壁和范公铜像,往前看,康熙皇帝手书范公之千古名句"先天下之忧而忧,后天下之乐而乐"赫然映入眼帘,宛如明珠镶嵌在古城墙上。范公忧乐思想的精髓,莫过于此。

站在书山一览台上,再看广场上的范文正公像和《岳阳楼记》照壁。

春风堂在哪儿,我已经分不清了,《岳阳楼记》照壁,只远远看了一眼,至于滕宗谅的《与范经略求记书》,我都没来得及看。真是荒唐,我是来干什么的?!

说起范文正公,恐怕三天三夜都说不完。还好,我来邓州,只谈情,不言其他。

何谓只谈情?

我以半生的时光,崇拜范文正公,渴望成为他这样的人。

我同情屡遭贬谪的滕子京,但我更羡慕他,能有范文正公这样的生死之交。

邓州,我是因情而来,为我对范文正公的崇拜之情,也为他与滕宗谅的友情。

滕宗谅，字子京，河南府（今河南洛阳）人。因范仲淹在《岳阳楼记》中称其字，世人就记住了滕子京这个名字，我倒觉得称其名更正式些，毕竟在史书中他是滕宗谅。

说起滕宗谅，看着面前的《岳阳楼记》照壁，就不能不提岳阳楼。

岳阳楼，远在湖南省岳阳市，紧靠洞庭湖畔，始建于东汉建安二十年（215年），初为东汉末年横江将军鲁肃始建的"阅军楼"。后被毁，重修，唐开元四年（716年）中书令张说再次扩建，后世屡毁屡修。自古有"洞庭天下水，岳阳天下楼"之美誉，为"江南三大名楼"之一，因《岳阳楼记》而著称于世。

年少时很喜欢写岳阳楼的一副长联：

一楼何奇？杜少陵五言绝唱，范希文两字关情，滕子京百废俱兴，吕纯阳三过必醉。诗耶？儒耶？吏耶？仙耶？前不见古人，使我怆然涕下；

诸君试看，洞庭湖南极潇湘，扬子江北通巫峡，巴陵山西来爽气，岳州城东道岩疆。潴者，流者，峙者，镇者，此中有真意，问谁领会得来。

当时觉得写对联的这个人太有才了，就很想去岳阳楼亲眼看看。前几年异想天开，计划沿三闾大夫流放的路线，一路追寻他的足迹，写一本最接近历史的《屈原传》。后来因为能力、水平、时间都有限，就暂时放弃了。爱屈原大夫的"袅袅兮秋风，洞庭波兮木叶下"，更爱范文正公的"先天下之忧而忧，后天下之乐而乐"。游洞庭湖，登岳阳楼，这个愿望或早或晚终要实现。

因为《岳阳楼记》，自北宋中期以来的读书人，恐怕没有不知道滕宗谅（字子京）的。尽管《岳阳楼记》写得很清楚："庆历四年春，滕子京谪守巴陵郡。越明年，政通人和，百废俱兴，乃重修岳阳楼，增其旧制……"但是，提起岳阳楼，世人只知道是滕宗谅建的，根本不会在意它到底是哪个朝代谁建的、有谁重修过。

像滕宗谅那样的官吏，如沧海一粟，若无《岳阳楼记》，早已湮没在历史的长河中。然而，因为重修岳阳楼，他和岳阳楼就再也分不开了。汪曾祺老先生说："滕子京因为岳阳楼而不朽，而岳阳楼又因为范仲淹的一记而不朽……这大概是滕子京始料所不及，亦为范仲淹始料所不及。"老先生言之有理，这话我很赞同。

我知道范公没有去过岳阳，却一直坚信他见过八百里洞庭的壮美。为此，我查阅了各种资料，想要印证自己的想法。经过比对，结果令我很失望，他应该没有去过洞庭湖。也许，他贬知饶州时，足迹所至、目光所及，并未出鄱阳湖。

滕宗谅的《与范经略求记书》，据说有两个版本，我喜欢这个，且不管它是真是假："窃以为天下郡国，非有山水环异者不为胜，山水非有楼观登览者不为显，楼观非有文字称记者不为久，文字非出于雄才巨卿者不成著……知我朝高位辅臣，有能淡味而远托思于湖山楼千里外，不其胜欤？当年范公在边塞所吟咏《渔家傲·秋思》《苏幕遮·碧云天》，僚属至今记忆犹存。谨以《洞庭秋晚图》一本，随书赘献，涉毫之际，或有所助，干冒清严，伏惟惶灼。"

之所以喜欢，是因为这个版本的《与范经略求记书》提到了范公的两首词。"范仲淹的上两首（指《渔家傲·秋思》和《苏幕遮·碧云天》），介于婉约派和豪放派之间，可算中间派吧；但基本上仍属婉约，既苍凉又优美，使人不厌读。"不过，我是率性之人，非婉约即豪放，容不得中间派，所以这些年一直把《渔家傲·秋思》当成豪放词。如今想来，豪放词也好，婉约词也罢，能让人百读不厌的，就是好词。

再说范仲淹，如果他去过洞庭湖，滕宗谅就没必要随信送《洞庭秋晚图》了。也罢，听宗谅的，我确信范仲淹没有去过洞庭湖。

伤别离

七点整，花洲书院门口，我看着工作人员缓缓关上大门。

百般不舍。花洲书院在手机相册里，更在我心里。

沿人民东路向东至路口，护城河至此北流。

据《花洲书院重修记》记载："整修城墙城河五百米，青石砌坡，石栏护岸，以杏山之石叠石构峰，造湖理水，更为天下奇观。"

对范公，邓州人最舍得，邓州人最懂范公。

护城河边。倚着栏杆，我看着对岸范公的汉白玉雕像出神。

范公面朝东南方向而立，右臂屈曲，右手上举竖立于胸前。

我以屈原为师，芷兰为名，做人学屈原正道直行，作文学司马迁秉笔直书，可我为什么用半生（也许是一生）的时间崇拜范文正公？《岳阳楼记》对我的影响到底有多大？我曾不止一次问自己。

也许，我并不需要明确的答案。少年时《岳阳楼记》在我心里种下的种子，如今已长成参天大树。我能感受到的，是信仰、信念、信心，给我指明前进的方向，给我一路前行的力量。如此，足矣！

范公身后，城墙的最高处就是春风阁。夜色渐浓，亮化后的春风阁给我一种错觉，朦朦胧胧，恍惚间似回到了大宋。

"姐，想和仲淹先生说什么？"怡嘉笑道。

我想得远。

想大中祥符八年（1015年）的那个春天……

暮春时节，大宋王朝一派欢乐祥和的气氛。那一天，高中的进士们一走出崇政殿，那个叫滕宗谅的洛阳人就迫不及待地走到朱说（范仲淹）面前，深施一礼："朱兄！"欢喜之情溢于言表。

"宗谅！"仲淹微笑着还礼。

仲淹比宗谅年长一岁。宗谅的性格是外向的、张扬的，仲淹是内向的、含蓄的，甚至是木讷的。在之后长达三十二年的岁月中，仲淹一直像兄长一样关照宗谅，护着他，多次举荐他。

宗谅的仕途荆棘丛生，一生郁郁不得志。

天禧五年（1021年），范仲淹调泰州西溪镇附近做盐仓监官，时滕子京任泰州军事判官。范仲淹看到泰州、楚州、通州、海州（今江苏泰州、江苏淮安、江苏南通、江苏连云港）各州，因唐时修建的捍海堤年久失修，每逢秋季海潮泛滥，房屋被毁，人畜淹死，盐灶多被冲毁，就上书江淮制置发运副使张纶，建议尽快重修捍海堤堰。天圣三年（1025年），因张纶举荐，范仲淹任兴化知县，主持修复捍海堤，滕宗谅全力支持他，并亲自到现场督工。天圣四年（1026年）八月，范仲淹丁母忧离开泰州，回应天府，他举荐宗谅任张纶的副手。在修筑捍海堤堰中，宗谅吃苦耐劳，也显示出其才干，备受张纶称赞。捍海堤修成后，当地人民为了纪念张纶和范仲淹的功绩，为张纶修建了祠堂，将捍海堤取名为范公堤。滕宗谅也因政绩突出升迁为当涂知县。仲淹升任京官后，赏识宗谅有才干，将其召入试学院；天圣中又改任专管审核刑狱案件的大理寺丞。天圣七年（1029年），玉清昭应宫失火，范仲淹等诸多官员奏请刘太后放弃垂帘听政，还政于仁宗。刘太后大怒，将范仲淹等人逐出朝廷，滕宗谅也于天圣九年（1031年）贬任邵武知县。

明道元年（1032年），滕宗谅奉调入京，任掌管皇帝衣食行事的殿中丞。然是年八月，内宫再次发生火灾，连烧八殿，滕宗谅首当其冲被查。他与秘书丞刘越分别上疏谏，认为宫中屡屡失火原因是规章制度不严，未能防患于未然，但根本原因是太后垂帘，妇人柔弱，朝纲不整，政失其本。仁宗听其言，罢诏狱。次年，刘太后死，滕宗谅迁左司谏。不久，有人告滕宗谅所奏宫中失火原因不实，其本人有不可推脱之责。景祐元年（1034年）滕宗谅被降为尚书祠部员外郎，知信州（今江西上饶西北）。宝元元年（1038年）滕宗谅调江宁（今江苏南京）府通判，不久徙知湖州（今浙江湖州）。

康定元年（1040年）九月，西夏王元昊大举进犯。范仲淹临危受命，出任陕西经略安抚副使。打仗亲兄弟，上阵父子兵，能在前线并肩作战的，须是信得过的人。在范仲淹的推荐下，滕宗谅以刑部员外郎、职直集贤院身份任泾州知州（宋朝官吏大多是三个头衔，即官、职、差遣）。

庆历二年（1042年）闰九月，元昊举兵进犯泾原、渭州（今甘肃平凉）。马步军都部署、经略安抚招讨使王沿命副都部署葛怀敏率军抗击，葛怀敏不听都监赵询的建议，命诸军分四路向定川寨（今宁夏固原西彭堡镇隔城子古城）进攻，结果在定川寨被西夏军包围，水源也被切断，葛怀敏等战死，宋军近万人被西夏军俘虏。西夏军打到渭州时，距滕宗谅守军只有一百二十里。他沉着应战，动员数千百姓共同守城；又招募勇敢之士，侦探敌军之远近及兵力之多少，檄报邻郡使之做好防备。后环庆路马步军都部署、泾略安抚招讨使范仲淹率一万五千人解泾州之危。滕宗谅张罗供应柴粮，确保了战争所需一切物资，终于将西夏军击退，在保卫泾州的战役中立下了汗马功劳。战争结束后，滕宗谅大设牛酒宴，犒劳羌族首领和士兵，又按当时边疆风俗，在佛寺里为在定川战争中死亡的士卒祭神祈祷并安抚死者亲属，使"各从所欲，无一失所者""于是士卒感发增气，边民稍安"。在范仲淹举荐下，滕宗谅被提拔为环庆路都部署，接任范仲淹庆州知州职位。

庆历三年（1043年），元昊请求议和，西北边事稍宁。仁宗调范仲淹回京，授枢密副使，八月再拜参知政事。九月，宋仁宗召见范仲淹、富弼，给笔札，责令条奏政事。范、富二人随即提出了明黜陟、抑侥幸、精贡举、择长官、均公田、厚农桑、减徭役、修武备、重命令、推恩信十项改革主张，宋仁宗大多予以采纳，并渐次颁布实施，一场旨在改变北宋建立以来积贫积弱局面的政治改革运动在全国推行。是年，滕宗谅亦调回京城任职。

滕宗谅是范仲淹最忠实的支持者，然而一场"泾州公案"带来的三连降让他受到前所未有的打击。

滕宗谅调到京城不久，驻扎在泾州的陕西四路马步军都部署、泾略安抚招讨使郑戬告发滕宗谅在泾州滥用官府钱财，监察御史梁坚对其进行弹劾，指控他在泾州费公使钱十六万贯，随即遣中使检视。滕宗谅恐株连诸多无辜者，遂将被宴请、安抚者的姓名、职务等材料全部烧光。其实，所谓十六万贯公使钱是诸军月供给费，用在犒劳羌族首领及士官的费用只有三千贯。参知政事范仲淹及谏官欧阳修等都为其辩白，极力救之。滕宗谅被官降一级，贬知凤翔府

（今陕西宝鸡），后又贬虢州（今河南灵宝）。御史中丞王拱辰仍然不放，认为滕宗谅"盗用公使钱止削一官，所坐太轻"，于是，庆历四年（1044年）春滕宗谅又被贬到岳州巴陵郡。

泾州保卫战，滕宗谅把公使钱花在哪儿并不是秘密，但是他仍然因为公使钱一贬再贬。真替他惋惜。

滕宗谅在巴陵郡为官的情况，我没有考证，仅凭范公在《岳阳楼记》中的那句"越明年，政通人和，百废俱兴"，就能知道滕子京的能力和水平。时人王辟之《渑水燕谈录·卷第六》记载："庆历中，滕子京谪守巴陵，治最为天下第一。"亦能与范公之言相互印证。

抛开政绩不谈，滕宗谅重修岳阳楼，"落甚成，只待凭栏大恸数场"。他心中的委屈谁懂？至于后世有好事者污蔑、诋毁滕子京，纯属小人之心，无稽之谈。

宗谅一贬再贬，是否和保守派抵制、反对新政有关？且待日后寻找答案。

在封建社会，要改革封建官僚体制是不可能的，庆历新政触动了保守派的利益，注定要失败。

庆历四年（1044年）六月，因夏竦等人诬蔑富弼，范仲淹请求外出巡守，被宋仁宗任命为陕西、河东宣抚使，仍保有参知政事。庆历五年（1045年）正月，范仲淹被罢去参知政事，知邠州，兼陕西四路缘边安抚使。十一月，解仲淹四路帅任，以给事中知邓州。庆历六年（1046年），范仲淹在邓州整修百花洲，重修览秀亭，创建花洲书院。

滕宗谅重修岳阳楼后,写信给范仲淹,请他作记,共襄这"一时盛事",随信还送了一幅《洞庭秋晚图》,供范仲淹参考。九月十五日,春风堂内,仲淹才思泉涌,挥笔写下千古名篇《岳阳楼记》。

仲淹懂宗谅,知道其被贬岳州后一直有感伤情绪。借写记之机,他规劝老友"不以物喜,不以己悲",以自己"先天下之忧而忧,后天下之乐而乐"的济世情怀与之共勉,含蓄地表达了自己以治国安邦为己任,忧在天下人之前,乐在天下人之后的政治思想。

这篇用浩然正气撑起来的雄文,首先属于范仲淹和滕宗谅,然后才属于当代、后世。

北宋的文坛,群星璀璨,最有才的莫过于欧阳修、苏轼,范仲淹的才华算不上一流;北宋的官场,范仲淹的官职最高不过参知政事,庆历新政也在守旧官僚的激烈反对中宣告失败,但是,唯独范仲淹得到了文官第一的谥号"文正"。宋仁宗称其"大贤";宋徽宗称其"忠烈";富弼称其"圣人";王安石称其"一世之师";司马光称其"雄文奇谋,大忠伟节,冲塞宇宙,照耀日月";吕中称"先儒论本朝人物,以仲淹为第一";朱熹称其"天地间气第一流人物";脱脱称"自古一代帝王之兴,必有一代名士之臣。宋有仲淹诸贤,无愧乎此";康熙称其"忠孝圣贤,济时良相"……历代名人点评不一而足。康熙五十四年(1715年)范仲淹从祀孔庙,康熙六十一年(1722年)从祀历代帝王庙。我最喜欢的,是司马光的这句:"前不愧古人，后可师于来哲。固有良史直书，海内公说，亘亿万世，不可磨灭。"千秋万载，他与时光同在。

庆历七年（1047年）春，滕宗谅调任苏州知府，未及一月而卒。

噩耗传来，仲淹悲痛万分。

他们相识于春天，天人永隔，也是在春天。

"呜呼子京，吾人之英。文词高妙，志意坦明。自登朝闼，翕然风声。言动两宫，上嘉其诚。""闻其凋落，痛极填膺……"是年三月，仲淹写下这篇《祭同年滕待制文》，从此世间再无滕子京。

兄弟同心修建捍海堤，塞外并肩作战御顽敌，朝堂上不惧生死荣辱与共，地方为官初心不改造福苍生。他们彼此懂得，他们惺惺相惜。

有一种友情，叫范仲淹与滕子京。

同样是范仲淹的朋友，我想起了那个写《灵乌赋》的梅尧臣。

景祐三年（1036年），范仲淹上百官图，指斥宰相吕夷简用人失当，又连上《帝王好尚论》《选贤任能论》《近名论》《推委臣下论》四论，篇篇针对吕夷简。吕反诉仲淹"越职言事，荐引朋党，离间君臣"。仲淹被贬知饶州。集贤校理余靖、馆阁校勘尹洙上疏论救，被贬官；馆阁校勘欧阳修看到台谏多为范仲淹辩护，唯有高若讷一人站在吕夷简一方，便写信斥责他"不复知人间有羞耻事"，高若讷将欧阳修的信上缴，于是欧阳修也被贬逐，出为夷陵县令。馆阁校勘蔡襄作《四贤一不肖》诗，以范仲淹、余靖、尹洙、欧阳修为四贤，指高若讷为不肖。左司谏韩琦为范仲淹辩护，正在为父守丧的苏舜钦也上疏表达不满。景祐党争，范仲淹是失败了，但是他赢得了人心。

此时，担任建德县令的梅尧臣给范仲淹写了《灵乌赋》。梅尧臣以灵乌为喻，既对范仲淹的遭遇表示同情，又对范仲淹进行了好意劝谕，劝他少说话，少管闲事。梅尧臣还给范仲淹出主意："胡不若凤之时鸣，人不怪兮不惊。"你还不如像凤鸟那样偶尔发出点美妙的声音，也就没人怪罪你了。在赋的最后，梅尧臣告诫范仲淹，让他拴紧舌头，锁住嘴唇，不要多事，好好过自己的日子，这样就不会受到牵累。

梅尧臣指的这条明哲保身的路显然不适合范仲淹。"梅君圣俞作是赋，曾不我鄙，而寄以为好。因勉而和之，庶几感物之意，同归而殊途矣。"范仲淹回作《灵乌赋》。对朝廷，仲淹有着浓厚的报恩思想，"思报之意，厥声或异"，他不是感激涕零地唱赞歌，而是以远见卓识来进行意味深长的警示。此即赋中所云"警于未形，恐于未炽""主恩或忘，我怀靡臧。虽死而告，为凶之防"。即使是不被理解，即使是牺牲性命，也要做这种危机预告，灾难警示。为了大宋王朝的长治久安，他决意"宁鸣而死，不默而生"。

范仲淹借赋灵乌，喊出了"宁鸣而死，不默而生"的时代强音，反映了那个时代士大夫的精神风貌。

两篇《灵乌赋》，作者志节、胸襟、品格高下立见。

其实，尽管梅尧臣在北宋的文坛具有很高的地位，他在仕途上还是不得志的。他和仲淹的交往，包括写诗作赋，多少有投机的成分，是个不厚道的人。叶梦得以一句"世颇以圣俞为隘"，道出了世人的评价。这样的朋友，不交也罢。

翌日，与兄长道别，返程。

看过花洲书院，兄长作一长联："仰望洞庭八百里烟波浩渺吞吐天地？寻得见大宋河山气象宏阔赞范公挥笔披胆犹神助岳阳楼记传千古；俯察邓州七千载人文荟萃灿烂生辉？追溯看华夏魂脉壮丽磅礴叹书生忧国忧民显胸襟花洲书院育后人。"

我知道，兄长既是敬仰先贤，也是提醒我再写一篇关于范文正公的文章。

本想再去花洲书院，可终究没有说出口。

自邓州归来，怡嘉很快给我剪辑了一个小视频，还多次问我文章什么时候能写出来。

几个月来，每每想起范公，我的大脑一片混沌，不知如何去写。记忆时而模糊，时而清晰。

书架上，前段时间买的《范仲淹全集》还未来得及看。

我会不会去应天书院？

295

我会不会去伊川范仲淹墓园？要不要去看宋仁宗篆额，欧阳修撰文，王洙书丹，被称为"三绝"碑的范仲淹墓神道碑——"褒贤之碑"？

我会不会去苏州天平山高义园？会不会去江苏如皋范公苑？会不会去建德思范坊？会不会去山东邹平范公祠？会不会去庆阳范文正公祠？会不会去延安清凉山范公祠……

我不知道。

但是我知道，再去邓州已成为新的念想。

壬寅岁末，回首一年的辛苦与不易，我试着与往事和解、与自己和解，唯有邓州之行未写点什么而难以放下。

终究还是把遗憾带到了新的一年。

癸卯年，依然忙忙碌碌，至己卯月中旬，每晚熬至夜半，以文记之，一连数夜，乃成。

时二月二十八日。

八千里路云和月

贺兰山

癸卯年深秋时节，自龙都周口乘高铁，经郑州，过安阳，到达古赵国的首都邯郸，至冀南新区。尚未来得及在脑海中梳理古赵国三千年的历史，就听说此地有岳飞的贺兰山，《满江红》中的"驾长车，踏破贺兰山缺"的那座贺兰山。

惊诧、惊喜，因为岳飞，在冀南新区的两天，贺兰山就这样横亘在我心里了。

明知贺兰山就在附近，就在眼前，却未能一睹它的真面目，当然遗憾。

贺兰山系太行山余脉，位于古磁州西北，东西长达20余里，南北宽三四里，海拔最高186.7米，冀南新区马头镇、台城乡、光禄镇、林坛镇和原磁县下庄店乡的30多个村庄居于贺兰山麓两侧。这么说，贺兰山基本上在新区境内。

贺兰山乃宋代道教名山。清蒋擢《磁州志·山川》记载："贺兰山在县西北三十里。山非高峻，而蜿蜒起伏长二十余里。宋贺兰真人隐居于此，因此得名。"亦为风景名山，有景曰"贺兰积雪"，为古磁州八景之一。《磁州志·贺兰积雪》载："……虽无灵峰幽壑，而碎玉平铺，积雪凝素，数十里云天一色，亦奇观也。"贺兰积雪之美，我等无缘一见，可铺玉凝素在想象里。

冀南新区人认为《满江红》中的贺兰山就是新区境内的贺兰山，并对此深信不疑。原因有二：一是贺兰山是宋时朝野认可的地方名山；二是贺兰山距岳飞故里安阳汤阴40公里，漳河以北、正定以南的河北南部地区，处于宋金交战的拉锯战地带，贺兰山正是这一带抵御金兵的天然屏障。如此说来，此贺兰山即为《满江红》词中的贺兰山的可能性很大；而宁夏境内的贺兰山是岳飞终其一生也未曾到达的地方，那么与《满江红》就没多大关系了。

昔时古战场，今日已成为河北南部的活力之城、希望之区。冀南新区，这片神奇的土地正孕育着一座新兴之城、腾飞之城，到处焕发着新生的力量；而贺兰山，因岳飞而成为一处绝佳的人文景观，被载入《邯郸冀南新区人文纪事》，成为冀南新区人的骄傲。

自邯郸归来，岳飞的形象总是萦绕于脑海间。我竭力不去多想，却心潮难平，怎也按捺不住。

不多想，是因为岳飞是少年时代我崇拜的英雄，可岳飞之死太过惨烈，我不忍回顾那段历史；不愿写，是因为岳飞是家喻户晓的英雄，关于岳飞的文字已经太多太多，可是，遵从自己的内心，我知道我又不得不写。那就穿越历史的谜团和雾障，不在意两侧的言辞和尘埃，直接奔赴、找寻我心目中的英雄吧！他生于农耕世家，长于乡野之间，起于行伍，死于庙堂，威震华夏。他四次从军，四次北伐，"岂是功成身则死，可怜事去言难赎"。他是南宋"中兴四将"之首的岳飞，是英勇无敌的岳家军主帅，是岳少保，是岳武穆王，是鄂王……

功与名

北宋徽宗崇宁二年二月十五日（1103年3月24日），岳飞出生于河北西路相州汤阴县（今河南汤阴）一个普通农家。《鄂国金佗稡编》载，岳飞出生时，有大禽若鹄，自东南来，从屋顶飞鸣而过，其父岳和为其取名飞，字鹏举。

岳飞少年时就有志气节操，沉默寡言，性刚直，畅所欲言，不避祸福。他天资聪慧悟性强，史书传记无所不读，尤其喜欢《左氏春秋》及孙吴兵法，经常读书学习到天亮。曾拜乡豪周同为师，学习骑射，能左右开弓，百发百中；拜枪手陈广为师，学习枪法，一县无敌。文武全才的岳飞天生力大无穷，不到二十岁就能挽起三百斤的弓箭，时人奇之。

宣和四年（1122年），童贯、蔡攸兵败于契丹，真定府（今河北石家庄北）路安抚使刘韐招募"敢战士"以御辽。岳飞应募,被刘韐任命为"敢战士"中的一名小队长,开始他的军旅生涯。相州有贼寇陶俊、贾进作乱,岳飞请命前去讨伐这些贼寇,以伏兵之计生擒二贼以归。适逢岳和病故,岳飞辞别刘韐,赶回汤阴为父守孝。

宣和六年（1124年）,河北等路发生水灾,岳飞为谋生路,前往河东路平定军（今山西阳泉平定）投戎,这是他第二次从军,不久被擢为偏校。

宣和七年（1125年）,金灭辽,大举南侵,东路金军渡过黄河包围开封。宋钦宗赵桓虽任用李纲守卫京城,但最终选择了割地求和,东京保卫战归于失败。靖康元年（1126年）,宋钦宗反悔割地,两路金军于攻破太原后会合,再次南下围困开封。赵桓在求和的同时使人送蜡书命康王赵构为河北兵马大元帅,征召各路兵马以备勤王。

太原失陷后,岳飞从平定军突围回到家乡,目睹金人入侵后大肆杀戮、奴役大宋子民,心中愤慨。他天性至孝,自北境纷扰,意欲再次从军,又担心老母妻儿在战乱中难保周全。岳母深明大义,命以从戎报国,在岳飞后背刺"尽忠报国"四字。岳飞虽不忍心,然时局所迫,不得已,乃留妻养母,投身抗金前线。

是年冬,康王赵构到相州,于十二月初一开河北兵马大元帅府,岳飞随同枢密院将官刘浩所部一起划归大元帅府统辖。赵构命刘浩为先锋,南趋浚州（今河南鹤壁浚县西北）、滑州（今河南安阳滑县）方向，以作驰援开封的疑兵，自己则率领大元帅府主力北上大名府。

副元帅宗泽履冰渡河，赶到大名，拜见康王。京城受困日久，然赵构不纳宗泽全力营救开封之计，却听信投降派汪伯彦之言，向东平府（今山东泰安东平县西南）转移，遣宗泽率一万人马前往开德府。"先锋统制刘浩改差充副元帅下前军统领"，岳飞军因此隶属留守宗泽。

生逢那个时代是岳飞之命，遇见宗泽、张所乃岳飞之幸。

靖康二年（1127年）正月，宗泽率部进军开德府（今河南濮阳），与金军前后十三战，皆捷，敌自是不犯开德。岳飞立下战功，迁修武郎。宗泽十分欣赏岳飞的才能，向其传授阵法。

三月丁酉日（4月20日），"靖康之变"，北宋灭亡。五月初一，康王赵构在应天府（今河南商丘）即位，是为宋高宗，改元建炎。赵构虽起用抗战派名臣李纲为左相，但实际上他器重的仍然是投降派黄潜善、汪伯彦等人，想采取避战南迁的政策。位卑未敢忘忧国，岳飞得知这个消息后，不顾人微言轻，向赵构"上书数千言"（《南京上皇帝书略》）。奏章上达朝廷后，朝廷以"小臣越职，非所宜言"罢免了岳飞的官职，并革除军籍，逐出军营。

男儿铁石志，总是报国心。建炎元年（1127年）八月，岳飞再次渡河北上，奔赴抗金前线北京大名府。河北西路招抚使干办公事赵九龄一见岳飞，视为天下奇才，将其推荐给当时"声满河朔"的河北西路招抚使张所。正在多方收揽英才抗金的张所以国士的礼仪接待了岳飞，并留其"帐前使唤"。张所决定破格提拔岳飞，先是"以白身借补修武郎"，阁门宣赞舍人，继而升为中军统领，后又升为统制，分隶于名将王彦部下。

赵构、黄潜善、汪伯彦等人为了向金人乞和，刻意打压朝中的抗金力量。李纲被罢相，张所被贬斥岭南，经荆湖南路时，为"游寇"刘忠所害。被张所派去收复卫州等地的王彦、岳飞一军，也因河北西路招抚司的撤销而成为孤军。

岳飞跟从都统制王彦渡河，至卫州新乡县。金军势盛，王彦驻军新乡县石门山，顾虑金军集结，因此谨慎出战。岳飞约王彦出战，不允。飞疑彦有他志，责备他说："二帝蒙尘，贼据河朔，臣子当开道以迎乘舆。今不速战，而更观望，岂真欲附贼耶！"年少气盛的岳飞率领部下擅自出战，攻占新乡县，俘金军千户阿里孛，又击败万户王索。金军误以为王彦、岳飞军是宋军主力，于是抽调数万人马层层围困，准备与宋军决战。王彦、岳飞军仅七千人，在突围中溃散。突围后，岳飞又在侯兆川与金兵交战，他率部死战，负伤十余处，最终打败敌军。后听闻王彦组织起了"八字军"，岳飞登门谢罪，但王彦不愿收留。飞自知与王彦不和，乃自为一军，重归宗泽。

岳飞与王彦都是抗金名将，此时都转战在太行山区。"赤心报国，誓杀金贼"，起于太行山区的"八字军"是比岳家军更早的名扬天下的抗金义军。岳、王二人原本可以并肩作战，甚至可以成为生死之交,只可惜岳飞年少气盛,不仅让他失去了王彦这个朋友,也让他付出了惨痛的代价。

李纲被罢相后,留守开封的老将宗泽成为抗金派的核心人物。宗泽招降王善、杨进、王再兴、李贵、王大郎等多股盗贼势力,联络"八字军"及各地的忠义民兵,并任用岳飞等人为将,屡破金军。在加强开封防务的同时,宗泽先后上二十多道奏章,要求赵构还都开封,收复失地,并且制定了北伐收复中原的方略。然而,赵构非但不采纳,还一再破坏其抗金部署。宗泽忧愤成疾,背生毒疮。"出师未捷身先死,长使英雄泪满襟",建炎二年七月十二日(1128年8月9日),宗泽三呼"过河"后与世长辞,一代名将就此陨落。

宗泽病逝后,杜充继任东京留守。杜充"性残忍好杀,而短于谋略",亦为投降派,无意恢复中原,"尽反(宗)泽所为",至此宗泽所结交两河豪杰皆不为其所用。

建炎三年(1129年)正月,杜充为排斥异己,命岳飞袭击守卫开封城的将领张用、王善,且以军法问斩相威胁,勒令岳飞出兵。岳飞无奈,只能出战,于京城南薰门外,以八九百人破王善、张用二十万之众,后又多次与王善、张用部作战。值得一提的是,这二人原本是宗泽招降的将领,此时为杜充所不容,复叛。后张用被岳飞收降,而王善率部东流西窜,最后降金,若论主责,杜充是也!

金军先后攻下徐州、淮宁、泗州,进袭扬州。二月初三,南迁扬州的宋高宗得到金军攻陷天长军(今安徽天长)的消息,惊慌失措，逃至杭州。武将苗傅和刘正彦在杭州发动"苗刘兵变"，诛杀赵构宠幸的权臣及宦官，逼迫赵构将皇位禅让给两岁的皇太子赵旉，不久兵变被镇压。五月，高宗移驾建康（今江苏南京）。

京师汴梁，杜充以"勤王"之名，下令南撤至建康。岳飞苦谏："中原之地尺寸不可弃，况社稷、宗庙在京师，陵寝在河南，尤非他地比……"杜充不听，岳飞只得率军随之南下建康。次年二月开封陷落。

大宋王朝的皇帝，若论最不负责任、最没有担当的，必是宋高宗赵构无疑。从靖康年间的康王到建炎、绍兴年间的宋高宗，作为投降派的头头，奉行投降主义、逃跑主义的赵构，将无耻演绎得淋漓尽致。他重用黄潜善、汪伯彦、秦桧之流，排挤、打击主战派，以致赵宋王朝自此偏安东南一隅，只能在哀婉的诗里、歌里、舞里，且把杭州当作汴州了。

建炎三年（1129年）四月、七月、八月，赵构一再派使臣向金求和，请存赵氏社稷。赵构致书元帅府时，甚至削去皇帝封号，从原来的"大宋皇帝构致书大金元帅帐前"，改为自称"宋康王赵构谨致书元帅阁下"。只是，金意在灭宋，赵构的屈辱求和并未换来金军的怜悯。是年秋，金军兵分多路南下，直捣赵构所在的临安（今浙江杭州）。

金军渡江后，杜充始派都统制陈淬率岳飞、戚方等统兵两万人奔赴马家渡，派王燮率一万三千人策应。然，陈淬率军力战而亡，诸将皆溃,王燮不战而逃,岳飞苦战无援,退屯至建康东北的钟山,建康(今江苏南京)失陷。

马家渡之战后,岳飞脱离杜充,说服本部兵马和各支溃兵游勇,整肃军纪,军心遂定。岳飞遣刘经率千人收复被金军占领的建康府溧阳县城后,又亲自领军转战广德境中,与金军将领兀术交战,六战皆捷。岳飞驻军广德军的钟村,军粮用尽,将士忍饥挨饿,却不敢扰民。

建炎四年(1130年)初春,宜兴受溃军郭吉部扰掠,县令闻岳飞之威名,奉书以迎。岳飞率军进驻宜兴,遣部将王贵、傅庆率两千人追击郭吉,郭吉大败。岳飞又招降群盗及被强征的签军。时夷狄、盗贼交寇四境,宜兴因得岳飞庇护而安,附近常州之官吏、士民弃其产业趋宜兴者万余家。宜兴百姓感恩戴德,曰:"父母之生我也易,公之保我也难。"

二月,金军以舟师浮海,穷追高宗三百里未获。完颜宗弼借口"搜山检海已毕",纵兵烧掠明州(今浙江宁波)、临安(今浙江杭州)等城市,携带所掠夺的金银财宝,从大运河水陆并进,经秀州(今浙江嘉兴)、平江(今江苏苏州)等地向北撤退。三月、四月,金军两次进犯常州,岳飞率军尾袭金军于镇江之东,屡战屡胜。南宋朝廷首次向岳飞下诏,命其配合韩世忠,收复建康。四月二十五日,岳飞与金军战于建康城南三十里的清水亭,金军大败,横尸十五里。五月,岳飞收复建康。建康之战,岳家军斩杀金兵约三千人，投降者千余人，并擒获万户、千户军官二十多人，为岳家军的首次辉煌胜利。

五月下旬，岳飞亲自押解战俘去行在越州，生平第一次觐见宋高宗赵构。他向朝廷上奏说："建康为要害之地，宜选兵固守。臣以为贼若渡江，必先二浙，江东、西地僻，亦恐重兵断其归路，非所向也。臣乞益兵守淮，拱护腹心。"赵构看了岳飞的奏章，深以为是，遂改变张俊原议，并赐予岳飞铁铠、金带、鞍、马、镀金枪、百花袍等物，予以嘉奖。

从绍兴元年（1131年）至绍兴十一年（1141年），对内，岳飞平定李成、曹成等游寇和杨么的农民军起义，收降张用、杨再兴等；对外，为北复中原，他先后四次率军北伐，收复被伪齐政权、金军占领的土地。岳飞沿用自宗泽时开始实施的"连结河朔"之策，他联络太行山忠义民兵，结交两河地区的英雄豪杰，黄河南北有数十万人参加义军，驱除金人乃人心所向。第四次北伐时，孤军深入的岳家军先后收复郑州、洛阳等地，在郾城、颍昌大败金军，进军朱仙镇。然而，在抗金形势一片大好的情况下，一意求和的宋高宗赵构和奸相秦桧以十二道金牌催令岳飞班师。时和议既决，兀术言必须杀掉岳飞才能议和，秦桧也认为岳飞不死，终究要阻碍和议，自己也必然受到牵连，因此极力图谋杀害岳飞。

绍兴十一年（1141年）四月二十四日，宋高宗任命韩世宗、张俊为枢密使，岳飞为枢密副使。八月初三，罢免岳飞。九月初八，在张俊的授意下，鄂军前军副统制王俊告发副都统制张宪谋据襄阳叛乱。十月十三日，岳飞、张宪被下到大理寺狱中，受尽酷刑。十一月初七，宋金议和成功，"绍兴和议"达成：宋向金称臣，两国以淮水中流划定疆界，割让唐、邓二州给金国，每年奉金国白银二十五万两、绢二十五万匹，双方休战息兵，各守国土。十二月二十九日，宋高宗、秦桧以"莫须有"的罪名，在大理寺赐死岳飞，其长子岳云同张宪被斩首示众。

孝宗时，岳飞冤狱被平反，以相应礼制改葬于西湖栖霞岭，追谥"武穆"。宁宗时追封岳飞为鄂王。

尘与土

原以为，我能云淡风轻地写下这些文字，实则此刻内心早已如惊涛骇浪，刀光剑影，千军万马，生死决战，功与名，尘与土……

想说的话太多，而能写出来的着实有限。先从秦桧这个奸贼说起吧。

秦桧，字会之，江宁（今江苏南京）人，宋徽宗政和五年（1115年）进士，宣和五年（1123年）又中词学兼茂科，靖康年间累官至御史中丞。不得不承认，这家伙还是很有才的，只因多行不义，他的才华为恶名所掩盖。靖康之变时，因反对向金割地求和，并"乞存赵氏"，秦桧随徽、钦二帝一起被金军俘虏北去。秦桧在金国受到完颜昌（挞懒）信任，对金的态度大变。建炎四年（1130年）十月，秦桧自金归，自称是逃回，其实是金为实行"以和议佐攻战"之策，故意放他回来的。我想起"汉奸"一词，对南宋朝廷来说，投降金国的秦桧算什么？

秦桧向宋高宗呈上一封同金议和的文书，称有二策，可以耸动天下。宋高宗正有意向金求和投降，看到议和文书后对秦桧大加赞赏，立刻任命他为礼部尚书，绍兴元年（1131年）二月升其为参知政事。八月，秦桧任尚书右仆射同平章事兼知枢密院事，抛出他的二策："南人归南，北人归北。"遭到南宋许多大臣的反对，连宋高宗也颇为不满。绍兴二年（1132年）六月，秦桧担任右相一年后被罢免。

绍兴八年（1138年）三月，为适应求和投降的需要，宋高宗再次任用秦桧为右相。次年正月，秦桧代表宋高宗接收金国诏书，接受"和议"。他打击主战派，破坏北伐，极力促成"绍兴和议"。

南宋初年，宋廷并非没有能力驱逐金人收复失地还都开封，只是当权派力主议和而已。以岳飞遇害前一年《宋史》的记载为例：

绍兴十年（1140年）七月，宋军诸路战线捷报不断——张俊克亳州，王胜克海州，岳飞克郾城，几获兀术。张浚战胜于长安，韩世忠胜于洳口镇，诸将所向皆奏捷，而桧力主班师。八月壬申朔，以张九成、喻樗、陈刚中、凌景夏、樊光远、毛叔度、元盥等七人尝不主和议，皆降黜之。九月壬寅朔，遣谕韩世忠罢兵，时秦桧专主议和，诸大帅皆还镇。诸路将帅皆被召回，蔡州、郑州、淮宁府等地再次落入金人之手。

绍兴十一年（1141年）二月，兀术再次南下，宋将邵隆、王德等连战皆捷，复商州、巢县、含山县等地。杨沂中、刘锜等大败兀术军于柘皋，复庐州。

明末清初大思想家王夫子在《宋论》写道："尽南宋之力，充岳侯之志，益之以韩、刘锜、二吴，可以复汴京、收陕右乎？曰，可也。"若宋廷上下一心，与金决战，"王师北定中原日"当指日可待，可惜负国奸臣主议和，忠勇将士血染疆土。

对秦桧来说，前方将士舍生忘死，以鲜血和生命换来的胜利，不过是他与金谈判的筹码，抑或是说，无论战事胜负，都不影响他与金议和，他可以置宋之疆土、将士百姓性命于不顾。《宋史纪事本末·吴玠兄弟保蜀》记载了从绍兴元年（1131年）十一月到绍兴三十二年（1162年）十二月，吴玠兄弟在蜀地对金作战全过程。作为南宋西北战场的抗金名将，吴玠、吴璘兄弟苦守陕川数十年，以身许国，百战御金。绍兴三十二年，朝廷欲弃秦凤、熙河、永兴三路，时任川陕宣谕使虞允文上疏陈明利弊，"疏上，罢（虞）允文知夔州，遂诏璘班师。金人乘其后，璘军亡失者三万三千人，部将数十人，连营痛哭，声振原野。于是秦凤、熙河、永兴三路新复十三州，皆复为金取"。这一幕，与绍兴十年（1140年）岳家军自郾城撤军的情况惊人的相似，让人只有一声叹息！

《宋史》将秦桧列入奸臣传。秦桧两据相位，倡和误国，忘仇斁伦，包藏祸心，劫制君父，一时忠臣良将，诛锄略尽。其把持朝政十九年，贪权、贪钱更贪名。他"开门受贿，富敌于国，外国珍宝，死犹及门"，和清朝最著名的贪官和珅可有一比。最无耻的是，秦桧再次拜相后，以宰相身份兼修国史，其子秦熺以秘书少监领国史，父子二人长期掌握史馆大权，对秦桧不利的诏书章疏被更易焚弃，与岳飞相关的被删削篡改。故南宋官史系统中的诸书，关于岳飞和岳家军的记载实不足信。秦桧及其党羽删削篡改南宋国史范围甚广，乃至对宋高宗亲口所说的话也敢篡改。历史上，我从未见过如此胆大包天、厚颜无耻之人。

《宋史》论曰："盖飞与桧势不两立，使飞得志，则金仇可复，宋耻可雪；桧得志，则飞有死而已。"岳飞被害，秦桧是直接责任人，他和张俊之流被钉在历史的耻辱柱上，承担万世骂名，是咎由自取，也是罪有应得。但是，岳飞被害仅仅是秦桧、张俊等人的责任吗？事实上，南宋朝廷实行主和投降政策，最关键的人物不是秦桧，而是宋高宗赵构。

作为主和派、投降派的首脑，赵构一如既往地将投降主义奉行到底。曾经，赵构也给过岳飞希望。绍兴三年（1133年）秋，岳飞朝见高宗时，高宗御书"精忠岳飞"，让人做成旗帜，作为军中张挂的大纛；绍兴七年（1137年），岳飞数次觐见高宗，谈论恢复中原的方略，高宗将岳飞召至寝宫，命令他"中兴之事，一以委卿"；甚至绍兴十年（1140年），第四次北伐时，大军出发前，岳飞向高宗秘密上奏定太子、安人心，不忘复仇雪耻，高宗看到奏章后，对他的忠心大大褒奖一番，任命他为少保。然而，君王的心如绵里藏针，是胸无城府的岳飞无论如何也捉摸不透的。

高宗是否倚重岳飞，是根据南宋内外形势的需要而决定的，在内心深处，他有自己的打算。高宗最忌讳谁提起北伐或者迎二圣还朝，若父兄归来，何以自处？这种忌讳，让他毫不掩饰自己的想法。绍兴四年（1134年）第一次北伐时，南宋朝廷正式任命岳飞为荆湖北路前沿统帅，在他的制置使官职上添入"兼制置荆南、鄂、岳"的加衔。但赵构又特别规定岳家军不得称"提兵北伐或言收复汴京"，只以收复六郡为限，否则"虽立奇功，必加尔罚"。绍兴六年（1136年）七月，第二次北伐，九月初宋廷陆续收到岳飞北伐的捷报，赵构对此态度竟有些冷淡。绍兴七年（1137年）二月，岳飞奉诏入朝觐见，其间曾与高宗作《良马对》，后又扈从赵构至建康，岳飞的官职也升至荆湖北路、京西南路宣抚使兼营田大使。赵构授命"中兴之事，朕一以委卿"，并准备将刘光世所部王德、郦琼等兵马五万余人拨与岳飞。岳飞以为收复中原有望，心情异常激动，向朝廷上《乞出师札子》，陈述自己恢复中原的规划。此时他已不再提及迎还"二圣"或者"渊圣（宋钦宗）"之事，只将钦宗包括在"天眷"之中。可是，张俊和秦桧从中梗阻，赵构听从张浚之议，置已决之"前议"于不顾，不将刘光世军拨与岳飞。张俊见到岳飞，撇开归刘军于岳飞之"前议",以淮西军中人事安排相问,耿直的岳飞如实回答,却遭到张俊讥讽。岳飞胸中积怨,上了一道乞罢军职的札子,离开建康,回到庐山,在母亲墓旁搭座小屋住下。高宗多次下诏催促还职,他都极力推辞。岳飞的任性,致君臣之间嫌隙渐生。之后,在立嗣的问题上,岳飞向赵构提议立其养子赵瑗(即后来的宋孝宗)为皇储,引起赵构的不满,君臣之间的矛盾逐渐加深。最要命的是,岳飞主张北伐,恢复中原,与宋高宗一心求和背道而驰。宋高宗为达目的,抛弃岳飞是迟早的事。

和议不得人心,强权难堵悠悠众口。绍兴二十六年(1156年),三月二十四日,因东平府进士梁勋到朝廷上书议论与金国的关系,被送到千里之外的州军编管。二十五日,宋高宗下诏:"讲和之策,断自朕志,秦桧但能赞朕而已,岂以其存亡而渝定议耶?"然而,十月初一,宋高宗又下诏许秦桧在位之日,无辜获罪的人自己陈述,加以厘正。此时,距岳飞父子和张宪含冤被害已经十五年了。

元丞相脱脱在其所著《宋史·本纪第三十二高宗九》评论道:高宗恭肃节俭、仁爱宽厚,让他继承国统守文而治是绰绰有余的,让他收拾残局拨乱反正则其力不逮。是的,以赵构的能力,只能做守成之君,其实他连中兴之主都难胜其任。最是无情帝王家。"岳飞父子竟死于大功垂成之秋。一时有志之士,为之扼腕切齿。"而赵构忍辱偷生,最终必然逃不脱后人对他的讥诮。

若论靖康之难带给赵构的耻辱,说前无古人后无来者也不过分。

父兄被掳（杀），母亲妻女惨遭蹂躏，国土沦丧，百姓被屠杀，人世间最大的不幸莫过于此。杀父之仇、夺妻之恨，对任何一个有血性的人来说，都是不共戴天之仇，赵构所受的耻辱更甚于此，他对金国的仇恨该有多深？然而，对赵构来说，这些竟然都不算什么。站在金国面前的赵构，是小心翼翼、瑟瑟发抖、可怜巴巴的"臣构"，为了议和不惜任何代价，可以割地赔款，可以任由金国的使臣谩骂羞辱。那个博学强记、文武双全的康王赵构也曾是血气方刚的儿郎，靖康元年（1126年）金军第一次大举进攻，兵临开封城下时，曾索要宋朝皇子为人质，赵构"慷慨请行"。后来，当上皇帝的赵构被金兵四处追杀，踏上逃亡之路，因为淫乐，胆小如鼠的他受到惊吓后身体有了缺陷，更不幸的是，他唯一的儿子赵旉也死了。连继承人都没有了，没有未来、没有希望，赵构彻底成为一个没有血性、没有骨气、自私又胆怯的人，他再也不愿意为他的国家和人民负起任何责任，他只为自己活着。冷血冷酷、阴狠阴毒、"恬堕猥懦"，这样的赵构不惜自毁长城，无情杀害抗金英雄岳飞。

《宋论》如此评价赵构这个没有血性的皇帝："李纲之言，非不知信也；宗泽之忠，非不知任也；韩世忠、岳飞之功，非不知赏也；吴敏、李梲、耿南仲、李邦彦主和以误钦宗之罪，非不知贬也。而忘亲释怨，包羞丧节，乃至陈东、欧阳澈拂众怒而骈诛于市，视李纲如仇雠，以释女直之恨……"读之，令人心生寒凉。不过，一心享乐的赵构日子似乎也不是那么好过。《宋史纪事本末·卷七十二秦桧主和》记载极具讽刺的一幕："桧既死,帝谓杨存中曰:'朕今日始免靴中置刀矣!'其畏之如此。"一个皇帝,靴中置刀以防不测,能混到这一步,我想很不厚道地说一句:活该!

岳飞之死,少时曾令我误以为南宋士子没有气节,南宋子民多贪生怕死之辈,其实不然。当我在《古文观止》中读到胡铨的《戊午上高宗封事》时,颇为震惊。胡铨,字邦衡,宋吉州庐陵(今江西吉安)人,南宋名臣,政治家、文学家,与李纲、赵鼎、李光并称"南宋四名臣",庐陵"五忠一节"之一。宋高宗建炎二年(1128年)进士。金军南犯渡江时,他在赣州招募义兵,配合官军抗金。后任枢密院编修官。绍兴八年(1138年),赵构、秦桧派王伦使金议和,引金使南下,称"诏谕江南",视南宋为藩属,引起群臣愤怒,纷纷上书反对议和。胡铨不顾个人安危,冒死上疏,痛陈议和之弊,严厉斥责赵构和秦桧屈膝投降,乞斩王伦、秦桧、孙近三人,"义不与桧等共戴天"。如此舍命上疏,也就明嘉靖四十五年那个上《直言天下第一疏》的海瑞能比了。《壬午上高宗封事》一出,朝野震惊。胡铨遭到投降派的嫉恨,连受打击,除名编管新州(治所在今广东新兴),后移谪吉阳军(今海南三亚)。虽然被贬斥地方长达23年,但胡铨一生忠诚正直,反对降和,力主收复失地,慷慨有气节,被称为骨头最硬的南宋名臣。

是非自有公论,公道自在人心。绍兴二十年(1150年)春正月初九,秦桧在上朝途中,遭到殿前司军士施全刺杀,没有刺中。

十四日，施全在闹市被以磔刑处死。今安阳汤阴岳飞故里"宋岳忠武王庙"建有施全祠，亦有秦桧等人的跪像。

南宋人民没有忘记岳飞，据《湖北转运司立庙牒》（1170年）载："（岳飞）去世已三十年，遗风余烈，邦人不忘，绘其相而祀者，十室而九。"

南宋人民也难忘东京汴梁之繁华，幽兰居士孟元老南渡后，怀着对往昔的无限眷念和对现实的无限伤感，自靖康二年（1127年）开始创作《东京梦华录》，历时二十年，于绍兴十七年（1147年）撰成，追述北宋都城东京开封府的城市风俗人情。只是此时，东京已只能出现在梦里，只能回忆了。

云和月

我崇拜英雄岳飞，也景仰文人岳飞。

岳飞的《满江红》是千古传诵的爱国名篇。每到国难当头、民族危亡之际，《满江红》是战歌，"还我河山"是口号、是旗帜。"精（尽）忠报国忠孝传家"的岳飞精神作为中华优秀传统文化代代传承，激发着根植于华夏儿女内心深处的爱国主义情怀，为中华民族伟大复兴凝聚团结奋斗的精神力量。而《古文观止》收录的《五岳祠盟记》，可谓《满江红》的姊妹篇。

建炎三年，金军大举南侵，占领建康，并继续南下。次年，岳飞移师宜兴，独自率军在建康东南一带阻击金军，连战连捷，收复建康。

六月十五日，岳飞回师宜兴，在宜兴西南张渚镇五岳祠内，时年二十八岁的岳飞题写了这篇"盟记"。"自中原板荡，夷狄交侵，余发愤河朔，起自相台。总发从军，历二百馀战……"彼时，岳飞一腔豪情，志在全歼敌人，"迎二圣归京阙，取故地上版图，朝廷无虞，主上奠枕，余之愿也。"面对五岳祠、面对"神明"，岳飞所立的誓言，也是他毕生的追求。这篇气壮山河的短文，是英雄的誓言、战斗的檄文，千载后读之，仍能感受他这种与敌人血战到底的英雄气概。"纯正不曲，书如其人。"岳飞是武将，本不以文辞名世，但若提笔，忠肝义胆，流于行间，《五岳祠盟记》如此，《满江红》亦是如此。

岳飞一生，东征西讨，南征北战，依他刚直的性格，想来他是孤独的。那首作于绍兴八年（1138年）宋金议和之时的《小重山》，每每读来，令人黯然神伤。

昨夜寒蛩不住鸣。惊回千里梦，已三更。起来独自绕阶行。人悄悄，帘外月胧明。

白首为功名。旧山松竹老，阻归程。欲将心事付瑶琴。知音少，弦断有谁听？

绍兴六年（1136年）十一月至绍兴七年，岳飞率军第三次北伐，收复黄河以南大片国土，形成西起川陕、东到淮北的抗金战线，准备大举收复中原，北上灭金。但宋高宗赵构却起用极力主和的秦桧为相，力主与金国谈判议和，并迫害主战派。绍兴八年（1138年），枢密副使王庶以资政殿学士知潭州，后一贬再贬；曾任殿中侍御史、司农少卿等职的张戒改外任，后于绍兴十二年（1142年）被革职；礼部侍郎兼直学士曾开以宝文阁待制知婺州；枢密院编修官胡铨上疏力斥议和，乞斩秦桧等三人，遭贬。秦桧大权在握，朝野上下一片议和之声。岳飞将内心的极度郁闷、极度愤慨，以及无可奈何的复杂心情写于《小重山》中。著名历史学家、文学家缪钺在《灵谿词说·论岳飞词》中评论道："将军佳作世争传，三十功名路八千。一种壮怀能蕴藉，诸君细读《小重山》。"

《满江红》慷慨激昂，《小重山》明丽婉转，虽然格调不同，但是不满议和，反对投降，收复中原的主题永远不变。《小重山》含蓄委婉地道出岳飞心事，抑扬顿挫，却悲凉悱恻之至。龙榆生《唐五代宋词选》载："一种激昂忠愤之气，读之使人慷慨。推其志，虽与日月争光可也。"宋人杨湜在《古今词话》中亦言："其《小重山》词，梦想旧山，悲凉悱恻之至。"

故国怕回首。梦想旧山，难归故土，相州，回不去了，此生再也回不去了，空悲切！

对历史，仿佛是与生俱来的兴趣，自少年时代我就有着浓厚的英雄情结、清官情结，这种情愫一直影响着我。岳飞是英雄，毋庸置疑。岳母刺字，"尽忠报国"四字不只刺在岳飞背上，更刻在了他的心里。高宗手书"精忠岳飞"，是对岳飞的最高褒奖，也是岳家军的荣耀。第四次北伐时，岳家军浴血奋战，收复失地；梁兴会和太行山的忠义民兵和两河地区的英雄豪杰，配合岳飞对金作战，收复中原是民心所向，中兴有望。然而，宋高宗和秦桧一日之内连下十二道金牌下令班师，北伐功败垂成。岳飞愤惋泣下，"十年之力，毁于一旦"。心灰意冷的岳飞数次请求解除自己的兵权。可即便他什么都不争，宋高宗和秦桧也容不下他。在狱中，面对秦桧等人的迫害，岳飞唯有"天日昭心天日昭心"八个字。《满江红》中的"臣子恨，何时灭"，一语成谶。此恨，是宗泽之恨，是岳飞之恨，也是陆游、辛弃疾之恨；此恨悠悠，延续百年，直至1234年南宋联蒙灭金，然而此时离南宋灭亡已经不远了。

我崇拜岳飞，为他的文韬武略，为他的赤胆忠心，为他的"敌未灭，何以家为"，为他的"文官不爱钱，武官不惜死，天下太平矣"。"冻死不拆屋，饿死不掳掠"，岳飞治军纪律严明，亦关爱将士，朝廷封赏犒劳全部分给部下。他喜爱贤能，礼遇士人，恭顺谦和得就像一介书生。这样的岳飞，襟怀坦荡，光风霁月。

在我的家乡周口，闻名全国的太昊陵里供奉的就有岳飞。我曾在阳城某个乡镇的一座庙宇中看到岳飞像，即便是在门口的偏房，即便偏房有些简陋，我依然很震撼。为何周口人民对岳飞的感情这么深？

甲辰年，端午时节，以雅集之名，直奔太昊陵岳飞观。

始建于明代的岳忠武祠俗称"岳飞观"，主殿为硬山式前出廊，面阔三间，进深三间。殿前檐柱刻有楹联："旧容新貌羲陵美景增辉，爱国尽忠武穆英灵长在。"正殿横匾为岳飞手书"还我河山"，匾下为岳飞塑像，威风凛凛。殿外西墙嵌有岳飞手书诸葛亮《出师表》石刻三十七方和明太祖朱元璋书"纯正不屈""书如其人"石刻两方。

主殿旁是"岳飞事迹展"。关于岳飞生平，我在《宋史》中曾走马观花读过数遍，却不如在岳飞观看到的更直接。我想知道的关于"陈州大捷"的记载就在墙上，图文并茂，仿佛它们已经等了几百年，一直在等我来。

绍兴十年（1140年）五月，金将兀术率十万大军，兵分四路，向河南各地大举进兵，东京汴梁陷落，这时陈州相继沦于金军之手。据《淮阳县志》载："绍兴十年六月，金兀术入东京（今河南开封），淮宁（即陈州今河南淮阳）知府李正民以城降金。岳飞遣部将张宪收复淮宁府，令统制赵秉渊知州事。金兵复围淮宁，赵秉渊弃走。岳飞遣孙显大破金兵于陈、蔡之间，李山、史贵、韩直败金人于淮宁。"岳飞抓住时机，乘胜前进，遣张宪一举收复陈州，取得了"陈州大捷"。

想来"陈州大捷"为后人之称。北宋徽宗宣和元年（1119年），陈州升为淮宁府，属京西北路，辖境相当于今周口市淮阳、沈丘、项城、商水等市县。金复为陈州。因此，我脚下的这片土地，被南宋称为淮宁府，被金称为陈州。南宋初年，岳家军与金军作战，数次收复淮宁府，可是在金军的强烈攻势下，淮宁府又一次次失陷。

我在《宋史·高宗本纪》中也读到关于淮宁府的记载：绍兴十年，六月二十日，岳飞派遣统制张宪大败金将韩常，收复颍昌府，二十四日收复淮宁府。然，七月二十三日，金军围攻淮宁府，守将赵秉渊弃城南逃。

绍兴三十二年，三月十七日，金军围攻淮宁府，守将陈亨祖战死。二十二日，金军攻陷淮宁府，统领戴归战死。

两宋之交，陈州这片土地上的人民惨遭金人蹂躏，故，岳飞三复陈州为世人所铭记。后人为纪念岳飞，在太昊陵内建岳忠武祠。

岳忠武祠主殿对面，靠着南墙，曾有秦桧、王氏、王俊、张俊、万俟卨五人的跪像。如今，被世人唾骂拍打的跪像已然不在，听说被搬进了库房中。"青山有幸埋忠骨，白铁无辜铸佞臣。"其实，与其让跪像在库房中成为一堆破铜烂铁，我倒觉得让他们跪在那里更有意义。

搬走秦桧等人的跪像也好，少了尘世的喧嚣，岳飞可以安安静静地坐在那儿。这里有人祖伏羲庇佑，他不孤单。

出岳飞观，看到"浩然正气"的门楣时，蓦然惊觉，岳庙是承载中华民族浩然正气之地，我的心情突然激动起来，不能自已。

这一生，激浊扬清、弘扬清风正气的是我，追求公平正义的是我，家国情怀、民族大义，归根结底，我向往的、追求的不就是这天地间的浩然正气吗？

我崇拜岳飞，还有一个原因，那就是在岳飞身上，或多或少能看到自己的影子。岳飞的一生，是一个平民子弟一步一个脚印，努力拼搏的一生。奋斗，是一个人最美的样子。也唯有奋斗过，才能坦然接受自己的平庸，哪怕一事无成也不后悔。

闭上眼睛，我极力平复自己的心情。恍惚间，我听到一阵清脆的马蹄声，一匹白马飞奔而来。

"岳武穆王！"我大声和马上的将军打招呼。

"河朔岳飞。"他冲我抱拳。

"岳武穆王，请问张宪是张所将军的儿子吗？"我一直很疑惑，遍寻史书却不能确定答案。

他看了我一眼，不语，纵马西去。他是要回汤阴老家，还是要率岳家军"踏破贺兰山缺"……

出了太昊陵的大门，从臆想回到现实。我的心情忽然轻松了很多，有些执念似乎也放下了。想起杭州西湖忠烈祠王蘧常所撰的那副对联：奈何铁马金戈，仅争得偏安局面；至今山光水色，犹照见一片丹心。

读懂了岳飞，你就会懂得，驱除金人、恢复中原是陆游和辛弃疾等人永远无法实现的梦想。一身报国有万死，然壮志难酬，复国无望，报国欲死无战场！

读懂了岳飞，你就会明白，尽忠报国是血性，以身殉志伟丈夫，浩然正气是中华民族历经磨难仍巍然屹立于世界民族之林的源泉。

天地英雄气，千秋尚凛然。

后 记

浮生若梦,为欢几何?

一直以为自己前世是一株兰,在《楚辞》中已沉寂两千余年,因对屈原大夫的美政理想念念不忘,故而转世为女子,以香草芷和兰为名。生于平民之家,尝尽人世冷暖。然自幼酷爱《三侠五义》,仰慕包拯,后终通过一系列考试,成为一名法官,后从事纪检监察工作,弹指一挥间,十二载光阴已逝。"我有昆吾剑,求趋夫子庭。白虹时切玉,紫气夜干星。锷上芙蓉动,匣中霜雪明。倚天持报国,画地取雄名。"十年磨一剑,虽未达到人剑合一的境界,然剑之所向,唯愿乾坤清朗……庚子鼠年岁末,夜深人静之时,我以此为引子,纪实写下是年春天疫情防控期间查办的一起案件,题为《美人如玉剑如虹》。当然,这篇将近两万字的作品注定只是写给我自己,留作回忆,也是纪念。干干净净的文字,一如干干净净的人生,一如从未改变的信仰和初心。

那年,是我从事纪检监察工作的最后一年;那时,我刚到宣传部门工作。

光阴荏苒，倏忽又是数载。我已在法院工作二十年，记忆里所能有的不过是日子的琐碎和平淡。没有惊天动地，没有轰轰烈烈；不为功名利禄，不为富贵荣华。作为万千基层公务员中的一个，平凡如常人，如众生，如你我，只有踏踏实实地干，做一块方正守持的砖。

冬去或春来，初夏或暮秋，雨晨或星夜，偶尔也会唏嘘感慨。半生奔波劳碌，所得，手边上权且留得住的，似乎只有这些发表过的文字。出书，是一时兴起，未曾想，机缘巧合之下竟得偿所愿，由文字到运行，从设想到实现，由衷感谢那些帮助我的人。

本书所收录的文章，选自我从事纪检监察工作以来发表的历史人物系列作品，本职和写作，它们之间似乎存在着某种联系。回顾这些年，不管在哪一个岗位上，我都竭尽所能，用尽全力，直到无能为力，只为职责所在，使命使然。文章合为时而著，对我来说，干什么就写什么，顺理成章，思考、辨析、鞭挞、弘扬、表达、呈现，既是催促和召唤，也是奔赴和担当。忠奸和善恶，天理和国法，世道和人心，我以这些简简单单甚至稍显幼稚的文字，作为我一路成长的印记。

读史明智，鉴古知今。文学是向上向善的，我写的，力求在历史阳光明媚的一面，当然可能是布满阴霾和雾障穿透历史缝隙阳光的照射，因此它更强烈、更炽热、更炙灼、更刺眼。如果说这些文字与别人的不一样，那一定是因为有我的信仰和信念在里面。

人生哪能多如意，万事只求半称心。我一向自诩以屈原为师，写他的文章本应收入散文集中作为篇首，但因种种原因丢失，怎么也找不到了，殊为憾事。但他永远是我的光、空气、水，无尽地滋养着我；我是生长于江淮泽畔的芷兰，摇曳、绽放、坚挺、独立，散发着馥郁的香气。

出世，如野鹤闲云，超然物外；入世，似江河奔涌，不畏艰险。性情恬淡如我，本该远离尘嚣，静若芷兰，自持一种诗性和典雅，然一入尘世无退路。回首过往，也会心疼那个不谙世事却凭着一腔热血勇往直前的自己，哪怕被现实撞得头破血流也不惧不悔。对工作的热爱、对信仰的执着，常常无人理解，甚至还遭人误解，挺过来了才发现，又有什么关系呢！《玉碎》中有句歌词："总有一个心愿不能忘，总有一个热爱不能凉，总有一种激情长远留在心上……"人生在世，我做了自己，不是他人或替身，不是复制，不是傀儡和代言。一弱女子，虽非屈原的"举世皆浊我独清"，也非北方之佳人，却愿绝世而独立。

俄国作家契诃夫说："信仰是一种精神的力量。"

屈原大夫在《离骚》中写道："亦余心之所善兮，虽九死其犹未悔。"

两千多年前屈子追求美政，今日之中国，天地辽远，江山如画，我愿追随之，做理想主义者，也做浪漫主义者。我既以屈子为人生与文化的高标，心中必有坚不可摧的信念；亦以香草和芷兰为配饰，永葆品行的端庄和高洁。

人生岂可无书？读史书，我读到的是一个"正"字，是浩然正气，是以身殉志，是慷慨悲歌，这种感觉在读《宋史》《明史》时尤为强烈。而勇气、骨气、胆气、豪气，皆源于此，这才是支持我一路前行的力量所在。本书所写，正是这种浩然正气，它是先贤之光，是开启与创世的闪电，是英雄和大义，是举于高山之巅的文明烛照和薪火，是这春日蒸腾向上的力量。在其之下，小小而微弱的，是我藏在文字间的温情，是我嵌入时间的仰慕和敬意……

2025年立春日于古陈国